リーディング・リスト

The Reading List
Literature, love and back again

レスリー・シモタカハラ
Leslie Shimotakahara

加藤洋子訳
Yoko Kato

北烏山編集室

家族へ

本を失って抜け殻になった人の話や、本を手に入れるために犯罪者になった人の話を聞いたことがあるだろう。

ヴァルター・ベンヤミン「蔵書の荷解きをする」

リーディング・リスト
目次

1 ヘンリー・デイヴィッド・ソロー『森の生活《ウォールデン》』 011
2 イーディス・ウォートン『歓楽の家』 037
3 ジェイムズ・ジョイス『ダブリナーズ』 063
4 ヴァージニア・ウルフ『ダロウェイ夫人』 089

5 ウラジーミル・ナボコフ『ロリータ』 113
6 ダシール・ハメット『マルタの鷹』 137
7 ウィリアム・フォークナー『死の床に横たわりて』 165
8 アーネスト・ヘミングウェイ『日はまた昇る』 187
9 ウィラ・キャザー『教授の家』 209
10 マーガレット・アトウッド『浮かびあがる』 229
11 ラルフ・エリソン『見えない人間』 253

12
ジョイ・コガワ『失われた祖国』 273

13
マイケル・オンダーチェ『家族を駆け抜けて』 293

謝辞 314

訳者あとがき 316

解説
「わたし」の脚注から「あなた」の脚注へ　倉本さおり 321

はじめに

本書は文学ノンフィクションです。特定の個人のプライバシーに配慮して（さもないと絶交されそうなので）何人かは仮名にしています。文体が文学寄りでもあり、話をおもしろくするために事実に手を加え、出来事が起きた順番を入れ替えたことをお断わりしておきます。

1

偉大な詩人の作品はいまだ人類に読まれていない。それが読めるのは唯一偉大な詩人だけだからである。

――ヘンリー・デイヴィッド・ソロー『森の生活《ウォールデン》』

父は小説をまったく読まない人だが、わたしが英文学の教授であることはまんざらでもないらしい。スーパーやクリーニング屋で、あるいはコーヒータイムの列に並ぶあいだ、見ず知らずの人とする世間話がけっきょくは娘自慢になるのだから。異例の早さで博士号をとったわたしを自慢に思う父の姿には胸が詰まった。父がよこした〝卒業おめでとう〟カードの〝ドクター・レスリーへ〟の横には、なんと王冠が描かれていた。定年退職すると、父は、本を読もうと思っている、と言いだし、〝おすすめ本〟のリストを作ってくれとわたしに頼んだ――そんなこと、とてもやっている暇はない。

「それで、このところはなにを教えているんだ？」なんと素直な質問だろう。まるで博物館で子どもが発する質問だ。

「いま現在はなにも教えてないのよ」学期末だから、試験の採点で四苦八苦しているところだった。携帯電話の雑音の向こうから、父が冷蔵庫からソーダの缶を出して開ける音がした。「期末試験の最中なんだな？」

「そう」

「優秀な若者の考えを読んで、そこに自分の授業の成果を見出すのはさぞ愉しいにちがいない」

父の声のうっとりした調子に思わずたじろぐ。ほんの何年か前、わたし自身も高等教育という言葉を聞いただけでわくわくしたものだった。だが、それは自分が教授になる前のことだ。大教室のまばゆすぎるライトに耐える前のこと、動悸が速まり、自分が書いたメモすら読めずに立ち往生する前のことだ。もっとも、メモが読めなかったのは、流れる汗が目に入り視界がぼやけたせいかもしれない。それに拍車をかけるのが、学生たちの期待の眼差しだった。しどろもどろで意味不明なことを口走るわたしを、いくらなんでも専門分野のことはわかっているだろうという目で彼らは見つめる。たとえわたしのことをそれほど好きではなくても。だから、わたしは変人で博学な学者の役割を演じざるをえない。ふんぞり返り大げさな身振り手振りで、もっとも複雑なアイディアを説明しながら、〝この作品はきみたちの頭で理解できるものか〟という気取った雰囲気をも醸しだす。若い彼らが居眠りするのも無理はない。そうして、試験がちかづくと〝ヘンリー・ジェイムズ〟をグーグル検索し、ウィキペディアを頼ることになる。

ところが、父は、わたしが大学で教えることを愉しんでいる、と思っている。父の幻想を粉々に砕くようなことが、このわたしにできるだろうか？

「教えるのもいいけれど、わたしの本望ではない。研究こそが生き甲斐だ」

大学院ではすべての学生がそう言うように訓練され、通う大学のランクが上であるほど尊大さが際立つ。「どうしてこのわたしが、教えることで時間を無駄にしなきゃならないの?」ハーバード大学の友人はそう言うと、イタリア行きの飛行機に飛び乗った。教えることが好きだと言うのは、本の一冊も出版できず、研究助成金をまったく得られなかったと認めることにほかならない。

だが、このごろになって思うのだ。わたしはほんとうに研究が好きなんだろうか? 意気軒昂な大学院生だったころ、わたしは〝イズム〟(モダニズム、ポストモダニズム、ポストコロニアリズム、ポストストラクチャリズム、ニュークリティシズム、ニューヒストリズム、ニューフォーマリズム等々、いまこの瞬間にもあらたに創り出される〝イズム〟)の世界に胸躍らせながら足を踏み入れたものだ。セミナーや会議でこの手の用語をぶつけ合うことは喜びだった。自分がなにについて語っているのか誰もわかっていないけれど、それがなに? 象牙の塔の仲間入りをしたと舞いあがっていたのだ。わたしたちは、ニュー、ニューインテリゲンチャなのだと。

だが、三年目と四年目のあいだのどこかの時点で、そういう態度が鼻についてくる。空疎な机上の空論を振り回す学友たちに苛立ちを覚えるようになる。なにより腹立たしいのは、まわりに引けをとるまいと、自分もおなじ態度をとらざるをえないことだ。

なにを研究してるんだ、と父に尋ねられると、わたしは顔を真っ赤にしてわざと呟きこんだものだ。「そうね、複雑すぎて説明しづらいのよ。それに、話してもたぶんお父さんにはおもしろくないと思う」

実際のところ、文学や文化理論に長いことどっぷり浸かりすぎて、門外漢にはうまく説明できなくなっていた。自分が研究していることを素人に伝えるのは不可能だ。〝赤〟や〝岩〟の意味を説明するのが不可能なのとおなじで。

もはや実の父親とふつうの会話が成り立たないと思うと、わたしはひどく落ち込んだ。胸が締めつけられ、黙りこむしかなかった。

父はこれ以上ないというほど陽気に言う。「それはそうと、おめでとう。セント・フランシス・ザビエル大学で一年を無事に勤め上げたんだものな。じきに本を書きあげて世界中を飛びまわるようになるんだろうな。トークショーにも出演して」

涙がこみあげた。田舎町の教授の人生を、父はなぜこれほど誤解しているのだろう。

数週間におよぶ不眠が積もり積もって頭には靄がかかり、手首につねに鋭い痛みを感じていた。翌日の最終試験を終わらせ、よく冷えたウォッカのグラス片手に熱い湯に浸かるのだけが楽しみだ。

「この夏にトロントに戻ってくる時間は作れそうか？」

「どうかな」そんなこと、一瞬たりとも頭をよぎらなかった。家族を訪ねる時間がどこにあるの？もっとやるべきことがある。ノヴァスコシア州の片田舎のさびれた町からよそに引っ越すこととか。わたしが住むアンティゴニッシュは、わたしたちよそ者からは〝アンティゴノーウェア〟と呼ばれているぐらいどん詰まりの場所だ。

先週、ミネソタ州のセントポール大学に問い合わせ、電話で面接を受けた。学部長からのメールか電話を、祈るような気持ちでいまかいまかと待っているところだ。

セントポールは大都会ではないが、いちおう都市だ。きっと非白人も住んでいるだろう――志望動機がそれとは情けないけれど、学生たちの苗字がマクドナルドとマクアイザックとギリスばかりということはないだろう。スターバックスやギャップの店舗があって、タイ料理店もあって、映画館ではいろんな映画が観られるだろう。

セントポール大学の仕事は二年契約だから、わりのいい転職とはいえない。使いまわしの授業計画《シラバス》で満杯のスーツケースを引きずり、知識を切り売りする日々が終わるわけではない。まともなポストに就く前に七十を迎えているかもしれない。毎晩ワインを一本空け、行きずりの相手と浮かれ騒いで数十年、しわくちゃのいかれた婆さんになっていたとしても、本の数冊は出しているだろう。

父が咳をする。「そうか、おまえに会うのが楽しみだよ」また咳をする。喉に毛玉が詰まってでもいるみたいに。

「そう？　ほかに言いたいことがあるんじゃないの？」

「こっちもいろいろ変わってね。自分の目で見るといい」

なにがどう変わったのか、父が説明してくれるのを待った。

それだけ？　夏休みの研究課題をほっぽらかし――自費で――トロントに飛ぶことを、父は期待している？　それも、いろいろ変わったという理由で？　退職してからこのかた、父は暇を持て余していた。料理や写真やほかにも趣味をいろいろはじめたが、それでも退屈している。父は、サンティアゴやヨハネスブルクの空港からわたしや母に電話してくるやり手のビジネスマンだった。六十三歳のいま、涙もろい家庭人になり果て、失われた家族の絆を取り戻そうと必死だ。

フロイトならこう呼ぶ状態だ。幻想。メランコリア。

「ねえ、お父さん。もう切るわよ。朝までに採点しなきゃならない答案が山ほどあるの」

「おばあちゃんのことなんだ」

「おばあちゃんがどうかしたの?」

「レスリー、あすの夜、電話してもいいかな? おまえ、やけにピリピリしてるじゃないか。悩み事でもあるのか? 大丈夫なのか?」

「わたしなら大丈夫。疲れてるだけだから」

「こっちでのんびりすればいい。考えてみてくれ。あす、また話そう」

数分後、イーディス・ウォートンについてのお粗末すぎる小論文を読んでいる最中、暗いオフィスに好奇心の火花が散った。祖母のことで父はなにを言いたかったのか、気になっていてもたってもいられない。

気がつくとデスクに突っ伏して眠っていた。顔にサンドイッチの包み紙を貼り付けて。十一時五十五分。首は痛いし、頭は割れるようだ。窓から射し込むサッカー場の常夜灯が、わたしの本に不気味な光を投げかけている。

答案の採点なんてもうたくさん。

手探りで廊下のライトのスイッチを入れると、無味乾燥な黄緑色の壁が浮かびあがる。まるで人けのない病院だ。

エレベーターを待っていると、どこからともなくひげ面の男が現れた。胃がでんぐり返る。

「こんばんは」男が言う。

用務員だった。立つ場所がちょっと近すぎるし、わたしを見る目が馴れなれしすぎる。

足早に外に出て、文学部の校舎前のコンクリート敷きの歩廊に立った。がらんとした駐車場の向こうには、どういうわけか〝ハイランド〟と呼ばれる低い丘の連なりが見える。けっして高くない丘なのに包囲されている気がするし、孤独が身に沁みる。

ここから出られないかもしれない。まともに本を出せないままここで朽ち果てるのだ。

わたしにとってあの丘はアンデス山脈に匹敵する。

キャンパスを縁取って流れるそれはそれは小さな小川に架かる小さな橋を渡り、そのままメインストリートへと進んだ。ほんの四ブロックしかない、絵に描いたような小さな町の繁華街だ。ここに越してくるまで、こういう街並みは『ニュー・ウォーターフォード・ガール』〔ノヴァスコシアの田舎町が舞台の青春コメディ〕や『ラスト・ショー』〔テキサスの田舎町が舞台の青春映画〕でしかお目にかかったことがなかった。

涼風に肌をなぶられ、『森の生活』の〝孤独〟の章の一節を思いだした。〝香しい夕べだ。全身の感覚がひとつになり、毛穴という毛穴から喜びを吸いこんでいる。ぼくは自然に溶けこみ、不思議なほど自由な気分で自然の中を行ったり来たりする〟

この仕事のオファーを受けたとき、汚れのない自然に囲まれた環境を有効活用しようと思ったものだ。ソローはウォールデン湖畔に自分で建てた小屋に住み、自然の恩恵を享受しながら有名な回想録の素材を集めることができたのだから、なにを恐れることがある？　ソローと同様、わたしも一人を好む質《たち》だから孤独は問題にならないはずだ。人に囲まれ愚にもつかないおしゃべりに付き合わされるほうがずっと孤独を感じる、という彼の意見には大いに賛同する。のんびりと森を散歩し、小鳥と交信し、シダの葉を掻き分け、葉擦れの音や森のため息に耳を傾ける自分の姿を思い浮かべるのは容易なことだった。自然はまたとない話し相手になってくれるだろう。

それが作りごとで、これが現実だと、いまのわたしにはわかっている。

現実とは、病欠の電話を入れ、ハリファックス行きのバスに乗ってセラピストのハリエットを訪ねることだ。しきりにわたしを無力にする〝緊急事態〟に対処するために。健康ではちきれそうなバラ色の頰の若者たちに立ち向かうべく、毎朝、なんとか起きられるようにするための、それが対処法だった。

「どうしてだかわからないんです」ふかふかのソファーの端に膝を抱えて座り、熱いマグカップを両手で摑んで指が焼けそうな感覚を味わう。「教壇に立って深呼吸しても、つぎの瞬間には汗びっしょりになっている」

ハリエットは太ったブロンドの女性で、目のまわりのしわは悲しみを刻んでいる。あなたの苦しみはよくわかるわ、という顔でわたしを見つめはするけれど、いまのところ、わたしが彼女の慧眼に恐れいるところまではいっていない。

「いまの仕事がそんなに嫌なら、べつの仕事に就くことを考えたらどうかしら？」

「それで、なにをやるんですか？　ほかにできることはなにもないもの。スターバックスが雇ってくれたら儲けものだわ」

ハリエットが勧めるのは〝前向きに考えましょう〟の一本槍だった。困ったことにわたしはもう二十九歳だ。仕事に就かず親のすねを齧っても許される時期はとっくにすぎている。父はわたしを憐れむだろう。

「どうして無職の状態が長くつづくだろうと思うのかしら？　たいていの人がすんなり転職しているわよ」

彼女は父を知らないから。父がどんなに現実的で目標志向な人間か知らないから。わたしの家族はみんなそうだ。

五歳のころ、大きくなったらなにになりたい、と両親に訊かれた。わたしは即答した。「作家になりたい」

両親は気づかわしげに目を見交わした。

「どうやって暮らしていくんだ？」父は尋ねた。「作家がめったに儲からない職業だってことは、おまえもわかっているはずだ」

「あなたはかわいい服やおいしい料理に目がないでしょ」香水の匂いがするぐらい近々と顔を寄せて、母が言った。

わたしにわかっていたのは、週に二ドルのお小遣いでは、ちかくの雑貨屋でものを買うのがせいいっぱいということだ。

「だったら図書館の司書になる。昼間は本に囲まれてすごして、夜に自分の本を書くの」

母はしぶしぶうなずいたが、父は難しい顔をした。「いっそ弁護士になって、夜に本を書いたらどうだ?」

わたしが奨学金でマギル大学〔カナダの公立大学〕からブラウン大学〔アメリカの最難関私立大学〕の大学院へと進み、異例の早さで博士号をとったことを、父が自慢に思っているのはたしかだ——しかも父に経済的負担をほとんどかけなかった。だが、わたしが選んだ学問分野には面食らっていた。父にとって文学は浮世離れしたもの、一般人には理解しがたい漠然とした領域だ。(父は生まれてから小説を読んだことがない。ガレージの隅にあった『マクベス』の読書案内《スパークスノート》以外は。おそらくそれで一夜漬けして、大学の〝工学部学生のための英文学〟の単位を取ったのだろう)

「これだけの教育を受けて、なにをやるつもりなんだ?」父は尋ねた。「ロースクールに出願するのか?」

父が間違っていることを証明してみせて、わたしは溜飲をさげた。複数の学位はだてじゃなかった。おかげで英文学教授になれたのだから。

わたしの将来設計を伝えると、父の顔はみるみる明るくなった。教授になれば箔が付く——〝ドクター誰それ〟と呼ばれるようになる——たとえそれが文学みたいな面妖な分野でも。

翌朝になっても、セントポール大学から連絡はなかった。汗で指が滑って、メールを打つのに苦労した。

窓の外に目をやる。サッカー場の向こうを走るハイウェイは墓地を囲むようにカーブし、左手にある港は水面を輝かせている。絵のように美しいと思った景色は錯覚にすぎず、色褪せてしまった。

わたしには無理だと気づき、笑顔がひび割れると思った瞬間がたしかにあった。「だからって、トロントが恋しいわけじゃない」そう自分に言い聞かせてきた。そのあいだずっと、殺し屋集団みたいな蚊の群れにやられたみみず腫れを掻きまくりながら、毎朝二キロの道を大学まで歩いた。

その瞬間をたしかに憶えている。それは、偏屈な田舎町の汚水だめで溺れていると気づいた瞬間だった。

秋のこと、教授室で学生の質問や相談を受けるための〝オフィスアワー〟と呼ばれる時間内だった。その学生はわたしのデスクに身を乗りだし、わたしを覗き込んだ。近眼なのか眉間にしわを寄せていた。

眼鏡をかければいいのに。ぼさぼさの髪の奨学生で、尖った肘にいたるまで皮膚はすべてそばかすに覆われていた。セント・フランシス・ザビエル大学の男子学生にこのタイプは多い。ハックルベリー・フィンを連想させるタイプだ。

「訊きたいことがあるんだけど、いいですか？」彼は言った。

「もちろんよ」わたしはほほえんで身を乗りだした。そのときのわたしは、ウォールデン湖畔ではじめての来訪者たちを受け入れ、彼らの無骨な顔に魅了され、眠たそうな目の奥でどんな思考がきらめいているのか想像するソローの気分だった。図書館の外にたむろして煙草を回しのみする学生たちを目の端で捉え、力が抜けた肩の線や、腹を抱えて笑うさまを見るたび思ったものだ。彼らの体内には知的な骨格が備わっていないのだ、と。それは、ソローが土地の住民に対して抱いた感慨とおなじだった。

ソローと同様、わたしも彼らが羨ましかった。彼らには、思考に蝕まれたわたしたちが夢でしか見られない自由がある。あんなふうに純粋に世の中を見ることができたらどんなにいいだろう。

その学生が口を開くまで、わたしはそう思っていた。

「先生ってなんなの?」彼は言った。

「なんなのって、いったいなにが訊きたいの?」

彼は腕を組んで自分の膝を見おろした。たいした意味があって質問したわけじゃない、疑問がつい口をついて出ただけ、と言いたげに。ついさっきまで、わたしはイギリスとアメリカのモダニズムの違いについて説明していた。

「先生は中国人、日本人、それとも韓国人?」

頬が火照り、本の壁がチラチラ揺れた――ジェイムズやウォートンやコンラッドの小説、エリオットやパウンドやムーアの詩集、バトラーやラカンやデリダの哲学書等々。不意にそれらが、中身のないただの背表紙の連なりに見えてきた。ベルリンで過ごした二年間で集めたアートポスターが目に入り、ベルリンが、都会が恋しくてたまらなくなった。

ようするにそういうことなのだ。学問に身を捧げた長い年月、稀覯本の図書館で埃っぽい本を熟読しつづけた膨大な時間のあとで出会った学生たちは、わたしの文学講義にはまったく関心がなかった。彼らがほんとうに知りたかったのは、わたしの祖先がどこから来たのかということだった。

「わたしは日系カナダ人四世」クールに言ってやった。「わたしの曾祖父母がカナダに移民したのは百年以上前だから、わたしは日本語をまったく話せない」

「話せなくて残念だと思いますか？」

「べつに——日本にいたことないもの。住んだことがないって意味。数年前に訪れたけど、観光客としてだから」

彼の顔を困惑の表情がよぎり、それが失望へと変わった。わたしが妾腹の子だとか、難民キャンプで死にかけたという話を期待していたのだろうが、おあいにくさま。だからって、なにを話せばいい？　母がクラスの日系カナダ人の母親たちを好きになれなかったせいで、わたしはサタデースクールをたった二週間でやめさせられガールスカウトに鞍替えさせられた、なんて話で彼を感服させられるとは思えない。

彼を困惑させたまま、わたしは考えつづけた。イーディス・ウォートンが父祖の地オランダを恋焦がれることを誰も期待しないし、ヘンリー・ジェイムズがアイルランド系移民の家系であることに固執しているとは誰も思わない。そもそも、〝どうしてわたしが自分のアイデンティティについてあなたに説明しなきゃならないの？〟

わたしの祖先の過去が大きな汚点なのは、わたしの与り知らないことだ。何代にもわたってカナダで暮らしてきたいま、家族の誰もそのことに触れたがらない。それだけではないなにかがあるのだろうと、腹の底ではわかっていた。第二次大戦後に日系カナダ人として生きるのはけっして楽ではなかったはずだ。父も母も子ども時代の話をめったにしないのは、過去を蒸し返すのが不吉だからか。カナダ人ではないと二度と責められないよう、完璧に同化する術を身につけなんとか生き延びたのだろう。両親が子どものころ、母の姉が担任教師から日本語は〝悪い言葉〟だと言われたため、祖父母は下の子どもたちに日本語を教えない決心をしたそうだ。

両親が耐えてきたあからさまな人種差別や学校でのいじめに比べれば、わたしの子ども時代は恵まれていた。両親が過去について口を閉ざすのも当然だろう。それでも、両親が文化的背景について頑なに沈黙を貫く裏にはなにかがありそうで、気になってはいた。

だが、教授室で学生に対し、そういうことをどう説明すればいいのだろう？　そもそも説明する必要がどこにある？　彼は顔を真っ赤にし汗をかきはじめた。わたしもだ。彼は逃げるように教授室を出てゆき、ほどなくしてわたしの講座の履修を取り消した。

彼と会うことは二度となかったが、彼の好奇と軽蔑の表情は忘れられない。いまでも教壇に立って、シェイクスピアにおける男女関係について、あるいはヴィクトリア時代の小説に登場する狂女の人物像について講義していると、学生たちの顔におなじ表情がちらつくのが見える。不潔なブロンドの海の中から浮かびあがるのは、見世物小屋の観客の視線だ。アジアの娘っ子が西欧の伝統を担う天才たちを裁くなんて気色悪いにもほどがある、と思っているのだ。彼らにとっては、白人がヒップホップを踊るぐらい不自然なことなのだろう。

十時三十一分。メールをまたチェックする。入っていない。痛ッ。爪の甘皮を剝いていた。

校舎を出ると、先輩教授のピーター・チザムが玄関前の階段をあがってくるのが見えた。学生が提出したレポートを抱えている。彼の笑顔に目がゆく。薄い唇を内側に巻き込んで、まるで歯抜けの爺さんだ。

「きみのほうの試験はどんな具合?」彼が尋ねた。「ぼくはチョーサー問題で痛めつけてやったよ」彼は爆弾が爆発したみたいな音をたてた。「さてさて……誰を落第させるかな」

サディスティックな傾向がなければ、教授職を満喫できないと思うのはこれが初めてではなかった。

「まったく最近の学生ときたら、フェイスブックとグーグル検索から片時も離れられないんだからな」ピーターは頭を振りながら悲しげにほほえんだ。

それからしばらく、現代における教育水準の低下についておしゃべりし――わたしは大きくうなずきながら、ときどきぼうっとし――もう充分付き合ったんだから、ここらでうまく切りあげようと思うのだけれど、彼は吠えるのをやめようとしない。

「きみはいいよ。契約がもう一年延びたんだから安泰だよな」ピーターが言うには、就職難のご時世だから、ハーバードやイェールの大学院生ですら小さなカレッジの非常勤教授のポストを奪い合っているそうだ。

プールで鼻に水が入ったときのようにツーンとしてきた。いまいましいことに、彼の言うことは誇張ではなかった。大学の教職員向け専門紙〈ザ・クロニクル・オブ・ハイヤー・エデュケーション〉を読むたび暗澹たる気持ちになる。状況が日に日に悪くなっていると伝える記事ばかりなのだ。賃金カット、教職員の座り込み。終身的地位が約束されたポストの激減――とりわけ英語や外国語を扱う分野で顕著だ。代わりがいくらでもいる非常勤教授を九カ月契約で雇えるのに、一年分の給料を払わねばならない教授を雇う必要がどこにある？

わたしは慎ましい笑みをピーターに向けてから、足元に視線を落とした。「ええ、たしかに、もう一年ここで働けることになってほっとしてる。ここはいいわよね」

「それはどうかな」ピーターの目がキラリと光った。「来期は国の助成金がおりて、きみのポストに終身在職権《テニュア》を持つ教授を雇うかもしれないからね。きみがその候補になれるかどうか、ぼくにはなんとも言えない」

わたしはまたほほえんだ。笑みがひび割れつつあった。

ヒールの高いサンダルで砂利道を歩きながら涙を堪える。崩壊寸前の姿を学生に見られることだけは避けたいのに、サングラスを教授室に置き忘れてしまった。

十二時六分。メールをチェックすべき？

心臓が止まった。メールが入っていた。

親愛なるシモタカハラ教授、

現代アメリカ文学の客員助教授のポストに応募され、面談に応じていただきありがとうございました。慎重なる選考の末、このポストはほかの応募者に与えることにいたしました。ますますのご活躍を願っております。

敬具

メアリー・ジョー・スタインベック

いったいどれぐらいのあいだ画面を見つめていたのだろう？　いくら読み直してもほかに解釈のしようがない。言ってることは単純明快だ。

射し込む日差しでデスクに日溜まりができている。それなのに、ありえないほど寒い。まるで穴の底にいて、どんどん狭まってゆく空を見あげている気分だ。埋葬される死体の気分。

いまのいままで、自分を奮い立たせる目標はあった。

ドアにノックがあり、英文学部の秘書のミセス・ウォーレスが明るい笑顔で言った。「授業評価です」

「どうもありがとう」大きなマニラ封筒が置かれたデスクから逃げだしたくなる。

なにもいま授業評価に目を通すことはないとわかっていても、封をされた封筒に呼ばれているようで目を離せなかった。なにを知ることになるの？　自己評価が常に正しいとはかぎらない。無駄に恐れているだけで、案外学生たちに好かれているのかもしれない。少なくとも一人や二人の学生には。

震える指で封を開け、最初の頁の数字の羅列を見つめる——授業で使われた教材の有効性と教材に学生の興味を惹きつける教授の能力を段階評価したものだ。三・一、二・九、三・三……まいった。何段階の評価なのだろう、五段階、それとも十段階？　知りたくない。目の前で数字が泳ぎだし、めまいがした。きょうは択一式試験を行う予定で、その準備ができていない。先を読んでいる暇はないのだ。あまりの屈辱に胃が痛くても、やるべきことをやらねば。

学生が書き込んだアンケート用紙をパラパラめくったら、特徴のある文字が目に留まった。〝ドクター・シモは、学生なんてどうでもいいという態度です。誰にも理解できない内容を勝手に長々としゃべるだけで、合間には長い沈黙がクラスを支配します。英文学を専攻しようと決めたことに疑問を持ちはじめています〟

言葉が鞭となってわたしを打ったが、怒りを覚えたのは一瞬のことだった。憂鬱の虫にとり憑かれた。評価票とアンケート用紙を封筒に戻してデスクに放った。動悸が速くなる。堪える間もなく涙が溢れた。教授失格の証拠がここにある。わたしのせいで、かわいそうに文学愛を失いそうな学生がいる。この仕事の憂鬱な現実に立ち向かう覚悟がなかったことを痛感させられた。この先、事態は好転するのだろうか？

すれ違う顔馴染みの学生や同僚たちの怪訝な笑みを無視し、足早に玄関を出た。全身を使うパワーウォーキングでメインストリートを行きつ戻りつした。勝手知ったる通りだ。角のパン屋、客がまばらなコーヒーショップ、食堂、みんなが特別な晩に出掛ける唯一〝まともな〟レストラン、レンタルショップ、カナダ在郷軍人会館（陰気な灰色の建物がなんなのかわからないが、たぶん軍隊に関連しているのだろう）、その向かいには開店したばかりのショッパーズ・ドラッグ・マートがあって、マットな赤の外装に目がチカチカする。

これのどこに自然の美があるの？　ソローが、すばらしく神聖なものとして大文字からはじめた自然（Nature）はどこにあるの？　まるで笑劇だ。ソローがわたしをここに誘った、大地と触れ合う抒情的経験なんて一度もしたことがない。すべて彼のせい。彼が自主的亡命の最中に味わった孤独の安らぎに、わたしはついぞ手が届かなかった。社会的孤立を賛美するなんて、正気の沙汰とは思えない。そういえば『森の生活』にこんな一節があった。〝夜ごと霧の衣を脱ぎ捨てる〟――湖をこともあろうにネグリジェを脱ぐ美しい女になぞらえた一節だ。不意にすべてが馬鹿らしく思えて、ヒステリックな笑いが止まらなくなった。彼は大文字ではじまる自然を、安っぽいロマンス小説の素材に変えてしまったのだ。

　そういう書き方のせいで、心を開きさえすれば、美しくより高いレベルの意識に到達できるとわたしは思い込んだ。宇宙の神秘的な力が流れ込み、信仰やオルガスムに似た霊感で魂が満たされるのではないかと。

　けれども、わたしは辺境の地で孤独を託《かこ》つばかりだ。超絶主義には及びもつかない。

思いは『森の生活』の〝読書〟の章に向かった。ソローは文化的に不毛の地で心からの満足をえたように書いているが、無理しているように思えないでもない。ウォールデン湖のまわりには図書館がひとつもないことをソローもしぶしぶ認めているし、庭の落ち葉を掘るのが日課でほとんど読書をしない生活に、はたして満足していたのだろうか？　たまに彼を襲う〝軽い狂気〟を過小評価しすぎたのではないか。

　彼の隣人たち――無骨な田舎者たち――が進んでラテン語やギリシャ語を学ぶなんて、万にひとつもあるだろうか？　ソローにとってほんものの読書とは、唯一、原語で古典を読むことだ。金儲けのためだけに読み書きを学ぶ人を糾弾し、愉しみのためにする軽い読書など言語道断と切り捨てた。

〝おすすめ本〟のリストを作ってくれと言うわたしの父を、彼はおそらく鼻先で嗤っただろう。退職後の趣味としての読書など不快の極みだったろうから。

だが、つまるところ彼の頑迷なエリート意識は、彼を孤立させ社会の縁へと追いやった。悲しいかな、彼がウォールデンに来たほんとうの理由がそれだった。

おなじことがわたしの身にも起きていたのでは？　そう思うとぞっとする。

エレン・スウォルに求婚して断られたのち、ソローは愛を放棄した。法律にも教会にも家業にも医学にも興味がないと宣言し、ハーバードの卒業生なら就けたであろう仕事には見向きもせず、暗い考えにとり憑かれた。わが身と比べて、わたしにはそう思えて仕方がない。

現代生活の現実に馴染むことができず、わたしと同様に孤立感を深めていったのではないか？　寒くて孤独な夜に彼はどう立ち向かったのだろう？


ソローが送った隠遁生活に、わたしはあまりにもあっさり飛び込んでしまった。

市庁舎の前で立ちどまり、二階の窓を見あげる。ここに友だちが勤めているのだ。正確に言えば元恋人。

一カ月前まで、市長の政策顧問の一人、ボビー・ホーソンと付き合っていた。

出会ったのは秋に開かれた教職員懇親会で、最初は彼を地質学の教授だと思った。赤褐色の髪、少年っぽい笑顔、筋肉質の体、三十代後半。海辺に住む人たちに言わせれば宇宙の中心、ニューブランズウィック州の州都フレデリクトンで育ち、ヨーロッパ各地を旅してまわったという彼の話に、わたしの心は躍った。ついにこの地でデートする相手と巡り合った。

最初の二ヵ月は夢見心地だった。港に面した彼の部屋に泊まり、美しい景色にうっとりし、彼への思いは高まるばかり。彼はテント生活をしながら自力で建てたコテージ風の家に住んでいた――ソローのように。家をあたためるのは薪ストーブ、キッチンの窓からは煌めく港が一望できて、大地は金と紫に彩られ、森の生活そのものだ。ボビーは家の裏手の野菜畑でジャガイモとトマトと、それに、そう、豆を作っていた。ソローは〝豆畑〟の章に、ソラマメを九ブッシェル十二クォート収穫した愛おしい労働を記録している。

あたたかな季節にはSUVとビンテージのオープンカーを乗り回しているにもかかわらず、ボビーは自らをほんものの森の住人だと思っていた。一度、ふざけてソローと呼んだら、きょとんとしていた。

気怠い日曜の午後には海辺をトレッキングした。わたしは借り物のウィンドブレーカーとゴム長靴姿（どちらも彼の元恋人が置いていったもので、わたしには大きすぎた）、絵葉書みたいな景色を眺めながら、魂がどこまでも広がってゆくのを感じた。水の滴りに耳を澄まし、緑を目で堪能した。松葉の一本一本が生々しい生命力ではち切れそうだった。わたしはボビーを、セクシーな森の住人をうっとり見あげた。ソローからだらしないひげを取り除けば彼になる。〝ここの生活も悪くないかも〟とわたしはひとりごちた。

ボビーはたしかにインテリではなかった。車と釣りと郷土愛以外の話題にはまったく興味を示さないので、食事中、二人して気まずく黙り込むことがよくあった。彼が馬鹿なことを言っても聞き流し、一人で散歩しているつもりで完璧な孤独に浸った。空が流れ落ちて来て顔にキスしてくれる。その瞬間、自然は理想の恋人だと思った。

哀れな迷える小娘だったのだ、わたしは。

雪解けのころに、わたしたち三人——わたしとボビーと自然——のあいだに隙間風が吹きはじめた。わたしがどうしてよその大学に移りたがるのか、ボビーには理解できなかった。

この町には大成長を遂げるポテンシャルがあると、彼は思っていた。町の未来に妄想を抱いていた。インターネットのおかげで、トロントやバンクーバーに住む必要がなくなる。川の畔《ほとり》で釣り三昧の暮らしを送り、自宅のパソコンで仕事をすればいい。

ある夜、わたしはワインを飲みすぎて本音を洩らしてしまった。「こんなこと言いたくないけど、地元の人たちって、よそ者を歓迎してるわけじゃないのよね。きみはここに来て日が浅いからって、何人から言われたかわかる?」

そのころには、靴の修理屋に入って大声の「コンニチハ」に迎えられ、修理代十一ドルのはずが二十七ドル請求されても動じなくなっていた。学部長に会うたび中国人の交換留学生に間違えられても、平気な顔で受け流した。はじめて会ったとき、学部長はわたしの肩に手を置き、迷子の仔犬を見るような目で見つめ、ESL(第二言語としての英語)センターがどこかわからないなら教えてあげるよ、と言った。

「まあ、それも無理ないよ」ボビーはパスタをフォークに絡ませながら言った。「きみは変わってるからね」

「どういうこと?」

「きみはちがうもの。スキーをやらないし、運転できない」

それは二人のあいだで触れてはいけないことだった。スーパーに行くのにタクシーを使うわたしを、彼は異常だと思っている。わたしはわたしで、公共交通機関を整備したらどうなの、と彼に言いつづけた。

「外見からしたってさ」彼が言う。「カナダ人には見えない。そんなに居心地が悪いなら国に帰るしかないいんじゃない」

皿の上でクリームソースが固まっていた。まるで糊を食べているみたいに味気ない。カレーやキムチやワサビが無性に恋しくなった——どれも生まれ育ったクイーン・ストリートの味だ。すっかり鈍った味覚に活を入れてくれるものならなんでもいい。

あのとき、もう限界、ここを出るべきだと思った。通りに目をやり、この先十年の人生を想像してみた。雪靴を履いて出勤する姿や、水っぽいスープをすすり、目の前にいる偏屈な男との子どもをどっさり産む姿は思い描けない。わたしは彼を見下していた。わたしの力で彼を洗練された世界人に仕立ててあげたかったけれど、到底無理だとわかっていた。そのあとすぐ破局を迎えたのは当然の成り行きだった。それからずっと淋しい生活を送ってきた。

ボビーのオフィスの窓の外の、赤いゼラニウムのプランターを見あげる。日差しを浴びて愉しげに満足げに揺れている花をもいで、側溝に投げ捨ててやりたい衝動に駆られた。

無事出題を終えて、アパートに歩いて戻る。あたりは真っ暗で、学生たちの酔ったハイエナみたいな笑い声が、ただでさえ張り詰めた神経を逆撫でする。スマホが鳴り、転びそうになった。父からだ。電話すると父が言ったことを、すっかり忘れていた。

「セントポール大学の仕事、駄目だった」涙が溢れる。なんて惨めな人生だろう。

「そうか。おまえなら大丈夫、うまくやっていける。若いんだから。これまでのキャリアは無駄にはならない」

危機に瀕している娘にかける言葉がそれなの？

「なあ、話したいことがあるんだ。おばあちゃんのことだ。入院してる」

「どこが悪いの？」

「血液に毒がまわってな。脚を切断しなきゃならない。その先どうなるかわからないんだ」

足の爪が肉に食い込んだせいだ、と父は言った。血管疾患のせいで血が行き渡らず、爪先が膿んで足全体が壊疽を起こし、毒が脚までまわった。

症状が一気に進んだことがショックだった。祖母のパーキンソン病と記憶の衰えを父が心配しているのは知っていた。このまえ父に会ったときには、いまのうちに祖母から聞いておきたいことがある、と言っていた。父の子どものころの話を、祖母はいっさいしようとしなかった。

「おばあちゃんから話を聞くことはできたの？」

「そうもいかなくてな」父は拗ねた子どもみたいな声で言った。「あの人の殻を破るのは容易なことじゃない」

たしかに祖母は不思議な人だった。生身の人間と話している気がしないことがよくあった。祖母の定まらない視線や内気な笑みは、あらかじめプログラムされているように感じた。まるでロボットだ。どうしてそうなのかわからなかったが、それが日本女性の伝統的な振る舞いなのだろう。わたしの頭のなかでは、戸棚にちんまりとおさまる日本人形と祖母が一緒くたになり、おかしな話だが、その人形が祖母なのだと思うようになった。子どものわたしはその人形と遊びたくてたまらなかった——卵形の顔に指を這わせ、赤い着物に締められた白い帯をほどくとどうなるのか知りたかった。でも、むろん人形に触れることは許されなかった。人形はめったにない貴重なものだ、と祖母は言った。

たとえ口に出して言わなくても、祖母はその人形を形見としてわたしに遺してくれるだろう。人形は肩に枝を担いでおり、わたしにはそれが恐ろしかった。枝の先に三つのお面がさがっているのだ。美しい女と悪魔、それに天皇みたいに威厳のあるふっくらした頬っぺたの男。

「こっちに戻ってきて、おばあちゃんを見舞ってやってくれないか」父が言った。「最後になるだろうから」

「そうね」わたしはゆっくり言った。「お父さんがそうして欲しいなら」

「会えるうちに会っておけ。おまえ自身のためだ」

「だったら、学期も終わったし。トロントに戻ろうかな」

そう言ったとたん、不安で胸がざわざわした。言わなければよかった。父の押しつけがましさ。母の心配そうな眼差し。この歳になると、夏休みの帰郷はあたりまえではなくなる。

それに、祖母の体が切り刻まれるのを見たくなかった。

2

家に帰ってもそこになにがあるの？　侘しい部屋には静けさ以外なにもない
――夜の静けさは耳障りな騒音以上に神経に障る。静けさと、ベッドの上の
催眠剤の瓶以外、そこにはなにもない。

――イーディス・ウォートン『歓楽の家』

「わあ、素敵」わたしは白い戸棚と大理石の床に目を瞠った。以前は木製の戸棚とタイル張りの床だった。

父はわたしのスーツケースを転がしてきて、キッチンを惚れぼれと見回した。「だろう？　まあ、いろいろあったけどな。請負業者が注文したのとちがう照明器具を取り付けたもんだから、みっちり説教してやった」

「値引きさせた？」

「さあ、どうかな」父の濃い眉が吊りあがる。

父は定年まで、グローバルなエンジニアリング会社の品質管理部門責任者だった。いまでも現役時代と思考経路がおなじで、家のリノベーションでもガントチャートを作ってコスト削減に励む。

祖母が死にかけているいまは、自分で作成した価格基盤に則り、葬儀社数社に見積もりを出させているのだろう。

母がわたしを見てにっこりした。

母にハグしたら、その髪に顔を埋めたい子どもじみた衝動に駆られた。

「心配しないで——嫌がられるほど長居はしないから」

「いたいだけいればいいのよ」母は言った。

父が母をちらっと見る。二人して気を揉んでいるのだろう。仕事で悩む娘を心配するのが親心だ。

二階の自分の部屋に引きあげ、壁紙のツタとスミレの模様を眺める。十一歳のわたしにとっては、最高に洗練された壁紙だった。本と数枚のCD——パール・ジャムにU2、ポーティスヘッド——があるだけで、部屋は空っぽだった。

クロゼットを開けると、ハンガーが揺れて古い服がこちらを見返す。昔のまま。中学の卒業式のために母が縫ってくれた暗褐色のタフタのドレス。七歳のわたしがハロウィンに着たストロベリー・ショートケーキの衣裳。捨てるに捨てられず、読み直すこともなかった手紙でいっぱいの靴箱。

毎日を漫然とすごす少女の部屋だ。世知にたけた教育のある女の居場所ではない。

家のあちこちに鏡があるのも嫌だった。どの部屋のクロゼットも鏡張りのスライドドアだ。目をそらすこともできず、しばらく自分を見つめていた。ここで暮らしていたときのままの自分を。髪はバサバサで、肌はいつもより赤く、ローライズ・ジーンズから覗く腰骨は片方がもう一方より高い。片方の膝を曲げもう一方に体重をかけ、腰に手を置いてごまかしても無駄だ。苛立ちに顔が火照る。

レスリー、どうしてまっすぐに立てないの？　障害に最初に気付いたバレエの先生の声が聞こえる。先生は母に電話してそのことを知らせた。それからの惨めな月日を頭から追い出そうと深呼吸してみたが、背中に鈍い痛みが走るのを止められなかった。


キッチンでは、父が買ったばかりの中華鍋で実験に励んでいる。母とわたしはソファーに座っておしゃべりした。

「おばあちゃんが入院してから、お父さんはずっとあんな調子。手が焼けるったらないわ」母が言った。

わたしは、お気の毒さまの笑みを浮かべた。こちらから水を向けるまでもなく、母はうっ憤を吐きだした。

「もう、こっちまでおかしくなりそう！　きのうもね、お父さんったら、お年寄りに食ってかかったのよ。〝こっちが先に並んでたんだ〟っていちゃもんつけてね。〝まあ、失礼いたしました〟お年寄りも負けてないの。〝でも、そちらさんは雑誌を読みながら奥さまを待ってらしたんでしょ〟そしたら怒鳴ったのよ、お父さん。〝そんなことない〟って。みんながこっちを見るんだもの、きまりが悪いったらなかった」

「なんてことないんじゃない。お父さんにしたらましなほうよ」

わたしが子どものころの父はそんなものではなかった。もっと安くしろとウェイターを怒鳴りつけたり、境界線を巡って隣家と争いが絶えなかったり。自分が結婚したのは、やりたい放題、言いたい放題の癇癪持ちだったと、いいかげん母も認めればいいのに。

「お父さんはスペクトラムかもね」母はよく言っていた。自閉症スペクトラム障害のことだ（エンジニアの多くがスペクトラムだという研究結果を、母はなにかで読んだのだ）。父は身を危険に曝してまで、一連の手順や気に入りの物に執着する。父が車を買い替えるのを嫌がったことで、すさまじい夫婦喧嘩が勃発したことがあった。父はグリーンのボルボに愛着し、壊れるまで乗りつづけると言い張った。そしてある晩、帰宅途中で車が炎上し、間一髪、父はブリーフケースを摑んで跳びおりた。

母は激怒したが、父は事故で逆に元気づいた。自分一人の体じゃないのよ、家族のことも少しは考えたらどうなの、と怒鳴る母を尻目に、父は沈黙の殻に引きこもった。口元にいたずらっぽい笑みを浮かべて。

ちょうどそのころから、父はリモコンの模型飛行機作りに夢中になった。子どものころからの夢だったそうだ。家の地下室は模型飛行機が散乱する作業部屋となった——1/4スケールの大きな機体が邪魔でテレビに近づけない。週末はもちろん、平日でも残業のない日はオンタリオ湖畔の埋立地に出掛け、何時間でも模型飛行機を飛ばした。一度、父に連れられて行ったことがあるが、ただ空を見ているだけの退屈極まりない時間だった。それでも、あんなに穏やかで満ち足りた父の姿はほかでは見たことがなかった。模型飛行機を飛ばすのはセラピー効果がある、と父は言っていた。

ほんもののセラピーを受けるべきよ、と母は口うるさかった。

ある晩、父は夕食の時間に戻らなかった。空は暗く雨が降りだした。母はキッチンを歩き回り、父の分の夕食を片付けた。それから父の同僚たちに電話したが、早めに退社したということ以外、誰もなにも知らなかった。わたしは気持ちを落ち着けて宿題をしようとしたものの集中できなかった。真っ暗な埋立地で襲われたか誘拐されたのでは？　それとも、雷に打たれた？　ついに母はレインコートを羽織り、探しに行くと言った。

ちょうどそのとき、父が戻った。髪は濡れて額にへばりつき、服はびしょ濡れで、顔には血の気がなかった。

「おれの飛行機が湖に墜落した」いちばん気に入りの機体だったから回収して修理しようと湖に入り、汚染された水を掻き分けて壊れた機体へと向かった。そのうち足が立たなくなり、バラバラになった機体は沖へ流されてゆく。やがて胃が痛くなり、先へ進めなくなった。

いちばんの機体を失い、父は打ちひしがれて帰宅した。

お年寄りを怒鳴りつけた父を尋常ではないと決めつける母も、仕事を辞めてぼけが始まったのかもしれない。どっちもどっちだ。それでも、祖母が寝たきりになってから、父はますますおかしくなっている、と母は言い張る。

「そもそもが、仲のいい親子じゃなかったじゃない」

「仲がいい悪いは関係ないのよ。親が衰えてゆく姿が子にどれほど影響するか、あなたにはわからないでしょうね」

そこで二人とも黙りこみ、沈黙を破って母が言った。「それはそうと、あなたはどうなの？」

その瞬間、母が年を取ったことを痛感させられた。いまもおなじ暗紅色の口紅をつけ、髪は染めたばかりだけれど、ボブヘアは以前ほどきまってはいない。笑いじわの下から不安が覗いているし、目の下はかすかにたるんでいる。

わたしのせいだ。わたしが夜遅くに酔って電話し、田舎暮らしはしんどいと泣き言を並べれば、母は不眠症にもなるだろう。わたしはわがままで身勝手なうえに抑制がきかないから、母はいつも愚痴の聞き役にまわらざるをえない。

まったく、この父にしてこの娘ありだ。

夕食ができたぞ、と父の声がした。チャイナタウンで食べておいしかった料理を再現しようと、父が中華鍋で強火で炒めた牛肉から生姜とニンニクの香りが立ち昇る。いい匂い。それに、おいしい。わたしの驚いた顔に、父はご満悦だ。

「前学期の授業はどんな本を取りあげたんだ?」父が尋ねる。

「アメリカ文学のクラスでは、ソローからはじめて、セアラ・オーン・ジュエットをやり、ウィラ・キャザーとアーネスト・ヘミングウェイに飛んだ。モダニストの作家たち」

「ヘミングウェイか。やっと男向きの作家が出てきた」

「あら、彼の作品を読んでいたなんて知らなかった」

「読んじゃいないが、読みたいとは思っていた」父は箸を置いて目を輝かせた。「おれのためのリーディング・リストを作ってくれるんじゃなかったのか?」

わたしは笑った。父は妙なところでせっかちになる。「お父さんは気付いてないかもしれないけど、わたしはずっと忙しかったの」

「おいおい。リストを作るぐらいお茶の子さいさいだろう。日がな寝っ転がって本読んでノートにメモってるだけじゃないか」

「なによ、それ」額に汗が噴き出す。

「母さんから聞いたぞ。逃げだす算段をしてるんだってな」

目に涙が浮かんだ。実家に戻って数時間でもう居場所がなくなっている。

「もっと地に足の着いた仕事をしたらどうかしらね」と、母。「文学なんていう現実離れした世界で苦労しているようだから」

わたしは反論しようと深呼吸して気持ちを落ち着けたが、口を開くたび絶望の波が押し寄せ喉が塞がった。

「おまえはなにに怯えているんだ?」父が言う。目がギラリと光って顔つきが変わった。まるで駐車スペースを横取りした隣人を見るような目だ。庭の芝生を勝手に掘り起こした隣人を見る目。

「なにもかもよ。これまでずっと頑張ってきたことを取りあげられてしまった気分なの。これからどうやって生きていけばいいのかわからない。わたしはリリー・バートそのもの!」

「リリーって誰なんだ?」父が言う。

「彼女は――『歓楽の家』のヒロイン」先がつづかなかった。哀れな彼女の姿に自分がぴたりと重なり、恐ろしくなった。

リリー・バートはいわゆる〝哀れな金持ち娘〟、金で幸福が買えなかった娘の成れの果てだ。相続財産のある両親に甘やかされて育ったが、ある日、パーティーが終わる。父が詐欺にひっかかって財産すべてを失い、リリーは金持ちと結婚するか、働くかの二者択一を迫られた。金持ちの娘が働くなんて考えられない時代だ。

彼女はわたし同様なんとか自立しようとした。理想の仕事を探し求めたが、やれることといったら秘書か帽子屋のお針子ぐらいで、どれもうまくいかない。不安定な生活を送るうち睡眠薬に頼るようになった彼女の絶望が、わたしには痛いほどわかる。

ある晩、彼女は睡眠薬を飲みすぎて不慮の死を遂げる――それとも自殺？　誰にもわからない。リリー・バートの謎だらけの悲劇。

両親にあらすじを語っているうち、二人の視線から、主人公よりもわたしの身を案じていることに気づいた。

「そんな悲劇の主人公にどうして自分を重ねたりするの？」母が言った。

「リリーは社会の中に自分の居場所を見つけられなかった。まわりのみんなから拒絶され、なにをやってもうまくいかず、お金に困り一人ぼっちになるのよ」

「あなたはそんな目に遭わない。お父さんもわたしも、あなたに幸せになってもらいたいと思っているんだもの」

最後に幸せを感じたのがいつだったのか思いだせない。ずっと眠れない夜がつづいていた。まるで船上生活を送っているみたいに、胃壁がつねに動いている感じがする。

「おまえの人生だからな」父がきっぱりと言った。「したいようにすればいい。ただし、ただ乗りできるなんて期待するな」

「ただ乗り？　つぎの仕事が見つかるまでのあいだ、ほんの少し援助して欲しいだけよ」

父が難しい顔をする。「それで、いつまでかかるんだ？」

部屋がゆっくりと回っている。大急ぎで回転ドアを抜けたときみたいだ。セラピストのハリエットに言ったとおりだ。わたしの幸せなんて父の眼中にない。父はわたしに邪魔されたくないだけだ。わたしさえいなければ、旅行にいったり、あたらしい趣味を見つけたり、愛する模型飛行機を好きなだけ飛ばしたりできる。

人生につまずいた娘のキャリア・カウンセラーをやっている暇はないのだ。

「お父さんはわかってない」わたしは震える声で言った。「わたしが助けを求めるのはこれがはじめてなんだから。困ったときに支えてくれるのが家族でしょ。賞を取ったときだけそばでにこにこしてるんじゃなく」

父の顔が赤くなった。

「心配しないで、レスリー」母が言い、父を睨んだ。「あなたって人は！　これが息子だったら、どんなに苦労させられたか！」

おまえが娘でよかったと、父は事あるごとに言っていた。自分が親子関係で精神的葛藤を抱えていたから、父は子どもを持っていいものか迷っていた。

「こいつを甘やかすな」父がぴしゃりと言った。「立派な大人なんだから」

＊

数日後、父がソファーに寝っ転がって本を読んでいた。わたしたちは親子喧嘩以来口をきいていなかった。父が顔をあげてほほえんだ。何事もなかったように。

「なに読んでるの？」わたしから尋ねた。

「『歓楽の家』だよ」

なにはともあれ気が咎めた。父は自分で問題を解決することにし、わたし抜きでリーディング・リストを作成したのだ。

「それで、感想は？」

「期待するな。読むのが遅いんだから」

「それはいいことよ。『歓楽の家』はじっくり味わうべき小説だから」

読み始めた瞬間、頭皮から肩、さらには乳首までが興奮でうずうずするような、そんな作家なのだ、ウォートンは。頭のツボを熟知してくれている人にシャンプーされたときの、懐かしいけれど衝撃的な感覚。サロンのシンクから立ち昇るアロマ・シャンプーの香りがしそうだ。ウォートンを読むと爪先が丸まる。

華やかな語彙やアクロバティックで複雑な文章にもかかわらず、ページの奥から同好の士の声が聞こえてきて、もう降参だわ、と思ったものだ。彼女がもしいまも生きていたら、きっと友だちになっていた。バーのスツールから垂らした脚を揺らしながら、一緒にマティーニを呑んでいるだろう。

これほど強烈なオーラを放つヒロインを創造した作家がほかにいるだろうか？　すっきりとした美しさや趣味のよさ以外に、リリー・バートの体からは、やわらかな光のようないわく言いがたいなにかが放出されている。性的なものではない。胸が大きく開いたドレスを纏い、ドナルド・トランプ並みの大富豪と出歩いてはいても、二十九歳にしてバージンだ。そもそも、彼女のセックスアピールはその近寄りがたい美から生まれているのだから、男が手を出せないのも無理はない。

父はまるで試験前の学生だった。コーヒーテーブルの上に腕時計を立てて置いているのは、何時間読んだかを知るためだろう。読書を趣味としはじめてから、毎日三時間は読むことをきまりにしている。

「リリー・バートはどうしてこんなに情緒不安定なんだ？」立ち去ろうとするわたしに父が言った。

来る日も来る日も子ども時代のデスクに向かっていると、自分が滑り落ちてゆくように感じる。昔の友人たち——これ以上英文学を学んでも将来性はないと見切りをつけ、大学卒業後はロースクールや人的資源管理のサーティフィケート・プログラムに進んだ優秀で現実的な友人たち——からのメールに返事をする気力が出ない。彼らはニューヨークの企業で着実にキャリアを積み、フランクフルトに出張しているというのに、わたしは将来性のない分野で燻っているのだ。

わたしがウォートンの小説に魅かれる理由はそれだった。身の程知らずの愚かな娘たちが、養ってくれる男を求めて悪あがきする姿を美しく描くことに、ウォートンは長けている。

ある日の午後、わたしは散歩に出掛け——思い出に浸って歩く時間はたっぷりある——昔よく行った古本屋に立ち寄り、『歓楽の家』を見つけた。

冒頭の文章を読むのは、引き出しの奥から古い香水を発見した気分だ。〝セルデンは思わず足を止めた。グランド・セントラル・ステーションの午後の雑踏の中にミス・リリー・バートの姿を見つけたせいだ。目の保養だと思う〟そこから先は、リリーの〝捉えどころのなさ〟や〝明確な目的を隠す仮面と彼には思える優順不断な素振り〟、セルデンが魅了される〝小さな耳の造形美、くるりと外にはねた髪〟まで、読者の興味をそそる描写がつづく。気まぐれな美女、この女のすべてがセルデンの気を惹くものの、自分が〝彼女の軌道の外にいる〟ことを自覚している。彼はさながら野暮ったくて気のいい高校生男子だ。クールな人気者の女子が落ち込んでいると冗談を飛ばして慰め、宿題を代わりにやって距離を縮め友だちになる男子。

女の謎めいた美の虜になる男。男を虜にする力を持ちたいと、女はみなひそかに願っているのだ。背徳の悦び。現代女性であるわたしたちは、前時代的ナンセンス――虚栄心とかナルシシズム、男をその気にさせたいというとめどない欲望――を超越していると思われている。そうやって進化を遂げ、かちっとしたスーツに身を包んで会議に飛び出し、夜遅くまでかかって長期計画を作成し、カリキュラム委員会で相手を論破している。だが、ウォートンがすごいのは、男を虜にする力と無防備さをあわせもつリリー・バートが、申し分のない崇拝者のやわらかで魅惑的な視線に晒される場面を描くことで、解放された現代の読者に彼女とおなじ胸の高鳴りを味わわせられるところだ。

セックスをほんとうに愉しめるようになったころのことは、よく憶えている（ボーイフレンドは三人目で名前はジョシュア・ゴールドマン）。彼は固い枕をわたしの尻の下に押しこみ、わたしの体を眺めまわした。そうして彼の顔に浮かぶ表情までが、セックスの悦びにつながった。自分の中の縛りを解き放てば、性的緊張は否応なく高まる。そばかすだらけの青年にうっとりと見つめられることで、自分の見慣れたつまらない肉体——ぽこっと出っ張った膝、尖がった腰骨——にあらたな興味が湧いた。

はじめて自分をセクシーだと思った。

やめようとは思うのだけれど、わたしには小説の登場人物を生身の人間と混同する困った癖がある。

大学院に入って最初に習うのが、そうしてはならないということだった。大いなる誤謬。小説の登場人物をわたしたちとおなじ感情も欲望も備えた血の通った人間と捉えて読むのは、間違いなく最低の読書だ。伝記や自叙伝は〝今月お薦めの一冊〟クラブ向きだが、この学界、それも高踏な学界にそれらの居場所はない。

ブラウン大学の指導教官はわたしにそう教えた。

修士課程でも博士課程でも、文学を理解するためのより高尚なツールをたんまり与えられた。修士一年目から、ポストストラクチャリズムにディコンストラクション、ニュー・ヒストリシズム、クイア・セオリー、サイコアナリシス、マルキスト・カルチャー・セオリー等々、いろんなゼミに参加した。ウルフをフロイトの精神分析理論に則って読み、フロイトをマルクス主義的に読み、ポストコロニアルの文学ははたして下層の人びと《サバルタン》について語っているのかをテーマに議論した。カー・ハウスの暖炉を囲んで座り、それぞれが異なるイデオロギーを表す多層のケーキみたいな図表を作った。夜になればワイン片手に、文学は歴史の一時代の影を捉えているにすぎないものなのか、それとも歴史そのものを超越する壮大な哲学の概念を明確にしうるのかで、侃々諤々と議論を戦わせた。ようするに、テキストをバラバラに分解して考える訓練を受けたのだ。

でも、わたしにはそれが端っこのもつれた糸をほぐしているだけに思えてならなかった。リリーなら泣いて喜んだだろう仕事をことごとく突っぱねたソローに共感するのは、将来有望な文学者にあるまじきことだ。やれやれ。小説の登場人物と頭のなかで友だちになるなんて、青臭いにもほどがある。だが、これだけいろいろ学びながらも、わたしはそういう目的で本を読むのをどうしてもやめられなかった。まさに三つ子の魂百まで。心の奥底では、アカデミックな読書スタイルにどうしても馴染めなかった。

わたしはいかさま教授なのだ。

「べつの仕事を探すつもりなら、なにはともあれリストを作成しないとね」母が言った。わたしたちはちかくのカフェでランチしていた。フォカッチャが妙にねっとりしている。

「あなたも知ってるように、わたしは最初から言語聴覚士だったわけじゃない」母がつづける。

「そういう仕事があることを電話帳で見つけたの」

その話は百回は聞かされた。わたしが生まれる前に、母は短期間だが高校のフランス語教師だった。流暢に喋れるわけでもないのに、まぐれでその仕事に就いたことに母はずっと負い目を抱いていた。ある日、電話帳をめくっていて偶然〝言語療法〟に出くわした。この言葉が頭から離れず、情報収集のためあちこちに電話しまくった。

　母は言語聴覚士の仕事が大好きで、委員会の長を務め、学校のカリキュラムを作成し、やがては地域の言語聴覚士を統括する地位にまで昇りつめた。

「リストを作るのよ」母はそう言ってペンに手を伸ばした。


「リリーってきみに似てるよな」ジョシュに言われたことがある。わたしたちはマギル大学の向かいのカフェにいて、わたしは『歓楽の家』を読んでいた。女性文学の講座のシラバスに載っていた本で、読むのはそのときがはじめてだった。

「なんで?」

　彼は『歓楽の家』をパラパラめくり、目に留まったパラグラフを読みながら口元にひとりよがりの笑みを浮かべた。

　わたしたちはそういう関係だった。彼は五歳年上で偉そうだったが、言うことは薄っぺらだった。そのせいか、彼がわたしに与えてくれたのははじめてのものばかりだった。はじめてのオルガスム、はじめて味わうスゴレーガ〔オレンジ風味のイタリアのリキュール〕、はじめて受けた箸の正しい使い方レッスン。田舎者に見られたくなかったら、箸を短く持つな、交差させるな、と言われたときは目が点になった。日本人の作法にわたし以上に通じていると言いたげな態度だった。彼は〈エコノミスト〉の書評で仕入れた雑学の宝庫だったのだ。

「きみもリリーもいい女だけど、どっちも、ほら、あれだ……行き当たりばったり」

「行き当たりばったり？」

わたしはキャラメル・マキアートに載っているシロップを舐めながら、冷静な態度に努めた。

ジョシュは肩をすくめ、マイクロファイナンスについて偉そうに講釈を垂れた。

頬がじっとり火照るのを感じた。ランチで食べたグリルド・マッシュルームのサンドイッチとキャラメルとコーヒーが胃の中で混ざり合い、奇妙な汚泥に変化した。

行き当たりばったり？

そのころのわたしは、たしかに自分がなにをしたいのかわからなかった。わかっているのは、なにをやりたくないかだけだった。コインランドリー並みに明るいラボで人生を送るのは耐えられないし（理数系は無理）、ロースクールに行きたいとも思っていなかった。だからひたすら読んだ。屁にもならない文学作品をひたすら読んで単位をもらった。

考えてみれば、わたしが魅かれるのはいつだってくだらないことだった。やりたいことなんてそのうち見つかるわよ、と母は言ってくれたが、曖昧模糊とした目標の泥沼から這いあがれないかもしれないと思うと怖くてたまらなかった。

わたしがリリーに似ている？　つまり、けっして幸福になれないってこと？　わたしの心の奥底には自己破壊的衝動が潜んでいるの？

「きみは英文学の教授になるべきだな」ある朝、ジョシュが言った。わたしたちはマクレナン図書館で向かい合わせに座っていた。彼は自分に満足しきって頬を輝かせ、〝人の本質が露呈するってこういうことね〟とわたしは思った。

「教えることについて、あなたはなにを知ってるの?」

「教えるなんて誰が言った? 優秀な教授は教室にいなくたっていいんだ。研究と称してヨーロッパを放浪し、文学の砦に引きこもり、路地裏のカフェでエスプレッソをすする。豊かな人生じゃないか」

これもまた彼の浅薄な考えのひとつだったが、わたしの心を捉えた。

〝英文学教授になるのもいいかも〟

行き当たりばったりな娘が魅かれそうな考えだ。

一瞬にしてわたしの運命はきまった。あん畜生め。


祖母は車で二時間半かかるナイアガラ・フォールズに住んでいた。ひどい渋滞で時間がかかり、わたしは妙な姿勢で眠っていた。ようやく到着したときにはゾンビになった気分だった。無菌の建物に入るとゾンビ感はいっそう強くなった。黄緑色の壁のせいだろうか。

祖母は個室に入っていた。誰が置いたのか、巨大なコーラカップに黄色の菊が活けてあった。病室の隅に座ってクイズ番組『ジェパディ』を観ていた祖母の再婚相手のテッド・マケイブが立ちあがり、ゆっくりちかづいてきた。ぞんざいに刈ったあごひげに食べ物の滓がついている。

祖母は虹色の毛布に包まれて眠っていた。その体は子どもみたいに小さくて弱々しい。脚はまだ切断されていない。薬物療法に最後の望みをかけていたのだ。祖母の黒く染めた髪はぺたんこで脂っぽく、口はしおれたチューリップみたいに開いていた。

若いころは美人だった、とまわりは口を揃える。終戦後、日系カナダ人が売国奴と疑われた時代でも、男たちは祖母に見惚れた。外を歩けば見知らぬ他人がドアを開けてくれ、路面電車に乗るのに手を貸してくれた。そのあいだ、父は祖母のスカートの陰に隠れていた。

不意に祖母が目を開け瞬きした。「ここはどこ？　ブラッキーはどこにいるの？」

「午前中ずっとこの調子だった。昔飼っていた犬の名を呼んでね」と、テッド。

二時間経っても、父とわたしは担当医に会えずにいた。つけっぱなしのテレビから、いつもながらの耳障りな音が流れている。わたしはうとうとしていた。

目を覚ますとテッドの姿はなかった。半ば閉じた目の端に、発泡スチロールのカップを引きちぎる父の姿が見えた。

「夜は眠れるの？」父が言った。

「毎晩、灯りが消えたとたん眠っているわよ」

祖母のはっきりとした受け答えに父の目が輝いた。「看護師の言ってたこととちがう。ずっと起きてて大声をあげるそうじゃないか。おれが子どものころみたいに。憶えてるだろ、母さん？」

「あたしはぐっすり眠っていたよ」

「おれの記憶ではそうじゃない」父は化粧台の前に立ち、薬の瓶をあらためた。乱暴にいじくるのでガラスがガチャガチャ音をたてる。

「ああ、そうだったね」父がつづける。「おれたちは幸福な大家族だったんだ。愉快な家族。近所の人たちはよく言ってた。カズは職を失い正気まで失ったが、母さんがうまく取り繕ったおかげでね。口紅を塗って髪をカールして、大丈夫、すべてうまくゆく、と自分をも騙した」

「近所の人たちが言ってたって？」祖母の顔に警戒の表情がよぎった。

「ああ、そうだよ。仕切りの壁が薄かったからね――みんな筒抜けだった。カズが家のなかで暴れ回っていたこと、憶えていないの？」

「そんなこと憶えてるもんですか」

「なにしてるの、お父さん？」昔のことをこんなに大っぴらに話す父を、わたしははじめて見た。

父はポケットから小型の携帯電話みたいなものを取りだし、祖母の口元に掲げた。「母さん、よく考えてみてくれないか。おれが頼んでいることを、考えてみてくれ」

「それ、なんなの？」わたしは尋ねた。

「こいつはデジタルレコーダーだ。この一年、老人ホームで交わした会話を録音してきたんだ」父がこともなげに言う。〝会話を録音してきたんだ〟って、自分の母親を問い詰めるなんて尋常ではない。

「どういうつもりなの、お父さん？」

「昔話をするのはいいもんだろ」

「だけど、ほんとうのところ、なにがしたいの？」

父は一時停止のボタンを押した。頬が赤らんでいる。「昔からずっとそうだ。この人は〝憶えていない〟の一点張り。よくもそんなことが言えるもんだ。母さんはその場にいたのに」

「おばあちゃんを理解したいのね」わたしは言った。

父がうなずく。「ほんとうのマサコ・シモタカハラのことを知りたい」思い惑い苛立つ父の表情を見ているうちに、セルデンやローズデイルといったリリーの崇拝者たちが頭に浮かんだ。ほんとうのリリー・バートとはどんな人間かわからず、魅了されながらも苛立っていた男たち。母親に対し妄念を抱く父がいま読むのに、この小説はぴったりだったとあらためて思った。

〝この女はなにを隠そうとしているんだ？　ほんとうはなにを欲している？　自分を守るのに、どうして理性的な行動がとれないんだ？〟『歓楽の家』を、読みはじめたらとまらない本たらしめている疑問の数々は、父の心にわだかまる疑問とおなじものだ。

父は尋問を再開する覚悟をきめるように大きく息をついた。事の成り行きに、わたしの神経が高ぶる。父が自制心を失い、看護師が警備員を呼ぶような事態になったらどうしよう。

「カズが逝ってから、どんな夢を見たの、母さん？」父が尋ねる。「カズがまだ生きていて、母さんを家じゅう追いかけまわす夢？」

「発作を起こしてから、カズは人が変わった」

「おじいちゃんに会うことができなくて残念だわ」口を挟まずにいられなかった。「病気になる前は素敵な人だったんでしょ」

父が実の父親を名前で呼ぶことに、わたしはずっと違和感を覚えていた。子どものころ、まわりの友だちには祖父がいた――たとえ戦争や狩猟中の事故で亡くなっていたとしても、語り継がれる思い出はあった。わたしが知っていたのは、その男が〝カズ〟と呼ばれ、父が子どものころに亡くなったということだけだ。彼の名前を耳にするたび、父は顔をしかめた。

「カズは素敵な人じゃなかった」と、父。「おまえが会えずにすんでよかった」

「発作だった」祖母が言った。

これまで父と祖母のおしゃべりは映画やテレビ番組の話題にかぎられ、真面目な話はついぞしたことがなかった。だが、いまの父は、どうしても言っておきたいことがあるのに、うまく伝えられない子どもみたいだ。

なんだか父を守ってあげたい気持ちになる。まるでソーシャルワーカーになった気分だ。父はといえば、母親の注意を惹きつけたくて泣く、ほったらかしにされた子どもだ。


一週間後、キッチンで父と向かい合って朝食を食べていた。わたしはテーブルに散ったパン屑を掌に集めながら、言葉を探した。

考えあぐねた末に尋ねた。あの本、どうだった?

父の口元が歪む。ほほえみなのか、機嫌が悪いのか。「ウォートンの文章は長ったらしくてひねくれている。枕がサテンだろうがベルベットだろうがどうだっていい」

「なるほど」自分の意見を口にするのはいいことだ。取っ掛かりができた。妙な具合になった祖母の尋問から気をそらす手段として、父が小説を読んでくれたことが嬉しかった。「ほかに気になったことはある?」

「意気地なしのセルデンがリリー・バートにあそこまで拘るわけがわからない。ほんもののリリーを理解できるのは自分だけと思いあがって、彼女の尻を追いまわしてるだけじゃないか。ガキのすることだ。男は誰もあんなふうに考えないぞ」

「例を挙げて説明してくれない？」

父は頁をめくりながら眉を吊りあげた。「ああ、ここなんてどうだ？　舞踏会で大喧嘩して、セルデンが町を離れるくだり。ところがそれから二人はモンテ・カルロで再会し、セルデンが胸の痛みをくどくど語る。まったく馬鹿らしいにもほどがある。リリーを見て、彼女の肌は冷たい磁器のようだって言うんだぜ——美しいけど興味を削がれるなんてさ。そんなふうなことを言う男がどこにいる？　ゲイの美術評論家以外でそんなこと言う男がいたら、お目にかかりたいもんだ」

「たしかに一理ある。ウォートンは女の視点で書いているのよね。リリーが——ウォートン自身が——男からこう見られたいという願望をね」

わたしはそこで窃視症の力学について講義をはじめたが、そのあいだも考えずにいられなかった。つまるところはウォートンの性生活に集約されるのだ。彼女はほんとうの欲望も満足も経験したことがなかった。彼女は二十三歳でおなじ階級のテディ・ウォートンと結婚したが、この結婚は最初からまやかしだった。知性も教養もない女たらしのアルコール依存症の夫に浮気され、ウォートンは心のバランスを失い、これが離婚へとつながった。分身であるリリーとちがって彼女は立ち直ったものの、ヒロインに投影した悲しみや脆さは彼女が心の奥底に抱えていたものだ。

友人や作家仲間たちに囲まれた後半生は満ち足りたものだっただろう。だが、戯れやほのめかしが満載のヘンリー・ジェイムズと交わした手紙、知的な戯《ざ》れあいは、けっして一線を越えるものではなかった（あとからわかったのだが、ジェイムズ自身も苦悩を抱え、引きこもっていた時期だった）。既婚の記者——ジェイムズも彼に欲情を抱いていた——との短い情事をのぞけば、おおむね独り身を守ったと言える。恋愛にもっとも近い感情を抱いた相手、終生の友だったウォルター・ベリーはセルデンとおなじ弁護士だった。本と言葉と建築に寄せる情熱は二人に共通のもので、若いころに無為の時をすごした点もおなじだった。ウォートンは、ベリーのプロポーズを期待したが、彼は応えなかった。

ベリーが亡くなると、彼女はこんな言葉を寄せている。〝わたしの心と魂が飢えていると彼はすぐに察してくれて、ともに過ごした最後のときまで、わたしの心と魂に栄養を与えつづけてくれました〟

結ばれなかったからこそ、二人の愛は完結したのだ。それは彼女が遺した偉大な小説にも言えることだ。悲劇と哀感に耽溺するあまり、幸福な結末を書くことができなかった。

複雑で矛盾する女。愛する人になにを求めているのか、本人にもわかっていなかった。

わたしもだろうか？　わたしもまた親密な関係を築けないのだろうか？

ひとりで考え事をしたくなると、わたしの人格はすっぽりと布に包まれ、ほんのささいなこと——テレビの音や人の息遣い——で怒りを爆発させる。アドルノ〔ドイツの哲学者・社会学者〕やフォークナーに没頭すると、恋人なんてどうでもよくなる。ひどい人間だけれど変えようがないのだ。より高い目標に向かって生きているのだから、と自分に言い聞かせる。

「本を読むためにぼくと別れたってこと？」最後に会ったとき、ジョシュが言った。七年前、ロウワー・イーストサイドの彼の行きつけの居酒屋でのことだ。

彼が週末を一緒にすごそうとわたしをニューヨークに呼び寄せたのだ。それより二年前に、彼が卒業すると同時にわたしたちの仲は終わっていた。彼は日本に移り住んで英語を教えながら、日本史で修士号をとる勉強をしていたが、ニューヨーク大学のロースクールに受かったので戻ってきた。

わたしは日本酒を呑んでほろ酔い気分だった。「そもそも教授になれってわたしを説得したのはあなたでしょ」

「ああ。きみにこっちで大学院に進んで欲しかったからね。ロード・アイランドの名もないコミュニティ・カレッジじゃなく」

「ちょっと、ブラウン大学を侮辱しないでよね。ケネディ一族にとってはよい大学だったんだから」

彼の顎の線からは確固たる意志が感じられ、わたしを見る視線から真剣さが読みとれた。「きみがここにいたら愉しいだろうと思って。昔みたいにね。この先どうなるかなんて、誰にもわからないだろ」

わたしは弾力のあるタコを噛みしめながらにっこりした。二年前なら、大喜びしただろう。でも、そのときはまったく心を動かされなかった。彼にそんなふうに見つめられて鬱陶しいだけだった。

わたしにはウォートンがいる。ジェイムズもエリオットもいる。実りある精神生活を送るなら、ひとりにかぎる。

世間知らずの馬鹿な娘だった。いまならわかる。精神生活なんてなんの値打ちもないってことが。なんで急にジョシュのことを思い出したのだろう。付き合っていたころの辛い思い出が頭の中で再生される。ウディ・アレンの映画の最後のモンタージュみたいに。失われたすべてのものが。こうなっていたかもしれないという思いが。

トロントの街を歩き回りながら思った。恋人がいない状態がこんなに長くつづいたのははじめてかも。自分にふさわしくなかろうと、不釣り合いな相手であろうと、つねにそばに誰かいないと駄目な女になっていたのだ。

でも、いまはひとりだ。恋人がいないのは淋しいが、特定の誰かを恋しいとは思わない。わたしのリビドーは自由気ままだ。

ジョシュがニューヨークで借りていた地下の部屋のバスルームは、カーテンで仕切られているだけだった。ドアもない。あの晩、酔って彼の部屋に転がり込んで、そのことに気づいた。

キスからはじめたとき痛感したのは、二人のあいだにある距離だった。窓から射し込む光が彼の腕で踊り、セメントの床に溜まって水中にいるような気分だった。

わたしたちはうまくいくわけない。二人とも直感でわかっていた。かつてのやり方で相手を興奮させようと頑張ってみても、感じるのは退屈だけだった。はなから見込みはなかったのだ。

彼が言ったとおりわたしがリリーに似ているとしたら、彼はセルデンだ。たしかに類似点はある。思い浮かんだのは、リリーとセルデンの最後の場面だった。そのころには、彼女は世間から爪弾きにされていた――金持ちの既婚者たちとスキャンダラスな関係を結んだせいで評判は地に落ちていたのだ。なにより痛ましいのはセルデンと喧嘩別れしていたことだ。健康を害した人生最後の日々に、どうしてもひと目会いたいと夜に彼のフラットを訪ねた。

彼とのほろ苦い和解ではなにも解決しなかった。

その夜遅く、リリーはベッドで睡眠薬を過剰摂取し、セルデンに未練を残し、まだなんとかなるという思いにすがった。遠のく意識の中で考えるのは、セルデンに伝えるのを忘れたことだった――二人の愛をはっきりさせるために言うべきことがあったのだ。

わたしの頭も混乱していた。あの晩遅く、わたしはジョシュのベッドでシーツを体に巻き付け、壁にくっついて寝ていた。愛を交わしたあと、彼はすとんと眠りに落ちた。まるで注射を打たれたみたいに。わたしは胃が空っぽのような、妙に満たされない思いで横たわっていた。

終わったという感覚を期待していた。最後に彼と寝れば、相性の悪さを再確認できると思っていたのだ。

ところが、目が冴えて胃がむかむかするだけだった。

彼と別れて勉強に打ち込んでみても無駄だった。彼のことが頭から離れることはなかった。空想の中でずっとおしゃべりしていた。

終わりにしたかったのにそうはならなかった。もっと欲しいという思いは、きっと消えることがないのだろう。でも、もっとなにが欲しいの？　彼はいつもわたしを置き去りにし、言葉にされなかったことがあったはずだという苦い思いだけが残った。

3

部屋の暗がりで、ぼくは中風病みの重々しい灰色の顔が見えた気がした。
——ジェイムズ・ジョイス『ダブリナーズ』

わたしはもう何時間もソファーに横になっている。誰か食べ物カプセルを発明してくれないだろうか。わざわざ起きてサンドイッチを作って食べるなんて面倒くさい。

サンルームの傾斜したガラスを雨が叩く。子どものころはこの部屋が大好きだった。「ガラスのおうちに住んでるんだよ」と、学校で自慢したものだ。でもいまは、雨に濡れて滲むガラスが別物に思える。

祖母はそう長くもたないだろう。

両親はナイアガラ・フォールズに行っているが、わたしは身の振り方を考えるためこっちに残った。リストを作ったり、キャリア・カウンセリングのウェブサイトをチェックしたらどうなのと、母は口うるさい。

わたしがしていることといったら、長い散歩に出ることだけだ。

グレンフォレスト・ロードがどこかちがって見える。小さな変化が積み重なってあらたな顔をもったような感じ。そういう変化をわたしは見逃してしまったのだ。ペンキが剝げて芝生が伸び放題だった老朽化した小さな家々はどうなったのだろう？　野草が腰の高さまで伸びていたのを思い出す。父ときたら、この界隈の土地の値段がつられてさがると憤り、住んでいた老女が亡くなると喜んだ。

ヤング・ストリートに折れると、驚いたことにフィッシュ・アンド・チップスの店がなくなっていた。インド料理のレストランに変わり、ウィンドウには〈トロント・ライフ〉誌に掲載された店の紹介ページが飾ってあった。フィッシュ・アンド・チップスの店には何年も行ってなかったけれど、なくなってみるといたたまれない思いに駆られる。目に涙が浮かび、頬を雨が叩く。南に歩いてローレンス・ロードまで来ると、ここでも馴染みの店が姿を消していた。男子生徒たちがポルノ雑誌を買っていたコンビニはどうなった？　カウンターにいたやさしい丸顔の韓国人女性はどうなった？

わたしの散歩は日に日に距離を延ばしていった。老人ホームの前を通ってコーヒー・タイム・ドーナッツまで。高校時代、金曜の夜にはここにたむろし、友だちと何時間でもおしゃべりしたものだ。懐かしい思い出。あのころは、親の付添いなしに夜遅くまで出歩くことが愉しくてたまらなかった。ダブルダブル〔砂糖とミルク倍増〕のコーヒーと、誰かがお姉さんのバッグから盗んできた煙草で、みんなご機嫌になれた。そうやって夜が更けていった。いまみたいに清浄な空気のなかでは、煙草も吸えやしない。

わたしがこっちに戻っていることを、幼馴染みのクララ・キムが嗅ぎつけた。彼女とはおなじ幼稚園に通った――秘密めかしたほほえみと、それを補うようなでかい笑い声のずうずうしい少女だった。両親は韓国で薬剤師をしていたが、子どもたちによい生活を送らせるためにすべてを犠牲にしたのだ。学校の校庭で、彼女はこっそりちかづいてきて言った。あんたは大きな家に住んで、あたしはコンビニの二階に住んでるけど、だからって自分のほうが上だなんて思うんじゃないよ。そんなこと思ってもいなかった。わたしは不器用で内気なおかっぱの少女だった。人に話しかけられることが奇跡だった。

疎遠になったり復活したりの関係がつづいたが、彼女に会いたいのかどうか自分でもわからなかった。ところが、わたしたちはいま、ブロア・ストリートにあたらしくできたアジアン・レストランにいる。ウェイトレスに案内されたのは真っ白なブースで、クララの肌はブロンズに輝いて見える。

「ねえ、レス、話したいことといっぱいあるよね」自然療法の学校に通って、彼女の目は広く世界に向くようになった――そのせいで、加工食品の危険性をしきりと訴える。夫のジムを〝ベジタリアン〟にさせたそうだ。お得意さんを接待するとき、彼はどうしているのだろう。

窓から日差しが降り注ぐ。まぶしすぎる明るさ、午後がどうしてこんなに長いのだろう。

帰り道、近所の古い図書館に吸い寄せられ、入ってみると空気がかび臭くてまるで葬儀場だ。ラウンジチェアに腰をおろすと、向かいの席でホームレスの女が〈エル〉を読んでいた。大きな時計がチクタクいって、授業が終わるまであと何秒と数えた中学時代に戻った気がした。

ホームレスの女はトレトンのスニーカーを履いていた。すっかり汚れてピンクというよりグレイにちかい。わたしが四年生のころに履いていたスニーカーとおなじだ。

母は帰宅するなり、わたしが挙げた条件をもとに情報収集をはじめた。

一　トロントで就職
二　運転せずにすむ仕事
三　肉体労働を含まない
四　偉大な文学作品を読めばよりよい人間になれるなんてたわごとを、学生に吹き込まずにすむ仕事

たいした条件ではないが、母の情報収集の拠り所にはなるだろう。母は言語聴覚療法士や高等教育行政庁の政策アナリストの友人たちとランチする予定を組んだ。

みんないい人だった。戸惑ってはいたが。

「ノヴァスコシアで教えてるとばかり思ってたわ」ジャネットという名の女性が言った。「娘は教授になったって、お母さんはいつも自慢しているわよ。どうして気が変わったの?」

サラダを突っつきながら、くたっとした葉っぱの下に潜り込めたらと思った。こんなことしててなんになるのだろう。いっそ難民に混じって電話勧誘販売の仕事に応募しようか。

大学から逃げてきた難民。それがわたしだ。

＊

「つぎはなにを読めばいい？」父が尋ねた
わたしの驚いた表情を見て、父はしてやったりの顔をする。

『歓楽の家』を楽しそうに読んでたものね」母が言う。「お薦めの作品はないの？」

父は和解のしるしのオリーブの枝を差しだしているのだろう。それとも、レスリーと仲良くしたいんでしょ？　だったら、自分から手を差し伸べなきゃだめよ、と母に尻を叩かれた？　そんなわけで、両親は満面の笑みを浮かべてわたしを元気づけようとしている。

いいでしょう。小説のタイトルの十や二十、並べてやろうじゃないの。ただし、講義しろとは言わないで欲しい。

「ジョイスの『ダブリナーズ』なんてどう？」部屋の書棚に一冊あったはず。

「ジョイス？」父は不安そうな顔をした。「ずいぶん昔だが、友だちのアパートで『ユリシーズ』を手に取ったことがある。いやもう文章の長いこと」

読者はまるで歯の根幹治療に挑む覚悟でジョイスに取り組もうとする。

「心配しないで――『ダブリナーズ』は『ユリシーズ』とはちがうから。いうなればジョイス入門書、〝ジョイス・ライト〟」

この二作品には共通のテーマがある。アイルランドの文化的不毛をジョイスは大げさに嘆いているのだ。だが、『ユリシーズ』と『ダブリナーズ』とでは、スタイルがまったく異なる。一九二〇年代に入ると彼の文学スタイルは実験的になり、普通の人たちには理解しがたいものになったが、

『ダブリナーズ』はそれ以前に書かれた。

『ユリシーズ』の時間を超越した壮麗さを誰もが褒めたたえるけれど、わたしはもっとシンプルな弟分のほうが好きだと心の奥底でずっと思っていた。叙事詩の体裁をとる『ユリシーズ』とはちがい、『ダブリナーズ』はダブリン市民の人生のひとこまを切り取った短編集にすぎない。

「大丈夫、きっと好きになるから」

父は納得していない。

行き当たりばったりに選んだわけではない――この作品には父を思い起こさせるなにかがある。ダブリン市民の気骨。登場人物全員が抱える孤独。街に垂れこめる雲。かび臭い客間、煤けた通り、胡散臭い連中の吹き溜まりのような下宿屋。

父の子ども時代はよく知らないが、スラム街で育ったことはたしかだ。戦前、シモタカハラ一族はバンクーバーの日系カナダ人のあいだでは人望を集める名家だった。カズの妹のテツコの話では、抑留期間が終わると親戚の多くがブリティッシュ・コロンビア州を離れたそうだ。彼らは汽車に乗って行けるところへ行った――モントリオール、トロント、ハミルトン。まき返しを図れるところならどこでもよかった。

だから、父はモントリオールのスラム街、バーダンで生まれ、のちに家族はトロントのブロア＝ランズダウン地区に移った。一九五〇年代は日系カナダ人にとってよい時代とは言えず、父はたいていひとりぼっちで過ごしたようだ。

『ダブリナーズ』の第一話「姉妹」は、地元の司祭だった友人の死について考える少年の物語だ。

少年は近所の人の話から、フリン神父――奇人扱いされた寝たきりの老人――と親しくしたせいでまわりから変な目で見られていたことを知る。フリン神父の中風で麻痺《パラリシス》した体はアイルランド社会の象徴であり、少年の孤独を際立たせる。毎晩、少年は〝中風《パラリシス》〟という言葉を口の中で転がして、宗教儀式のように重々しく繰り返す。

パラリシス、パラリシス、パラリシス。わたしの中で少年が父に重なる。

わたしの瞼が重くなる。

六月は眠ってばかりの月だった。

ある日の夕食後、ウェンディ叔母から電話があった。叔母は電話口でいきり立っており、父はなんとか宥めようとした。

薬物療法が効かないとわかり、祖母は脚を切断されたのだ。

翌朝、ナイアガラ・フォールズへと車を飛ばした。担当の医者から、感染が広がり膝の上で切断するしかなかった、と言われた。もっとも、膝を残したところで意味はない。あの年では二度と歩けないのだから。

毛布の下からハイヒールが一足だけ突き出すさまを想像すると、妙な気持ちになった。

病室に入って最初に気付いたのは、祖母がすっぴんだということだった。肉がすっかり吸い出され、あとに弛んだ白いカンバスだけが残ったみたいだ。それに香水の香りもしない。ベッドに身を乗りだして祖母を抱いたとき、鼻をついたのは体を拭いたアルコールの匂いだけだった。まるで病気の赤ん坊みたいな匂い。

両足を覆う毛布は、切断された脚の形をなぞっている。事情を知らなければ、脚を畳んで寝ていると思っただろう。見ているうちに、わたしの体の弱い部分が疼きはじめた。

「おばあちゃん、痛むの？」

「なんだって？」瞬きしたのは、わたしの言葉を理解したからではない。「憶えていないよ」

父が祖母の耳元でなにかささやいた。

「誰がいるの？　ジャック、あんたなの、ジャック」

「ああ、そうだよ」

「家賃を集めてこないと駄目だよ」祖母の瞼が引きつる。

「なんの話をしてるんだ？」

「下宿人」

「下宿人って？」わたしは尋ねた。

「ドイツ人の男は家賃を滞納している」と、祖母。

父はうなじを擦った。「昔住んでいたセント・クラレンス・ロードの家の話をしてるんだな」

「下宿屋だったの？」

父がうなずく。「ミセス・ムーニーの下宿屋みたいな」

「なんのこと？」

「ジョイス」

ああ、わかった。父は『ダブリナーズ』の第七話「下宿屋」の話をしているのだ。ミセス・ムーニーは血色のよい大女だ。粗暴で呑んだくれの亭主を追い出し、下宿屋を開いた。器量よしの娘ポリーのおかげで独身男が集まる。

そこからポリーの色仕掛けへと物語は展開する——後ろで糸を引くのは下宿人たちの動静に目を光らせるミセス・ムーニーだ。娘がたぶらかされた証拠をつかむとほくそ笑み、若い男を呼びつける。かもにされたミスター・ドーランは、来し方行く末に思いをめぐらせ——結婚したら一巻の終わりだと本能がささやく——ミセス・ムーニーに問い詰められる恐怖に押し潰されそうになっている。ミセス・ムーニーに呼ばれた彼が結婚に同意するのにたいした時間はかからなかった。

「おばあちゃんの下宿屋でもああいうことがあったの？」

「あんなのは序の口だ」

詳しい話を聞きたかったのに、祖母が体を震わせもっと薬をと叫ぶので、その先は聞けずじまいだった。

父にあたらしい趣味ができた。日系カナダ人移民の体験談をウェブで貪り読むようになったのだ。夜遅くデスクに向かい、パソコン画面に浮かぶ粒子の粗い白黒写真を何時間でも眺めている。編み笠をかぶった農民。パン屋の店先に立つ満足げな奥さん連中。強制収容所の広場を走り回る白い野球ユニホーム姿の少年たち。財産を没収された人々の苦難と、それを乗り越えたコミュニティの回復力を讃えるキャプション。

「そういう写真のどこにそんなに魅かれるの?」わたしは尋ねた。

「おれたちが語り継いできた過去だからな」

わたしはうなずいたものの、そういう写真を見てもなんの感慨もなかった。親近感を抱けないのだ。何時間でも写真を眺めつづける父が気味悪かった。

父が解き明かそうとしている謎は、もっと身近なところに解明の糸口があるような気がしてならない。

父とまた祖母のお見舞いに行った。祖母の顔を見るなり父の尋問がはじまった。

「なあ、母さん、病気になる前に、カズとの出会いの話をしてくれたよね」

「憶えていないね」

「頼むから、思い出してくれよ」

長い沈黙があり、祖母の瞼がヒクヒクした。死にかけの蝶みたいだ。

父が顔をしかめる。

ようやく祖母が言った。「西海岸で開かれた日本人娘を集めた美人コンテストで、あたし、優勝したのよ」

「いくつのとき?」

「十五かな」

「若いときから男にもてたかったんだ。それで、カズが母さんの評判を聞きつけたってこと? バンクーバーからはるばるポートランドまで車を飛ばして来たのはそのせいなんだね？」

祖母はうっすら笑みを浮かべた。

「カズとはコンテスト会場で出会った？」

祖母は頭《かぶり》を振った。当時住んでいたオレゴン州ポートランドの家の庭で花に水をやっていると、若い男が運転する黒い車が停まった。それがカズで、後部座席には仲間が乗っていた。ポートランドではダンスが盛んだって聞いたから週末を過ごそうと思って来た、と彼は言った。

「お目当ては日系アメリカ人の娘たちだったんだね」父が言う。「彼は母さんをデートに誘ったの？」

「そんなんじゃないよ。車の運転席で笑ってあたしを眺めていた。あたしはその車に見覚えがあると思った。以前にも家の前で見かけたことがあったのよ」

「カズはストーカーだった？」

「かわいい子が好きだったのね」

父が不機嫌になる。「カズってほんと、むかつくよな」

「なんでむかつくの。かわいい子を好きになってどこが悪いの？」

驚くことに、父がいくらぶつくさ言っても祖母は平然としていた。父の気持ちは祖母には届かない。無表情の殻を破ることができない。祖母の頭の中はどうなっているのだろう？　まるで頭の中のおとぎの国に引きこもって叱責をやりすごす子どもみたいだ。

「そのころから変態だったんだな」と、父。

祖母は枕に頭を埋めて目を閉じた。

父の六十歳の誕生日に、祖母は写真を貼ったアルバムを贈った。表紙には祖母の震える文字で〝これがあなたの人生〟と書いてあり、花で縁取ってあった。父はやれやれという顔をし、リビングルームの本棚のいちばん上にアルバムを置いた。

写真はわたしを魅了した。

最初の頁には、新生児を抱いてベッドの端に座る祖母の写真が貼ってあった。出産したばかりの女が口紅をつける？　リタ・ヘイワースみたいな明るい笑みを浮かべた顔を、カールした黒髪が縁取っている。

それなのに、彼女の顔からなにか不穏なものが伝わってくる。水たまりをよぎる光みたいに恐怖がその目をよぎり、笑みが紛いものに思える。

広いポーチのある家の写真もあった。十代の父が不機嫌な顔でポーチの階段に座っている。

「これがセント・クラレンスの家なの？」わたしは尋ねた。

父が本から顔をあげた。「いま読書中だぞ」

わたしは父に写真を見せた。

「おしゃべりする気分じゃない。見ればわかるだろ」

「言い出しっぺはお父さんでしょ」

「おれが？」

「『下宿屋』のミセス・ムーニー」

「それとこれとはちがう。そっちは小説だ」

ジョイスの小説には実体験が色濃く影を落としている。小説に書くことで、思いどおりにいかない人生と折り合いをつけようとした。彼の両親はともに裕福な家の出だったが、父親がやることなすこと失敗し——醸造所、政治屋、徴税吏——一家は困窮してゆく。ジョイスは家の事情で私立学校を中退し、家族はより貧しい地区へと引っ越しを繰り返し、ダブリン市北部に落ち着いた。ジョイスは奨学金を得てイエズス会系のベルベディア・カレッジに入学したものの、学業を断念せざるをえなくなる不安を抱えた学園生活だった。アイルランド社会に巣くう因習を嫌ったジョイスは、小間使いのノーラ・バーナクルを好きになり大陸へ駆け落ちした。小説の執筆に専念するためだった。

だが、貧困と不景気、体調不良のうえに酒浸りの生活で入院を余儀なくされた。傑作と言われる作品を多く書いたのはこの時期だった。

『ダブリナーズ』は何度も出版を拒否され、日の目を見るまでに九年かかっている。自伝的小説『スティーヴン・ヒーロー』も同様だった。

ようやく出版に漕ぎつけても読者や批評家の受けはよくなく（『ユリシーズ』はアメリカで発禁処分となる）、実入りも少なく、孤立感を深めてゆく。彼の作品が評価されるのはずっと後になってからだ。

自分の将来の姿を見るようで、わたしはつい涙ぐんだ。

「彼は社会ののけ者だったんだな」父が言った。

わたしはうなずいた。「自分の居場所がわからない彼だからこそ、下層階級や中産階級の偏屈な人物を見事に描きだせたんだと思う。彼の作品がおもしろいのはそこなのよ」

だが、父の思いはべつにあった。「ジョイスの父親と同様、カズも金銭感覚がおかしかった」

「会計士だったんでしょ」

「いや、簿記係さ。それすら辞めてしまった」

「どうして辞めたの？」

「なにをやってもうまくいかない人間っているだろ。医学部の入試に失敗する。歯学部に入ったものの中退する。婦人服の洋裁店を開いてもうまくいかなかった」

「天職が見つからなかったのね」

父は五歳児を見る目でわたしを見た。「天職なんて御大層なもん、はなから見つける気もなかったんだからな。稼ぐ気がなかったんだ」

わたしは黙り込んだ。なんだか恐ろしくなった。

「ねえ、その下宿屋を訪ねてみようよ」

「どうして？」父の表情がみるみるうちに強張る。

「お父さんが育った場所を見てみたい」

「見たってなんにもならない」父は本に顔を埋めた。

ストーカーに変態。父が自分の父親を指して言った言葉が頭から離れなかった。どうしてカズは仲間を引き連れて祖母の家の前に車を停めたのだろう。自分が女性を口説くところを仲間に見せつけ、あとから手柄話をするため？

わたしの頭の中で、家族の過去の断片が『ダブリナーズ』のあの場面、この場面とごちゃまぜになる。事実と空想を切り離すよりも、想像を膨らませるほうがかんたんだ。

アルバムのべつの写真には、三人の人物が写っている。真ん中に立つカズは長身でハンサムで、額にかかる髪は優雅に波打っている。祖母は彼の手を握り、首を傾げ、バラの蕾のような唇がキツネの襟巻からわずかに覗いている。もう一人は彼の弟のハルキだ。近眼なのか、日差しがまぶしいのか目を細めている。

兄弟のあいだにはなにかあったにちがいない。誰も話してはくれないが、一度会ったことのあるハルキ大叔父の固い表情が忘れられない。わたしが十歳の夏だった。家族でニュー・ブランズウィックに彼を訪ねたときのことだ。

彼のやわらかな白髪とやさしい顔を憶えている――だから、その顔に怒りがよぎるのを見て不思議に思った。それとも悲しみだったのだろうか。

「レスリーはカズによく似ている」彼の顎が震え、目が潤んだ。

父はなにも言わなかった。

ハルキは優秀な息子で、カズは若いころから酒と女遊びにうつつを抜かす不良だった。それだけのことかもしれない。カズは高校時代からジャズシンガーと遊び回り、いろんな悪さを繰り返した、とテツコ大叔母は言っていた。

だが、ハルキが医学部に受かったとき、カズが心穏やかでいられたはずはない。家族の伝統を引き継ぐべき長男の彼が果たせなかったことを、弟が果たしたのだから。

神聖なる家族の伝統。

曾祖父が日系カナダ人の医者第一号だったことは、子どものころからさんざん聞かされた。日系文化会館を訪れると、曾祖父のことが話題に出る。うちの両親ともあなたのひいおじいさんに取り上げてもらったとか、折れた鼻に包帯を巻いてもらったとか。

信頼できる情報源とは言えない祖母から聞かされたこと以外、ドクター・コウゾウ・シモタカハラのことはよく知らない。祖母は日本語の会報に、傑物だった舅を褒めたたえる記事を書いたそうだ。曾祖父は十四の年にバンクーバー行きの船で日本を離れ、一から英語を学んだ。九死に一生を得た脱走劇や桁外れの冒険が満載の、よくある移民のおとぎ話だ。大げさな話にはちがいない。だが、地域住民から尊敬されていたのはたしかだ。カズは偉大な父の陰で人生を送らざるをえなかった、でき損ないの後胤《こういん》だった。


いたずらに時間が流れ、わたしの日常はますます単調なものになる。フォークナーに関する論文を書き進めるつもりで、図書館に足を運ぶ。

「でも、大学を辞めるつもりなんでしょ」母が言う。

わたしは肩をすくめる。返す言葉がない。母の友人たちとランチをしても、まったくやる気がおきなかった。知らない悪魔より知っている悪魔にしがみついてるだけでしょ、と心のどこかで思っていた。

所詮は悪あがきだ。なにも書いていなかったのだから。集中できなかった。何時間もパソコンの画面を見つめ、おなじパラグラフを書き直しているだけだった。

ゴミ箱の横を通りすぎるたび、書きかけの論文をおさめたフォルダーやノートパソコンを、食べ残しのピザの横に押し込みたい衝動に駆られた。

夜は夜で、論文と関係のない本を読んですごす。『ダブリナーズ』を読み返したりもした。商売柄、本を読むときには、学生に説明するため頭の中で講義の草案を作る癖がついていた。〝エピファニー〟〔ジョイスはスケッチ風の短い散文をこう呼んだ〕やら〝モダニストの幻想〟やらの実例を探そうとする。もっともこのところ、頭の中でアカデミックな声は聞こえず、至福の静寂があるだけだった。ひとつひとつの文章の意味を解き明かそうとせず、言葉をそのまま受け入れて音やリズムに酔いながら本を読むのは何年ぶりだろう。

自分を解き放てば解き放つほど、子どもっぽい本の読み方がますます好きになる。エピファニーなんてクソくらえ。考えることはほかにあるんだから。

「ねえ、お父さん、カズを『ダブリナーズ』の登場人物の一人になぞらえるとしたら、誰だと思う?」

「おかしなこと訊くんだな」

「わたしたちクレージーな教授はおかしな質問をするもんなのよ。ある意味、それを期待されているの」

『小さな雲』のリトル・チャンドラーだな。カズはいつも他人と自分を比較し、そのたびに嫉妬に狂っていた。ない物ねだりばかりしていた。リトル・チャンドラーも煎じ詰めればそうだろ?」

わたしはうなずいたものの、意外な返事にうろたえてもいた。わたしの中でカズは激しやすく、威張り散らす人間だった。つねにまわりに美女をはべらせ、行きつけの酒落たバーが何軒もあるような男。でも、彼のイメージが覆された。華やかなうわべの下に小心者が隠れていたのだ。退屈と己の不甲斐なさを持て余しながら、人生がかたわらを通りすぎるのを眺めるだけの人間。そして、ある日、耐えきれなくなる。

父が前髪をかき上げる。額にうっすらと汗が浮かんでいた。「考えてみると、『死せるものたち』のゲイブリエル・コンロイとも重なる。カズは被害妄想のかたまりだったからな」

「どんな妄想を抱いていたの?」

父の顔が赤くなった。「ゲイブリエルをおかしくさせた類の妄想」

「おばあちゃんには過去に好きだった人がいて、その人のことを忘れられないとカズは思い込んでいたってこと?」

人間関係が壊れていくのがわかっていながら、なす術がないときの感じはよくわかる。哀れなゲイブリエル。夫婦関係はすっかり冷めているのに、妻はまだ自分を愛している、いまならまだ情熱を再燃させられるという幻想を、彼は抱いているのだ。クリスマス・パーティーの帰り際、前を歩く妻を眺めながら、彼の欲情は刻々と高まっていくのに、妻の胸にあるのはべつの男の面影であり恋情だった。

彼女の苦悩をどう表現すればいいだろう？　それはテーブル越しにボビーを、あるいはほかの誰かを見つめるたび、わたしが抱いた感情そのものだった――わたしはこの人を愛するために生まれてきたのではないという思い。認めたくはないけれど、この数年、想像の世界に現れるのはいつもジョシュだった。

「ゲイブリエルは被害妄想じゃないわよ。グレタはほんとうにほかの男性を愛していたんだから」

父は困った顔をした。「おふくろもそうだったのかもしれない」

「どういう意味？」

父はこめかみを揉みながらテレビをつけた。そういう話はしたくないのだろう。わたしは通販CMを見ながら途方に暮れた。

わたしの将来は底なし沼だ。沈むばかり。頭がズキズキして、部屋の家具すべてに背後から光が当たっているみたいにまぶしい。

前夜の馬鹿騒ぎの報いだ。

キッチンにおりてゆく。

「ゆうべはずいぶんと遅いご帰還だったな」父がわたしの目を見て言った。「戻ったとき、防犯システムを解除しただろう」

「ええ、まあ。ゆうべは高校のときの友人たちと会う約束をしてたから」

父がなにを考えているか言われなくてもわかる。〝バーは朝の六時までやってないだろう〟

胃のむかつきを抑えてくれるものはないかと、こっちの食器棚、あっちの食器棚と探し回った。どうしてそんな目で見るの？　いいかげんにしてくれない？　見つかったのはオバルティン〔牛乳に溶かして飲む粉末の栄養飲料〕だけだった。仕方ないのでダイエットコークをタンブラーに注ぎ、インスタントコーヒーをスプーンで二杯加えた。目覚ましの一杯、高校時代には強い味方だった。

　ゆうべ、グラントが呑みに誘ってくれた。正確に言えば、この二週間ほど毎晩のように会っていた。彼の恋人がしばらく町を離れているからで、それはそれでかまわない——グラントが相手だと、物事を深く考える必要がない。彼とは数年前に共通の友人の結婚式で会った。披露宴会場で彼は遠くから目が飛び出そうなほどじっとわたしを見ていた。フロイトの言う窃視症ってこういう感じなんだ、とわたしは思った。

　恋人とうまくいってなかったり、険悪になった関係を絶とうとしているときに、気晴らしに会う相手。おたがいに後腐れのない関係。

　帰郷するたび彼と呑みに行き、それがすぐに高校時代さながらの馬鹿騒ぎへと発展する。そして翌朝、寝ぼけ眼でほほえみを交わし、床には酒のしみが残り、コンドームの包みや、スカーフに仮面に玩具の刀といった歴史的衣裳の付属品が散らばっている。

　ゆうべは八時ごろにトロントの中心街にある彼の家を訪ねた。ひょろっとした長身で、クールなブルーの瞳、ワシ鼻、煙草の煙の匂いが染みついたブカブカのブルーのシャツ。いつ見てもおなじだ。マティーニのシェイカーを手に、彼はおいしいキスで出迎えてくれた。腕時計をちらっと見たのは憶えている。そのときは九時七分で、彼の自虐ネタにヒステリックな笑い声をあげる自分を、きわめて自然だと思っていた。彼は自分の失読症を笑い飛ばすが、そのことが不動産業で大儲けする妨げにはなっていないようだ。わたしはといえば、自分の人生がひどく滑稽に思え、卑下したくなるのも無理はないと納得していた。十時十一分、彼がエジプト綿のシーツにわたしを押し倒し、髪に指を絡めて言った。「ぼくはノルマン・コンクエスト時代のイギリスの盗賊だからな」高まったり弱まったりの興奮の狭間で、リリー・バートのことを考えていた。彼女がいま生きていたなら、性的たしなみにあれほど拘っただろうか。彼女の破滅の元凶は、深夜にガス・トレナーを訪ねるという愚行に及んだことだ。投資のことで相談があると彼の家を訪ね、危うく誘惑され冒瀆され暴行されかかった。その場面の性的力学については、読者のあいだで意見が分かれるところだが、問題はたとえなにもなくてもリリーの体面は損なわれるということだ。

（それでも、彼女の破滅は妙にセクシーに感じられ……わたしの中に破滅願望があるからかもしれない）

そう気付く前に、カーテンの隙間からやわらかなオレンジ色の光が射し込み、グラントに肩を揺すられていた。時間は五時四十四分。ブレックファースト・ミーティングの準備があるから帰ってくれないかな、と彼は言った。わたしはざらつく目を擦りながら、床に脱ぎ捨てたブラを探した。惨めで自虐的な気分になりたいと思い、事実そうなった。

数日後、父と車でセント・ローレンス・マーケットに出掛けた。車内でわたしはうとうとした。ラジオから流れるトークショーのおしゃべりで目が覚め、きょとんとする。マーケットはどこにも見当たらない。窓外を流れ過ぎるのはブロア・ストリートの薄汚れた建物だった。カリビアン・

レストランの黄色い看板、グッドウィル〔非営利福祉団体〕、かつら専門店。ハウス・オブ・ランカスター・ジェントルメンズ・クラブの封鎖された正面玄関がまるで霊廟のようだ。

「ここはどこ?」

「ランズダウン、おれが育った街だ」父が言った。

「来たくないんだと思ってた」

父は車を駐めた。「ぶらついてみないか?」

ラメ入りのスカーフをかぶった頭が漂ってゆく。太鼓腹の男たちが千鳥足で通りすぎる。肩がぶつかると、ブルドッグみたいなしかめ面がこっちをむき、よその国の言葉で罵声を浴びせる。尊大な殻の奥にあるのは失意の小さな種だ。顔のしわの奥から滲みだしている。

父は通りを眺め、小さな男の子と手をつなぐベールの女に目を留めた。元気を持て余す仔犬のように、男の子は母親の手を引っ張る。

セント・クラレンス・ロードへと折れた。継ぎはぎだらけの家々が並んでいた。化粧煉瓦に安っぽい羽目板、錬鉄の手摺り、やっつけ仕事の小住宅。

「昔とはちがう?」

「あのころは、ドイツや中国の移民が大勢住んでいて、カズは嫌っていた。いま住んでいる連中だって、カズにしたら似たり寄ったりだろう」

父の頭にはどんな思い出が去来しているのだろう? 通りをよろよろ歩き、歩道でつまずくカズの姿? 虚しくひとり笑いする姿?

父は三階建ての煉瓦造りの家の前で足を止めた。広いポーチのペンキがめくれて日焼けした肌みたいだ。ポーチの真ん中に花柄のソファーが置かれ、おんぼろ自転車と、缶が溢れだしたゴミ箱がそれを囲んでいる。

「ここだ」父が言う。「上の階を下宿人に貸して、家族は一階に住んでいた」

「カズはポーチに座っていたの？」

父は頭を振った。「頭がおかしくなってから、みんなで彼を外に出さないようにしたんだ」

「家族の期待の星だったんだものね」

父が地面を睨みつける。「よしてくれ。彼は医者の息子だった——欲しいものはなんでも与えられた。失敗しようがなにしようが、母親は甘やかしつづけた。車を買ってやって、この家の頭金も払ってやった」

カズが甘やかされて育ったという話を聞くのはこれがはじめてではない。シモタカハラ家は、日系カナダ人には珍しく戦後も金に不自由しなかった。ドクター・シモタカハラが財産を没収されなかったからだ。強制収容所で医療を提供するために、政府は日系カナダ人の医師を必要とした。おかげで彼らの家族は抑留を免れた。運がよかったのだ。わたしの母方の一族はすべてを失っている。

父が先に立ってぬかるむドライヴウェイを進んでゆく。ワイヤーフェンスに取り付けられた〝猛犬注意〟の札を見て、不法侵入だと気付いた。

地面に沈んだように見える小さな窓が目に留まった。ガラスは汚れ放題で、中は放置された水槽みたいに空気が淀んでいそうだ。

「カズはよくあそこで呑んでいた。地下室にウィスキーを隠していたんだ」

「ぞっとする」

「おかしな話だが、彼はあそこにいるほうが幸せそうだった。ギターを手に歌い出したりしてな。『ブルー・ムーン』がお気に入りだった」

ミュージシャンになればよかったのに。でも、むろん家族が反対しただろう。窓を見ていたら胃がよじれた。暗い空間に閉じ込められ、湿って汚れた空気の中を泳いでいる気がした。

階段の上に立つ祖母の姿を思い浮かべる。いったいどんな表情で夫の歌を聴いていたのだろう。まだ充分若いとはいえ、容姿は衰えはじめていたはずだ。口のまわりには不安がしわを刻み、笑うと目じりにしわが寄る。彼女の美しさはあらたな局面に到達していた。花屋から買って来たばかりの花より、枯れゆく花のほうが風情がある。スカートのひだを不安そうに摘《つ》まみながら、長いこと階段の上に立っていたのだろう。カズは気分屋だから、地下におりて行っていいものか祖母は考えあぐねる。暗い階段の上で、闇に溶け込み微動だにせず、結婚した相手のくぐもった歌に耳を傾けていたのかもしれない。呑んだくれで頭がおかしい男、他人のような男。

妻のグレタをじっと見つめるゲイブリエル・コンロイと同様、わたしも祖母を絵の中の女として思い描いた。彼女は一族の過去を覆い隠す秘密と謎の象徴だ。

「ここでなにしてるの?」声がして、夢想から引き戻された。

女が窓から話しかけてきたのだ。白髪に巻いたカーラーが揺れる。

「昔、ここに住んでたものでね」父が言う。五〇年代はじめに、自分の祖母がこの家を買ったと説明した。

女の顔がパッと明るくなった。「ミセス・シモね。父が彼女と交渉していたこと、憶えているわ。ずいぶん値切られたって父が言ってた」にわかに興味を覚えたのだろう、女はティナ・ポウラコスと自己紹介し、わたしたちを家に招き入れた。

狭い玄関ホールはたくさんのコートで半ば占領されていた。脂とフライドガーリックの臭いが絨毯に染みついている。ミセス・ポウラコスが案内してくれた居間には、ビニールカバーがかかった大きなえび茶のソファーが鎮座し、わたしはひどい閉所恐怖に襲われた。

下宿屋だった上の階を父がベッドルームふたつのアパートに改装したのよ、とミセス・ポウラコスは自慢そうに言った。残念なことに、家賃を払えるようなファミリーが住みたがる住環境ではない。

父がわたしの背後に来て、電気のソケットを足で指し、秘密めかして言った。「ウェンディの指をあのソケットに突っ込んでやったら、ショックでキャーキャー大騒ぎした」

祖母は父のことを、手に負えない子だった、と言っていた。祖母の言葉を借りれば、あの子が父親を疲れさせた。母に言わせれば、祖母はそうやって父の子ども時代をあっさり片付けようとしているのだ。まるで掃いたゴミを絨毯の下に隠してしまうように。

ミセス・ポウラコスの案内で家の中を見て回るあいだ、わたしはカズが徐々に衰えていくさまを想像した。家の中をよろよろと歩き回って家具にぶつかる。ソファーで眠りこける。青白い顔をしてロッキングチェアで丸くなる。フリン神父の思い出にとり憑かれた「姉妹」の少年になった気分だ。重々しい灰色の顔が幽霊のようにあちらこちらにぼうっと浮かぶ。

祖母は銅版画の会社の受付係をしていたはずだ。働けなくなったカズの代わりに生活費を稼がざるをえなかったのだ。ハイヒールの足音を廊下に響かせる彼女の姿が見えるようだ。鏡に顔をちかづけて口紅を塗る。出窓から早朝の光が射し込む部屋で、祖母はカズを起こさないようそっと身支度したのだろう。だが、カズは嫉妬したはずだ——美人の妻が一日中よその男たちに囲まれているのだ。想像するだけで頭に血が昇ったろう。上司と浮気していると妄想を逞しくするうち精神が蝕まれてゆく。彼女の帰りが遅いとなにしてたんだと問い詰める。怒りの形相でキッチンの入り口に立ち塞がる彼の姿は容易に想像できる。

「カズはどこで亡くなったの?」白いカバーがかかったベッドが置かれた狭苦しいベッドルームの入り口に立って、わたしは尋ねた。「発作を起こしたあと、ここで寝ていたの?」

父の目が電気ショックを受けたみたいに引きつった。口を開きかけ、ゆっくりと閉じた。それから玄関へと向かった。

わたしたちは無言でポーチに立った。父の困惑した表情を目の端に捉える。あのベッドに横たわる余命いくばくもない父親の記憶は、父にとって重すぎたにちがいない。だが、それだけではないものを感じた。カズの死にまつわるなにかが、ひどく不快な味をわたしの舌に残した。

「ここを出よう」父がつぶやいた。

ミセス・ポウラコスにさよならを言い、黙ってブロア・ストリートへと戻った。

4

妻が泣いていても、彼はなにも感じない。妻がさめざめと、身も世もない体で泣くたび、彼は深い穴に一歩ずつ落ちてゆく。

――ヴァージニア・ウルフ『ダロウェイ夫人』

「おめでとう!」本文はたったそれだけ。届いたメールにはそれ以外に、レキシントン・アベニューの気取った法律事務所の名前とジョシュの名前が記されているだけだった。

そう、彼は望みを叶えた。「おめでとう!」は、わたしに向けたものではない。英文学教授といっても、上映作品が一ヵ月ごとに変わる映画館がひとつあるきりの田舎の大学の教授だということを、彼は知っている。それにひきかえ彼はレキシントン・アヴェニューでエスプレッソを一気飲みしているのだ。なにが「おめでとう!」よ。

ジョシュが鬱屈した暴力亭主さながらボクサーショーツ一丁で深夜にパソコンの前に座り、コニャックのグラス片手に、グーグルでついでにわたしの名前を検索している姿を想像したら鳥肌がたった。彼はおもしろがって証拠を選りわける。わたしの動向が逐一記録されるインターネットを呪いたくなる。「モダニスト文学における倒錯的セクシャリティ」や「ポストモダンの黙示録」と題した論文を学会に提出するたびに、全世界がそれを知ることになるのだから。

いまも誰かに見張られている気がする。バスローブの前を掻き合わせ、薄靄がかかる灰色の空や、お向かいの家の半開きのベネチアンブラインドに目をやった。やわらかな光がチラチラ動いているのはパソコン画面だろう。

「あなたも、おめでとう！」タイプした。

すぐに返事がきた。「いま話せる？　話したいことがあるんだ」

額に浮かんだ汗が腋の下に移動した。メールを返さなければ無視したと彼は思うだろう。

「いいわよ」

あたらしい携帯番号を書き込むのを忘れた。そこで思い出した。メールの下に携帯番号も入れてあることを。どうでもいい。彼のことだから電話をよこすのを忘れるだろう。そのほうがいい。つぎに連絡してくるのは、さらに七年経ったころだったりするのだ。

〝別れてから数百年が経ったみたいな気がする。ピーターとは。こちらからは手紙を出さなかったし、彼の手紙はまるでそっけないものだった。なのに、ふと思う。彼がいま傍らにいたらなんて言うだろう？〟

わたしは『ダロウェイ夫人』を置き、鼻をかんだ。

父に与えた課題本だ——意地悪だったと思わなくもない。クライマックスのディナー・パーティーに至る日常生活の細部を切り刻んだような小説を、男性が読みたがるだろうか？　でも、この小説が大好きだから再読したかった。父には苛々させられたのだから、これでおあいこだ。

ジョシュはクラリッサ・ダロウェイの若いころの恋人、ピーター・ウォルシュを彷彿とさせる。どちらも冒険心をもっている。ジョシュがピーターのような英国紳士だったら、大英帝国最後のお祭り騒ぎを見ようと、いの一番にインドへ向かっただろう。どちらも旅行と剣の収集と外国人女性を愛するエキセントリックな人間だ。個性が強く、パーティーでは人の話に割り込み、いちゃもんをつけ、まわりを怒らせ、怒った人たちが喧嘩をはじめると、裏口からそっと抜け出す。

何年も前、『ダロウェイ夫人』をはじめて読んだとき、あなたってピーターを彷彿とさせる、とわたしはジョシュに言った。彼は熱心に『ダロウェイ夫人』を読んだものの、ピーターが気に入らず憤慨していた。「おれってあんななのか？　女の子をものにできないって遠回しに言ってるのか？」

しばらくして、わたしたちは別れた。何兆億回目かの別れだったが、それが最後になった。誰かと誰かを比較することは、別れを予言する自分流のやり方だと気付いて恐ろしくなった。付き合いはじめから心の奥底ではわかっていたのかもしれない。

最初の別れのあと、一週間ぐらい全身がひどく重かったことを憶えている。学年末の五月だった。父が迎えにきて、わたしはSUV車の後部座席にうずくまった。イヤリングの重みで耳たぶが引っ張られた。リアウィンドウからモントリオールが消え去っていった。擦り減った優雅な褐色砂岩も、中身が溢れたリサイクル用ゴミ箱も、コンビニで売っているワインも。

ジョシュと話したくなかった。それなのに、どうして不在着信をチェックしているの？ 話すことはなにもない。わたしたちはうまくいきっこない。共通の話題もない。

人生はつづいてゆく。学部長とメールのやり取りをして、研究は軌道に乗ったと伝えた。何日も一行だって書いていないのに。ノートパソコンを持って図書館に通うのもやめた。フォルダーはデスクの上に放りっぱなしで、メモ用紙や蛍光色の付箋紙が散らばっている。

史学部教授のベン・ジェイムソンからメールがきた。あの町でただ一人のほんとうの友だち。二人とも短期滞在のよそ者だ。教養学部の会議で話をするようになり、おいしいビールを飲みながら慰め合い、都会人が田舎で生き残るためのコロニーを結成した。

ベンが知りたいのは、来学期から彼とアパートをシェアする気がわたしにあるかどうかだ。それは正気を保つために二人で編み出した計画だった。週日はアンティゴニッシュの格安アパートで暮らし、ハリファックスにまともな家を借りて週末はそこに逃げ込む。どちらも金曜に授業を持っていないから、長い週末を過ごせる。移動に二時間半かかっても、見返りは充分にある。

少なくともハリファックスは都会だし、セラピストに毎週会える。

考えてみる、とベンに返事した。もう一年、ハムスターの回し車に飛び乗る決心がつけばの話だ。

あくまでも未知数の話。時間は刻一刻すぎてゆく。

『ダロウェイ夫人』の中の大好きなくだりを何度も読み返し、セント・ジェイムズ公園の麗らかな日和に陶然となる。クラリッサの気持ちが向くのは草の葉のそよぎ、ピンクのコートを着た子ども、感情世界に心を開こうとしないピーターの頑固さ……

わたしの思いが向かう先は、むろんジョシュとの果てしもない言い争いだ。彼が小説を読み誤るものだから、馬鹿みたいな口論になり、酔って残酷な言葉をぶつけ合った。彼ときたらわたしに〝意地悪〟とあだ名をつけた。幼稚園児じゃあるまいし。

彼の言うとおり、わたしは悪ぶっていたのだ。あのころは悲劇を理想化していた。安定した関係より、激しく揺れ動く愛のほうがおもしろいと思っていた。安定した関係を求めるようになったのは、だいぶ経ってからだった。

祖母が退院し、介護施設に戻った。だが、眠りは切れぎれで、瞼は引きつり、なにかを掴もうとするように震える右腕をあげる。

父は週末に見舞いに行き、げっそりした顔で戻ってきた。

「すこしはよくなった?」わたしは尋ねた。

「芳しくないな。医者たちもどこが悪いのかわからない」

父をハグしてあげたいけれど、鬱屈した怒りでピリピリしていてとても触れられない。だから、膝に本を置いたままソファーでじっとしていた。

「ウェンディは週に二度も見舞ってる。馬鹿じゃないのか」父は偉そうな口を叩きながらも、疚しさを抱えているのだ。母親に充分なことをしていないのではないかと不安なのだ。たとえそれが自分を苦しめることであっても。

ある晩遅く、父は人事不省一歩手前の形相で戻ってきた。「渋滞で四時間立ち往生だ」テーブルにつくと、ブロッコリーとチキンをじっと見つめた。

「あたため直しましょうか？」母が尋ねる。

「食べる気にならない」

「なにか飲む？」

父は頭を振った。「手術は失敗だったんだ」

疲れた声で医者に言われたことを繰り返した。祖母の左脚を駄目にしたおなじ血管疾患がいま右脚に襲いかかっている。だが、医者は再度の切断は勧めなかった。麻酔が命取りになるからだ。それに、毒が腕にまわるのも時間の問題だそうだ。

このままでは祖母の肉体はばらばらになってしまう。

父の頭の中にはどんな思いが去来しているのだろう？　その顔に浮かぶのは、恐怖とも諦めともとれない表情だった。ディナーロールのかけらを口に入れ、呑み込み方を忘れたかのようにいつまでも噛んでいた。喉仏が上下するのを見ていたら、いつかわたしにもおなじ決断を迫られる日がくるのかと思って胸が痛くなった。

ヴァージニア・ウルフを思った。肉体と頭脳のつながりについて、彼女は生涯にわたって考えつづけた――医者には答えられない問題に、彼女は拘りつづけた。日記や回想録で、自分の精神状態を表すのに〝不安〟という言葉を何度も使っている。十代のころに母親を亡くしてから、気分の落ち込みと、きりのない頭痛、腰痛、神経衰弱に悩まされた。彼女がいま生きていたら、双極性障害と診断されただろう。彼女は五回、自殺を図っている。

祖母は幼いころに母親を亡くしたと小耳に挟んだことがある。彼女の不安な精神状態は母親の不在に起因しているのではないか。それとも母親と死別ではなかった？　よく思い出せない……その話になると母もテツコ大叔母も声をひそめた。子どもには聞かせられない話だったのだ。

子どものころ、祖母を訪ねるのが怖かった。わたしが抱きつくと、祖母は顔をさかんに引きつらせ、服を通して心臓が激しく脈打っているのがわかり、わたしはいつも怯えたものだった。祖母は痩せ細り、食べ物をほとんど口にしなかった。皿を前にして座り、わたしの姿など目に入らないようで、虚空を見つめ口の中のものをいつまでも噛んでいた。

祖母のおかしな振る舞いは母親を知らずに大きくなったせいかもしれない。母親のいない少女は常に不安を抱えていただろう。

ウルフは腹違いの兄、ジェラルド・ダックワースから性的虐待を受けていた。彼はウルフに高価なドレスを買い与え、旅行に連れてゆき、父親のように接したが、ほかに誰もいないところでは、彼女を〝愛しいおまえ〟と呼んで胸をまさぐった。彼女は日記にそう記している。子ども時代に受けた凌辱は、女へと変わりゆく彼女にどんな影響を与えたのだろう――姉やほかの女性たちにキスされ触れられると興奮した。彼女たちはただの話し相手以上の存在だった。ウルフもブルームズベリー・グループも、アモルファス（不定形）やアンドロジナス（両性具有）を理想とし、性行為は幼いころに受けた傷と結びつき、なおかつ創造性を養い傷を癒すものである、と主張している。

祖母が日記をつけていたとは思えないが、もしつけていたとしたらなにを記しただろう。彼女があんなふうに奇妙な女になったいきさつがわかるだろうか？　彼女の傷ついた魂を理解する助けになっただろうか？

父があまりにも悲しそうで心ここにあらずなので、質問をぶつけてみた。「担当のお医者さんたちについて、お父さんはどう思っているの？」

「おれは医者が嫌いだ。肝心なことは話してくれない」

「それでも、セプティマスの担当医よりはましなんじゃない？」

父はほほえんだ。「ドクター・ホームズがなにをした？　鎮静剤を処方して、ゴルフを勧めただけじゃないか」

それから、『ダロウェイ夫人』に出てくる傷ついた戦争の英雄、セプティマス・スミスについて語り合った。彼は勲章をもらって第一次大戦から帰還したものの、世の中から見放された気分だった。妻の同情もいたわりも彼を動かすことはできず、彼女が苦しめば苦しむほど、セプティマスは内なる闇へと潜り込んだ。だが、ドクター・ホームズはどこも悪くないと言いつづけた――怖気づいているだけだと。

セプティマスは書いては破りを繰り返し、夜中の三時に傑作を書き上げると下宿を飛び出した。だがけっきょく、小説を物する野望に押し潰されたのだ。形にすることができずに恐慌を来し、ペンを置き、自殺した――ウルフの未来を暗示するものだ。

「彼のなにがいけなかったんだ？　なにがセプティマスに一線を越えさせたんだ？」

「この小説の登場人物はみんな、いつ一線を越えてもおかしくないのよ」わたしは言った。

父がゆっくりうなずく。「それにしたって、どうして揃いも揃って絶望してるんだ？」

ウルフの精神状態が関係していることはたしかだが、その精神錯乱が小説に投影されていると見るのはあまりに単純すぎる。戦争に絡めるともっと興味深いものになる。セプティマスの極度の不安や世界から切り離された感覚は、登場人物全員が戦後に感じた断絶感を物語っている。彼らは一様に動揺した。愛する者の不在。ばらばらになった共同体。〝日常〟が戻ったとはいえ、以前とおなじ人付き合いはできない。前にこの小説を題材に講義したとき、わたしはたったひとつのセンテンスに焦点を当てた。〝戦争は終わったけれど、ミセス・フォックスクラフトは例外、ゆうべ大使館で、大事な息子が死んだので古い領主館を従兄弟に譲らなければならないとさめざめと泣いていたし、レディ・ベクスバラは言えば、母親っ子だったジョンの戦死を告げる電報を握り締めてバザーを開いた〟

「戦争が終わってカズは人が変わった」父がしんみりと言った。「おれはそう聞いている」

「どういう意味？」

「テッコ大叔母は戦争がはじまる前のカズのことをよく話題にした。パーティーでは肩で風を切り、大口を叩いて酒をふるまった。エネルギーの塊だったんだ」

白黒写真が脳裏に甦る――彼の輝く笑顔、上品なウェーブのかかった髪。

「なにがあったの？」

「大戦がすべてを変えた。日系カナダ人は一転して恥ずべき存在となった」

父が無表情になる。わたしはなにか言いたかったが、舌が動かなかった。

「おれは子どもだったから、日系カナダ人の抑留についてなにも知らなかった。家族のみんながいつも張り詰めた惨めな顔をしている訳がわからなかった。まるで薄氷の上を歩いているみたいだった」

「いつわかったの?」

十歳かそこらだった、と父は言った。家族でモントリオールを訪ねたそうだ。当時は医師不足で、彼の祖父が医院を再開しようとしていた。夕食の席で酒に酔ったドクター・シモがくだを巻いた。戦争さえなければ、バンクーバーで開業医として繁盛していたんだ。医院を畳んでカスロで収容所の医者をやらされて惨めな思いをせずにすんだ。収容所はまるでゴースト・タウンみたいに荒涼としたところだった。ジャパンタウンですごした日々がどれほど懐かしかったか。

だが、ジャパンタウンはなくなってしまった。戦時中に打ち壊されたのだ。

涙がこみあげた。一度、ジャパンタウンがあったあたりを訪れたことがある。廃墟となった下宿屋と板を打ち付けた店舗が残るばかりだった。

「ドクター・シモは医院を再開できたの?」わたしは尋ねた。

父は頭を振った。「日系カナダ人のコミュニティはなくなっていたからな。戦後に住民たちは散りぢりになった。日本語が話せる医者を誰も必要としない。とくにモントリオールじゃな」

「おばあちゃんやカズはジャパンタウンを恋しがらなかったの?」

「おふくろは一度も口にしなかった。反対にカズはベラベラしゃべりまくってた。セント・クラレンスの家の裏庭に座って、昔を懐かしがっていたよ。そのころの友だちの名前を挙げてな――ジミー・エンニュウ、タカシ、ジャパンタウンの不良ども。カズは十代に戻ってたんだ。ジャズシンガーもいた。リリー・エド、男はみんな憧れてた。ほんの短いあいだ、カズは彼女と付き合ってたんだが、彼女が日本に帰ってしまって、カズは失恋したってわけだ」

「そういうのって、おばあちゃんはおもしろくなかったでしょうね」

父は肩をすくめた。「おふくろもまた自分の世界に閉じ籠ってたからな。そのころだ。カズが頭の中の声を聴くようになったのは」

「声?」

「ウィスキーのボトルを手に家中をうろつき回り、セント・クラレンスの通りを行ったり来たりするようになった。そこにいない誰かとしゃべりながら」

ウルフも神経衰弱になると声を聴いた——いやらしい老人がしゃがれ声で卑猥なことをしゃべりまくるのをベッドに横たわって聴いていた、と回想録に書いている。

セント・クラレンスで、人っ子一人いない通りを父と並んで歩いたとき、わたしは気配を感じた。昔、あの場所で暮らしていた人たちの亡霊が棲みついているのだろう。頭がおかしくなった祖父の声も、彼が頭の中で聴いた声もすべてあそこに残っているのだ。


その夜遅く、眠れないのでジョシュにメールを送った。〝はっきりさせておきたいことがあるの。ずっと前にあなたをピーター・ウォルシュと比べたのは、二人はうまくいかないと遠回しに伝えたかったからじゃない。わたしが混乱していただけ〟

返事を待って十分間画面を見つめていた。返事はなかった。いいでしょう。たぶん彼は眠っているのだ。まだ夜中の二時八分だけど。夜型人間だったはずなのに。

だから、グラントにショートメッセージを送った。〝わたしがあなたの担当教授だとしたら、誘惑する気ある？〟

二分後、彼が書いてよこした。〝オー、ベイビー、Aをくれるっていうなら、やらないこともない……〟

だから好きよ。いつだってわたしの気分を上向きにしてくれる。

急に彼に会いたくなった。最高級のプレミアムウォッカの海に溺れてすべてを忘れたい。でも、彼はいまヨーロッパのどこかで商談をまとめている最中だ。


数日後、父と病院を訪れた。わたしはベッドの脇に立ち、眠っている祖母を眺めた。やって来た専門医学実習生《レジデント》に、父は質問を浴びせた。レジデントは輝くランニングシューズの踵に重心をのせて揺れながら、なにかあれば連絡します、の一点張りだった。

祖母の美の最後の名残——しぼんだ唇に塗られた口紅——がとってつけたようだった。ウェンディ叔母が午前中に見舞いに来たそうだから、祖母の青白い顔を見ていられなかったのだろう。

不意に祖母の目が開いた。

父が覆いかぶさるようにしてじっと見つめた。「母さん、痛いの？」

「この姿勢から抜け出したい」祖母は死にゆく肉体に囚われたまま身じろぎした。

父はベッドの角度を変えようとしたが、わたしは祖母の言葉の比喩的な意味を読み取らずにいられなかった。

この姿勢から抜け出したい。ついに彼女の美の真実に到達したのだ。不快で人工的な姿勢。秘密を隠すまことしやかな殻。


ジョシュからショートメールが来た。〝よかった。ピーター・ウォルシュは弱虫だ〟

にやりとする。たしかに。

五分後にまたショートメールが届く。〝ところで、話したいことがある。あとで電話くれよな？〟


その晩。テッドがわたしたち家族を夕食に招待してくれた。祖母が彼と暮らした家は、わたしの子どものころの記憶そのままだった——狭苦しく埃っぽく、気味が悪い。分厚い松材のテーブルに色褪せた布編みラグ。毛筆の掛け軸と日本人形以外、家具はすべて彼の前妻のものだ。

母がキッチンで夕食の手伝いをするあいだ、わたしはリビングルームを歩き回り、人形を眺め、ガラスケースに鼻を押し当てた。

「なにを考えてるんだ？」父が背後に来て言った。

「見てるだけよ」

「そいつはじきにおまえが受け継ぐことになる」

人形は美しいけれど、毎朝、化粧台の上の彼女と目を合わせたいのかどうか。

「おばあちゃんはこれをどこで手に入れたの？」

父が言うには、祖母が十七歳のときに結婚を申し込まれた相手、日本に住む男から贈られたものだそうだ。当時、祖母は両親の勧めで、金持ちの男とお見合い結婚をするために富山県に帰った。三人から申し込みがあり、そのうち一人は蔵元の当主で、祖母に贈り物攻勢をかけた。だが、そのころ第二次大戦が勃発、日本に留まるならアメリカの市民権を失い、帰国できず二度と家族に会えなくなる。それで彼女は急ぎオレゴン州に戻った。

「どうして戻ったりしたの?」わたしは尋ねずにいられなかった。「金持ちの商売人と結婚していたら、安定した人生を送れただろうに」

父は目をくるっと回した。「その時点で、彼女はすでにカズに出会ってたんだ。心を摑まれていた。カズはせっせと手紙を書き送っただろうから」

「二人は恋に落ちてた?」

「どうかな? 何年も経ってから、夫婦喧嘩の真っ最中におふくろが言うのを聞いた覚えがある。あのまま日本に残っていればよかったって」

「カズを懲らしめたくて言っただけなんじゃないかな」

わたしは人形の細部をじっくり眺めた。小さな爪と歯。その歯のせいで攻撃的な感じを受ける――優美な顔にそぐわないものだ。

「歯を見せて笑うのは女らしくないと思われていたんじゃないの?」

「その人形は歌舞伎の女形が元になっている。宮廷芸人みたいなものだ。身分の低い者たち」

「おばあちゃんもそうなの?」

「無邪気なおぼこ娘ではなかった」父が顔をしかめる。「医者の妻になるためにどうしたらいいか、よくわかっていた」

「でも、カズは医学部の入試に受からなかったんでしょ」

「それでも、歯医者にはなれるだろうと、おふくろは思っていた。ドクターと名乗れる身分になれるだろうってね」

「彼がおかしくなって、おばあちゃんは絶望したでしょうね」

わたしは精神疾患を患う人と付き合ったことがない。セプティマスの妻のルクレツィアの姿が脳裏に浮かんだ。神経を病んで深い闇に沈んだ彼を、ルクレツィアは必死に受け止めようとした。彼がなにも感じなくなって内に引きこもり、感情をすべて失ってしまうと、ルクレツィアの絶望は日に日に膨れ上がった。カズの身に起きたこととおなじだ。心の中の暗い淵に落ちてゆき、取り残された祖母は途方に暮れただろう。そういう男の妻ほど孤独な者がいるだろうか。

「おばあちゃんはカズを助けるためになにかしたの?」

「薬を手に入れた。だが、あの当時、精神科医はそう多くなかった」

「薬は効いたの?」

父は頭を振った。「よけい悪くなった。だからこそ薬を飲みつづけたのかもしれない」

「カズが一線を越えたそもそもの原因はなんだったの?」

父は固い表情でわたしを見つめるだけだった。生煮え状態はもうたくさん。父の視線がその話はしたくないときっぱり示していたが、子ども扱いされるのは耐えられない。そういう遺伝的素因をわたしも受け継いでいるのだから、知る権利がある。

質問を繰り返した。

父はわたしに背を向け、本棚の前を行きつ戻りつした。「彼は感情をコントロールできなくなった。どうしてかって？　そんなこと誰にわかる？　生化学的なアンバランス、運の悪さ――どうとでも言うがいい。おれにわかるのは、すべてが悪い方へ向かったってことだ――仕事に失敗したばかりで、自分を落伍者と思うようになった。酒に溺れ、薬に溺れ、おれの人生めちゃくちゃだとわめき散らした。ある日、発作を起こした。それから二年後にまた発作を起こし、死んだ。一巻の終わり。惨めな人生の惨めな結末」

部屋の中の色彩――濃いオレンジ色のカーテン、くすんだ緑色の絨毯――がにわかに鮮やかになった。父の声の怒りを越した鋭さが自分に向けられたような気がして、わたしは茫然となった。

物事はなんでもはっきりさせればいいというものではない。古き良き時代の曖昧にぼやかすやり方を、ありがたいと思うべきだ。事態を無理にややこしくすることはないし、心に傷を負った人間が、惨めになりながらもなんとか生きてゆく助けになる。

夕食の支度をする音が遠くに聞こえた。おもたせを箱から取り出す音、世間話をする声。

「支度ができたわよ」母の声がした。

無害で予測可能な物音に浸り込みたいと思った。

夜も更けたころ、テッドの家を辞した。ハイウェイが流れすぎ、ヘッドライトに川が浮かび上がる。母は助手席で軽くいびきをかき、気詰まりな沈黙を避けたくて、わたしは後部座席で眠ったふりをした。

肩を怒らせて運転する父をこっそり窺う。厳めしく歯を食いしばる様子が、先史時代のハゲワシを連想させる。前方の路面をひたと見つめ、車を飛ばす。

〝死はつながろうとする試みだ〟『ダロウェイ夫人』の一節が何度も脳裏に浮かんだ。

最初に読んだときには、ウルフの意図を理解できなかったし、いまだにそうだ。誰とつながるの？　死んでしまったら、つながるもなにもない。

パーティーの最中、ミセス・ダロウェイはセプティマスの死を小耳に挟み、啓示を受ける。彼に会ったこともない。客間で交わされた噂話にすぎない。それでも、若い男が窓から身を投げたというニュースに強く――心の底から――反応する。一瞬、自分の肉体が傷を負い、焼かれ、刺し貫かれた気がする。自分の肉体が地面に叩きつけられた衝撃を、脳に加えられる打撃を、息苦しい暗黒を感じたいというひねくれた願望を抱く。

狂気と死はつねにそこにある。一線を踏み越える恐怖は誰にでもある。ウルフの狙いはそこだったのだろうか。暗黒はつまるところ誰にでも訪れるということ。

世間話もディナー・パーティーもミセス・ダロウェイ抜きで進んでゆき（自分で開いたパーティーの感興が少し損なわれた）、セプティマスの肉体が地面を打つという思いが彼女を動かす。他人の痛みに同化する感覚はある意味喜ばしいものだ。

カズの死や祖母の差し迫る死と対峙しても、わたしは啓示を受けなかった。誰もが啓示を受けるわけではない。死にかけているというその一点だけで、その人と結び付くことはないし、身近に感じることもない。

死は無だ。死はなにものともつながらない。

わたしは問題を避けて通ろうとしているのだろうか。クラリッサ・ダロウェイを理解するためには、彼女もセプティマスと同様死を望んでいるという事実と向き合わねばならない。彼の話を耳にしたとき、クラリッサは思う。〝わたしにだってすべてをなげうつことはできる〟……気まぐれに命を絶つのは美しい。

はたしてウルフは自殺するまでの時間の中で、そういう興奮――気持ちの昂り――を覚えたのだろうか。彼女はうつ状態だった。何度目かの。頭の中の惨めな声に悩まされていた。自分の作品の評判や第二次大戦勃発を気に病み、落ち込んでいた。だから、ポケットに石を詰め、自宅ちかくの川に足を踏み入れた。

それでも、彼女の夫宛ての遺書はまるでラブレターだった。〝これだけは言っておきたい。人生の幸福はすべてあなたがもたらしてくれたわ……わたしを救うことができる人がいたとしたら、それはあなたです……〟文章から高揚感が伝わってくる――彼女は愛する人を置き去りにして、死の腕に身を横たえた。その思いに陶然となった。死は究極の恋人なのだ。

ウルフの空想の躁病的飛翔をわたしは愛する。彼女の文章がイメージや感情を掻き立ててくれる。この一年間に経験した最悪な瞬間が甦った。教授室を出て、漆黒の空の下、キャンパスを横切ると、まるで水中にいるようにすべてが非現実的に思えた。空っぽのハイウェイを通って人けのないアパートへ戻る道々、感覚がどんどん麻痺し、ぶつぶつつぶやいた。〝これ以上つづけられない。あと一年こんなことをやっていたら、きっと頭がおかしくなる。あと十年これをつづけたら、わたしは間違いなく自殺するだろう〟通りすぎてゆく車やトラックのヘッドライトが、恐ろしいほど美しく感じられた。光に包まれると手足の力が抜けていった。川に飛び込んだときみたいに。エッソのトラックがビュッと通りすぎていった。

ウルフは自殺を己を解き放つ美しいもののように描いたが、魅了される自分がわたしは怖くなった。尻込みした。走ってアパートに帰り、ドアをバタンと閉めた。床に倒れて何時間も泣きじゃくった。自暴自棄で不甲斐ない自分を呪った。

わたしは死にたくなかった。人生をもっとよいものにしたかった。

これもまた、死とつながろうとする試みのひとつなのかもしれない。

翌日、コーヒー・タイムでラインをやっていると電話がかかってきた。

「どうしてる、英文学教授?」ジョシュが言う。

不安の津波に呑み込まれる。きっかり五秒間、わたしは汗の中で溺れ、心臓が激しく脈打った。

わたしの不安など意にも介さず、彼はこの数年間のことをしゃべりまくった。国連でインターンとして働いたこと。ニューヨーク大学ロースクール時代のこと。弁護士事務所で十八時間労働をさせられていること。

鈍い痛みが体に広がる。

「なんだか声が変よ」彼の言葉を遮って言った。「掠れてる。煙草を吸うようになったの?」

彼はくすくす笑った。「いや、働きすぎの報いだな。おれだって年は取る」彼が薄気味悪い老人の声でつづけた。「こっちにおいで、おませな子、ヴァンの後部座席でいいことしよう」

その昔、わたしが〝変態じじい〟と名付けた声だ。彼がまだ憶えていたなんて信じられない。

この数日の出来事で疲れているところに、彼の病的なユーモアセンスと幼稚さを浴びせられるなんて、たまったもんじゃない。

それなのに、彼はいまどんな姿なんだろうと思っている自分がいる。茶色の髪に白髪が交じっているのだろうか、左右非対称な鼻はいまもその顔にしっくりおさまっているのだろうか。胸毛はいまもツンとくる金属の匂いがするのだろうか。

「きみの家族は元気か?　おやじさんはいまも模型飛行機を飛ばしてる?」

笑いすぎて喉が詰まった。それとも嗚咽なのか。これだけの年月が経っても父のことを尋ねるなんて。いまさら父のご機嫌をとってどうするの?

「ガキどもになにを教えてるんだ?」

「モダニストの小説」わたしは言い、鼻をかんだ。「夏休みに入ってるんだから、そういう話はしたくないのよね」

「知的生活は期待したほどじゃなかった?」

「そういう話をする気分じゃないの。べつの機会にね」

「べつの機会があるってことだな」彼の声から期待しているのがわかる。

まったくもう、彼はわたしをその気にさせるツボを心得ている。おしゃべりをはじめて三分も経っていないのに、わたしの目が潤んできた。

「なあ。ずっと前に言うべきだった。学究生活からさっさと足を洗えって。きみにはカーディガンもビルケンシュトックのサンダルも似合わない。セクシーすぎる。もっと前にニューヨークに移ってくるべきだったんだ」

「べき、べきって、そういうのやめてくれない。『選ばれざる道』は勘弁して」

「悪い詩じゃないだろ」

「ロバート・フロストは嫌いなの。中学で習わされれば、たいていの子が嫌いになる」

「きみのことだから、知識をひけらかす鼻持ちならない中学生だったんだろうな」

「ところで、話したいことってなんなの?」気持ちを落ち着かせようとコーヒーを飲んだ。

「おれの口から言うより、自分の目で見たほうがいい。リンクを貼るから見てごらん」

彼が送ってくれたURLをクリックすると、学生自治会掲示板のページが開いた――タイトルは〝史上最悪の教授〟。

〝グーグルできみの名前を検索したらこれが出てきた〟ジョシュがメールで言ってよこす。

〝活動家〟を名乗る学生の一人が、〝わたしがいなけりゃ授業はもっとつまらない〟とハッシュタグをつけて投稿し、議論をはじめたようだ。〝シモタカハラ――英文学。英文学教授をやり玉に挙げるつもりはないけど、上記の教授たちと似たりよったり〟

上記の教授たちのなかに、わたしの同僚のデイヴ・ハウエルズがいて、酷評されていた。〝学生のことをまったく気にかけない。生徒が現れようが、講義の間中いねむりしていようがおかまいなし。最前列の生徒がプレイステーションでゲームをやっていても知らん顔だ〟

いったいいつから学生のお守と叱り役が教授の務めになったの？「そこの若いの、起立して学長の部屋に行きたまえ！」と学生を摘まみ出すことまで職務記述書に含まれていたとは、いままで知らなかった。

〝活動家〟のわたしに対する不平はこんなだ。〝前期はまだよかったけど、いまや教室は不気味な沈黙に支配され、彼女がなんとか議論に火をつけようとしても不発に終わる〟

この投稿に対し、〝悪たれ〟と名乗るべつの学生がコメントをしている。〝同感。みんなキーボードを見つめ、当たりませんようにと願う……ぼくはもっぱら、他の学生の発言の中に〝みたいな〟が何度出て来るか数えて暇を潰している。シモのどのクラスを取ってる？〟

やり取りはつづいていたが、これ以上読む気がしなかった。

なにが傷つくって、書かれているとおりだということだ。学生たちはわたしと目を合わせようとせず、不気味な沈黙がつづく。わたしが深刻なうつ状態にあり、暗黒の穴に沈んでいることを、彼らは感じ取っているのだ。心臓が早鐘を打ち涙がぼろぼろこぼれた。

体操着を忘れ、下着姿で体育の授業を受ける生徒になった気分だ。クールな上級生女子がたむろするフェンス際を、その姿で歩くのだ。「レスリーはどうして髪にあんなダサいリボンを付けてるの？」一人が言う。「歩き方がペンギンだよね」べつの誰かが言う。「よちよち、よちよち」

ジョシュからまたメールが来た。〃読んだ？　学部長に訴えて投稿を削除してもらうといい。大学のウェブサイトなんだから、きみのキャリアに傷がつく。法的見地からすると、きみにできることはほとんどない〃

そういうこと。法律相談に乗ってくれるってわけね。ネタ元探しを依頼するとでも思ってるの？わたしはノートパソコンを力任せに閉じた。

ベッドに丸くなって枕を抱いた。わたしの人生どん詰まりだ。おぞましい職場で身動きがとれないまま、出口戦略も見つからないだろう。それればかりか、わたしの窮状がネットで拡散されているのだ。

どん底に落ちたとき、カズはきっとこんなふうに感じていたのだろう。

頭の中のざわめきの向こうから、夕食ができたぞ、と父が呼ぶ声が聞こえた。だが、起き上がる気になれない。しゃくりあげながら横たわっていた。ウルフの最期のときの情景が目の前にちらつく。いちばんちかい川はどこ？

5

掌の窪みには、いまもロリータの象牙の感触がたっぷり残っている——胸に抱いて上に下にさすると、薄いドレス越しに思春期前の湾曲した背中の、象牙のように滑らかな肌の感触が伝わってきた。

——ウラジーミル・ナボコフ『ロリータ』

待合室は混んでいた。わたしがここにいる理由はない。それでもわたしはここにいて、古い号の〈グラマー〉誌に顔を埋め、ビニール張りのソファーの端っこで小さくなっていた。

どん底まで落ちるたび、病院の待合室で無為の時をすごす。どうやってここまで来たのかわからない。憶えているのは、頬にうっすらと汗をかきながら家を飛び出し、ヤング・ストリートを歩き、汗びっしょりになろうが爪先が痺れようがかまうものかと思ったことだ——わたしはひたすら歩きつづけた。それから気がつくと、小児病院の整形外科病棟に通じる汚れたガラスドアの前に立っていた。

あまりにも懐かしい思い出がどっと溢れ、インターコムの音にボーッとなる。かたわらをクリップボードを持ち、聴診器を首からさげたインターンが足早に通り過ぎていった。きょう、ここは足に装具をつけた子どもと、医療従事者に渡そうと果物の籠や付け届けを抱えた移民の家族でいっぱいだ。どうせ受け取ってもらえず無駄になるのに。でも、わたしが探すのはブカブカのTシャツに不機嫌な顔をした思春期前の女の子だ。わたしの同類。ほら、いたいた。ブロンドのくせっ毛で、五秒ごとに親指を齧る痩せっぽちの子。見分け方はわかっている。頬が汗でテカっていること、それに背筋が不自然なほどまっすぐなこと。胴体をセメントで固められ川底に沈められる運命を背負っているし。

十一の年、脊柱側彎症の診断がくだり、わたしは頭の中の聖域に引きこもって本を読むことで正気を保った。二年間、ばざまな姿勢を維持するため、醜いグラスファイバーの装具をコルセットみたいに胴体に巻き付けられ、あまりのきつさに呼吸障害を起こした。放課後、ほかの女の子たちがモールで男の子といちゃついているときに、わたしはうつむき加減で足早に帰宅した。一刻も早く床に仰向けに寝て痛みを和らげたかった。人生から逃げるため手当たり次第に本を読み、ジェインやエマやミス・マープルと愉しくおしゃべりする自分の姿を思い描いた。

一時間がすぎ、二時間がすぎた。期待に膨らんでいた親たちの顔が渋くなり、子どもたちの機嫌が悪くなる。それでも、わたしはそこに座り、待った。

なにを待っているの?

なにも待っていない。

自分の世界が制御不能になるたびに行う、無意味で自虐的な儀式だ。ここに来るのをやめられない。爪の甘皮を毟《むし》ったときの甘美な痛みに抗えないのとおなじだ。

〝史上最悪の教授〟

目を閉じたわたしにエアコンの風が吹き付ける。極度に衛生的な表面やまぶしいライトと結び付いた記憶の断片が甦り、あれに比べたら〝活動家〟が馬鹿にした不気味な沈黙なんてたいしたことないと気持ちが和らいだ。〝悪たれ〟がなにを言おうが、ここで負った心の傷とは比べものにならない。いま、記憶が鮮明に甦った——力なく診察台の上に横たわるときの恐ろしくも鮮明な感覚。白髪でずんぐりむっくりなドクター・マーティン・フットが、ホットドッグみたいに太い指をわたしの胴体に這わせ、全身が麻痺してジンジンするまでわたしの背骨を締め上げる。つぎに、わたしは起き上がり、前屈みになって爪先に触れなければならない。優秀なドクターは背後に立ち、わたしの胴体をまた摑み、突き、あっちへこっちへと押して、わたしの若い骨の限界を試す。そのあいだずっと、わたしはぬいぐるみ人形みたいに腕をだらんと垂らし、足の爪を見つめるだけだった。病名を告げられる前の夏休みに、家族でメイン州を訪ねたとき塗ったパールピンクのペディキュアが剝げ残っていた。

特発性脊柱側彎症。ひどく科学的に聞こえるが、ようするに背骨がS字に曲がっていて、医者には原因がわからないことの洒落た言い回しにすぎない。

特発性《イディオパシック》。馬鹿《イディオット》。

自宅に戻ると、自室で服を脱いで全身鏡の前に立った。何年経とうと、自分の不均衡な腰骨や左右非対称のウェストライン、片方が突き出して下がっている肋骨を見るたび、不思議と魅了される。

つぎに視線が向かうのは胴体の長くて細い傷跡だ。おへそから肩甲骨まで対角線上を這う縫い目のような傷跡。鮮やかなピンク色だった傷跡は、年月を経てロープみたいな色と手触りへと変化した。三十センチ、とドクター・フットはわたしに告げた。彼のパン生地みたいな掌の乾いた感触をいまも憶えている。手術の前、美しい傷跡を与えてあげる、と彼は約束した――そのうちビキニを着られるほどの美しい傷跡をね（女の子の最大の関心事はそれだろうと言いたげに）。わたしの体について話すときの彼の気取った言い方が忘れられない。わたしは白いカンバス、インスピレーションを受けた偉大な芸術家である彼が、そこに署名入りの作品を描くのだ。

〝すっごい傷跡だね〟

〝なにやったの？　果たし合い？〟

〝触ってもいい？〟

代々の恋人やボーイフレンドが口にした言葉がつぎつぎと浮かんだ。ドクター・フットはそれを見越していたの？　わたしの肉体に痕を残したとき、肉体との断絶という皮肉な疎外感をわたしが抱きつづけると、彼は予測していたのだろうか？　彼にコントロールされているという感覚は、いつかなくなるのだろうか？

書棚から『ロリータ』を引き出した。

小児性愛を至高の芸術にまで高めた小説に、なんでいまさら魅かれるのだろう？　堕落した中年男が生意気な義理の娘を汚すナボコフの物語は、けっして人を元気づけはしない。学生たちから貶された――ジョシュの介入によって屈辱が倍加した――せいで、わたしは捨て鉢だ。思いきり自虐的な気分だ。ベッドに横たわって全身の力を抜く。とことん惨めになってやれと思う。

長いこと本の表紙を見つめた。アンクルソックスに爪先が薄汚れたサドルシューズを履いた内またの脚のクローズアップ。〝今世紀唯一の説得力あるラブストーリー〟とは〈ヴァニティ・フェア〉誌の推薦文句だ。前にもこれを耳にしたことはあったが、この小説をとてもロマンティックだとかエロティックだとか思ったことは一度もない。魅惑的、たしかに。セクシー、ちがう。わたしにとってこれは、不当な扱いと生き延びることを描いた物語、ずる賢く口の悪い少女が窮地に陥りながら、ずたずたの自己に必死にしがみつく物語だ。

ハンバート・ハンバートはロリータの肉体をコントロールしようとする――体のサイズを測定し、食事に目を光らせ、思春期前の背骨の傾斜に手を滑らせて愉しむ。彼女が成長するにつれ現れる成熟のしるしに、大いに感興を削がれる。草のしみとアイスクリームサンデーの匂いのする永遠に愛らしい子、彼の〝ニンフェット〟のまま冷凍保存したいと願う。

頁をめくり、気に入りの章を再読するうち、ハンバートの手がドクター・フットの探る手へと変わっていった。彼はわたしに覆いかぶさって型に嵌め、若い肉体の可能性を探り、不規則に曲がった骨の可動域を調べた。

読むのをやめたいのにできなかった。辱められるロリータの苦痛（それに愉悦）は、あまりにも身近で魅力的すぎた。

二日ほど過ぎた朝食の席で、父が『ロリータ』をパラパラめくっていた。わたしが前夜、リビングルームに置き忘れたのだ。

「この本が『モダン・ライブラリーが選ぶ最高の小説１００』の第四位にランクインしてるって知ってたか？」父が言う。

「どこで知ったの？」

「ウィキペディア」父はコーヒーを飲んだ。「そんなにすごいのか？」

父が表紙を眺める表情から、読みたいような、読むのが怖いような気持ちが伝わってきた。読者の多くがそうだが、父もまた『ロリータ』をスキャンダルと猥褻と文学的洗練の抗いがたい組み合わせと捉えながら、自分の手に負えないのではと恐れてもいる。

「読みたいなら貸すよ」わたしは言った。「ゆうべ読み終えたから」

「うん、そうだな」父が顔を赤らめる。

「なにためらってるの。性的倒錯と堕落した家族の力学を描く魅惑的な物語なのよ。読まずにいられる？」

「でも、不道徳なんだろ。小児性愛者の心理を知るのに、なんで三百頁も読まなきゃいけないんだ？」

「道徳なんてクソくらえ」わたしは頁を繰り、ナボコフのあとがきを声に出して読んだ。「『ロリータ』は道徳を後ろに従えてはいない。わたしにとってフィクションとは、わたしが素直に美的至福と呼ぶものをもたらしてくれるかぎりにおいて存在する。どうしたものか、どこかで、それは芸術（好奇心、やさしさ、思いやり、恍惚）が規範となっている異なる状態に結び付いていると、わたしは意識している」

「つまりなにを言いたいんだ?」と、父。

「つまりね、文学は政治的に正しくある必要はないってこと。ハンバート・ハンバートみたいな犯罪者には、同情を得られるような特質が与えられるの。読者が自分を彼に重ね、常識に縛られない精神状態を体験できるようにね」

なんだか心許ない説明だ。

「どうして自分を小児性愛者に重ねなきゃいけないんだ?」

「ハンバート・ハンバートは小児性愛者なだけじゃないの。彼は孤独で、とても神経質で詩的な人間であって、わたしたちとおなじ不安や感情を抱いているのよ」

「そうなのか?」

わたしも自分の言っていることに疑いを抱いている。どうしてこんな人でなしの弁護をしなきゃならないの。

それでも、彼に淡い同情を感じる。たしかに猥褻な行為を行っているけれど、己の醜悪さを自覚しているところが妙に好ましかったりもするのだ。義理の娘にひどいことをしたと繰り返し自分を責め、自分が不幸なのも、満足感を求めずにいられないのも、仕事がうまくいかないせいだとわかっている。彼はわたしとおなじで、不本意ながら学究生活に入った教授だった。若いころは詩人になる夢を持っていたが、詩のミューズは彼に冷たかった。結婚に二度失敗し――一度は妻殺しを企んだほどだ――人間関係をうまく築けない自分を悲しいかな受け入れるしかない。堕ちてゆくその姿には人の心を打つものがある。それに、おなじ道を辿った学者は彼が最初ではない。

ハンバートの仕事に対するシニカルな無関心は、ナボコフの経験からくるものだ。ずばぬけて優秀だったナボコフは、アメリカに亡命したのち一九四〇年代から五〇年代にかけてウェルズリー大学とコーネル大学で文学を教えていた。十月革命で父親が暗殺され、彼の祖国の思い出は血塗られたものだった。そういった悪魔と闘いながら、大学でいくつも講座を受け持ち、文学以外に彼が情熱を傾けた蝶の採集旅行にも出掛けるという多忙な日々の合間に『ロリータ』を書き上げたのだから、驚嘆に値する。疲れ果て原稿を燃やそうとする彼を、妻が止め、アメリカの出版社に送ってみたらと説得した。出版社はどこも猥褻な内容に怖気づき、よく読みもせずに断った。パリのオリンピア・プレスから出版されると、徐々に熱狂的なファンを獲得していったが、文学的価値が認められるのはずっとあとになってからだ。

作家生活の孤独にわたしの思いは向く。失われた愛や禁断の愛に執着する作家ばかり好きになるのはどうしてだろう。

『ロリータ』は小児性愛の男、あるいは学究生活に幻滅した男の物語から、消滅した愛の対象を求めつづける叙事詩の高みへとのぼってゆく。ハンバートの子どものころの恋人、アナベルの死が彼の心に穴をあけ、満たされることのない飢餓感を残した——最愛の人になるはずだった少女へのぎこちない愛撫や、誘惑に失敗した場面がフラッシュバックとなって彼を悩ます。ジョシュとあんな気まずいやり取りをすれば、誰だって時間を戻したいと思うものだ。付き合いはじめたころの記憶が甦る。モントリオールのフランス文化が色濃く残るプラトー地区を散歩したこと、最高においしいエンパナーダを出す小さなカフェを探し回ったこと、真冬にナイトクラブの列に並んだこと、わたしはミニスカートで――身を切る寒風に雄々しくも立ち向かった愚かなわたしたち……でも、なにより懐かしいのは彼の部屋ですごした気怠い午後、ソファーに並んで横たわり、彼はアフリカの国々の窮状を書いた本を読み、わたしは胸に読みかけの小説を開いて置いてはいたけれど、それより彼の耳たぶを覆うふわふわのブロンドの産毛をこっそり観察するほうがおもしろかった。子豚みたいにキュートだったから。

二人の関係がうまくいかなくなったのは自分のせいなのに、わたしは気にしていないふうを装っていた。まるで映画の中の自分を眺めているみたいに。別れにつながった最後の喧嘩の最中、きみは壊れたもののほうが好きなんだ、とジョシュはわたしを責めた。枯れかけた花みたいな、駄目になったもののほうがおもしろいと思ってるんだ。二人の関係を何度も駄目にするのは、この先どうなるかわからない不安定さに魅了されるからだ。ひねくれてるんだよ、きみは。図星だったからこそわたしは怒って言い返した。ひねくれてるのはあなたのほうよ。苦痛と倒錯を崇めて、わたしの傷跡に舌を這わせずにいられなかったじゃないの。

「でも、きみに傷跡がなかったとしても、ぼくはおなじぐらいきみを愛しただろう」

でも、わたしは彼を信じなかった。信じられなかった。自分の人生はめちゃめちゃで肉体は壊れてしまったと思い込み、最悪の事態を想定し悲劇的結末を歓迎するようになっていた。ジョシュと二人して関係を壊せば壊すほど、ようやくこれで幸せになれるのだと空想を膨らませたものだ。

どうしてこうもでたらめなやり方で恋に落ちるのだろう？

けっきょくすべては、心の奥底に抱えつづけてきた確信に帰結する。若いころの人生最良の日々を奪い去られ、ファイバーグラスの壁に押し挟まれたまま、手術台のまぶしいライトの下、鮭の切り身みたいに力なく横たわる運命なのだという確信。ちょうどあのころからだ。自分は一点の曇りもなく正常で、背後からは金色の後光が射し、バレリーナ特有の完璧な立ち姿と漂白した真っ白な歯を持つべつの少女だと想像するようになったのは。わたしが心底羨んだそういう少女たちは、はじめてのデートでフレンチ・キスを覚え、駐車場でお隣の少年に手コキしてあげるのだ。彼女たちは単純で牧歌的な恋を謳歌する。奇形のせいで、わたしにはそれが与えられない。

『ロリータ』がこれほど読者に受けるのはそのせいだろう。ハンバートの悲惨な喪失感、ほんとうに大事なものをもぎ取られてしまう断腸の思いに比べれば、彼のひどい所業は影が薄い。ロリータもほかのニンフェットたちも、彼の空想の世界ではやがて消え去るセピア色の影にすぎない。自分がなにをなぜ求めるのか彼にはわかっていない。空想の世界の曖昧さと不合理さに彼は苦しめられる。まったくもって人間臭い。そこに共感できない読者がいるだろうか?

思考の泥沼に沈み、不安がいつも以上につのると、アート・レインを思い出す。そうすると不思議なほど気持ちが安らぐ。

アート・レイン。わたしの機能回復訓練士はアート・レインという名だった。その名は、腰のレントゲン写真がずらっと並んだ小径《レイン》や、淡いオレンジ色のカンバスと原始的な肉体の彫刻が陳列された窓を連想させた。

夜はアーティストかミュージシャンだったのではないか。病院で働くのはアート・レインの昼の仕事と思えてならなかった。

その爪は肉に食い込むまで噛み切られていて、煙草の匂いがした。あるいは長い茶色の髪から匂ったのかもしれない。煙草は刺激的なものだった——自堕落なボヘミアン的人生の象徴。それに、彼の指使いはアーティストのそれだった。あのころはそう思っていた。彼がわたしの胴体に冷たいガーゼをあてがい、指先を使ってそれを平らに伸ばし、掌で軽く叩くと、冷たく湿ったガーゼを通してぬくもりが伝わってきた。そのあいだ彼はひざまずいたままガーゼと水の入ったバケツを使って作業し、その目はわたしの乳首と平行な位置にあり、男の視線に慰撫されて乳首は硬くなり湿った下着を押しあげた。恥ずかしいとは思わなかった。うっとりしていた。彼はなにを考えているの？　胴体を包む装具用の型作りを行うあいだ、彼は終始無言だった。

だが、わたしたちの視線はしばしば触れ合い、それは蝶のようにやわらかな感触だった。ふと思った。たとえ装具を作る必要がなくても、彼はわたしに触れ、肉体のかすかな曲線を探り当てたいのではないか。だが、それも一瞬のことで、彼は視線をそらし、わたしは爪先を見つめ、感覚が失われていないかどうか爪先を動かしてみたりした。

はじめて撮ったレントゲン写真から、わたしの背骨の湾曲は正常な範囲内にあると診断された。完全にまっすぐな背骨を持つ人はめったにいない、と医者は言った。

「わたしになにが起きてるんですか？」

「なにも」ドクター・フットは、白いスクリーンの上で不気味な光が当たったレントゲン写真を見ながら言った。「湾曲が進むかどうか、しばらくは様子を見よう」

「それで、進んだら?」

「心配はいらないよ」

「進まないから?」

「それはわからない。だが、心配しないで。きみみたいなかわいい女の子は、クラスのキュートな男の子の関心を得られるかどうかを心配すべきだ」彼はくすくす笑ってウインクした。

そう言われても、心配しないほうがおかしい。ブロントサウルスの首みたいに湾曲した背骨のレントゲン写真は夢にまで出てきた。背中に鈍い痛みがあるので、歩くのも恐るおそるだ。わたしの肉体は自然が持つ謎の力によって害された。悪魔に乗っ取られたのだから、悪魔祓いをしなくては。

六ヵ月後、湾曲はひどくなった。二十九度まで曲がっていた。あらたに撮ったレントゲン写真に、ドクター・フットが白鉛筆で線を書き加えたが、その意味するところがわたしには理解できなかった。それでも幾何の授業で習ったから、二十九度がどれぐらいの角度かはわかる。

そんなに曲がって大丈夫なの?

診察室の鏡に映る自分の姿を見て、わたしははじめて途方に暮れた。

「ドクター・フット、わたしには理解できません。心配しないでって言ったのに。でも、わたしの体、こんなになった! どうして?」

体が急成長するあいだに、脊椎の片側がもう一方の側より成長が速かったため背骨が歪んだのだ、と彼は言った。だが、なぜ片側の成長がより速かったのかは謎のままだった。つまり特発性。

「もっと積極的な治療を行うとしよう」ドクター・フットが宣った。「きみは歯列矯正器具をつけていただろ――ティーンエイジャーがふつうにやるやつ」

実のところまだ十二歳だったが、自分はふつうだとわたしに思わせようとする彼の努力に免じてほほえんだ。

「これからやろうとしているのは、歯にやるのと似たようなものなんだ。背中につけるという違いはあるがね」

「背中の矯正?」わたしの鼓動に合わせて明るいライトが点滅しているような気がした。

ドクター・フットが見せてくれたのは、ブロンドの少女がにっこり笑ってTシャツの前をめくって見せている写真だった。胴体を締め付けているのは世にもおぞましい仕掛けだ。わたしは診察台の上でのけぞった。

「ほかの選択肢はないんですか?」母が目を潤ませて尋ねた。「理学療法とか、カイロプラクティックとか、反射法とか……」

ドクター・フットは悲しそうに笑った。「そういった治療法はどれも効果が実証されていないんですよ。そういった代替医療に一か八か賭けていいんですか?」

「装具の成功率はどれぐらい?」わたしは尋ねた。

「六十パーセント」

「失敗する四十パーセントに入ったら?」

「もっと積極的な方法を試す。だが、心配しないで」

胃の周りを冷たいものが這い回ったが、もっとちゃんと知らねばならない。「それで、成功した場合はどういうことになるんですか？　背中がまっすぐになるの？」

ドクター・フットの頬は赤くなり、上唇にうっすらと汗が浮かんだ。まるで桃の皮みたいだ。

「おやおや、ずいぶんたくさん質問するんだね」そう言って母のほうを見る。「いったい何年生なんですか？　恐ろしいほど賢いお嬢さんだ」

「こんなの序の口ですよ」

彼はまた笑い、太った体に腕を巻き付けた。「それじゃ、お母さん、この小さなバーバラ・ウォルターズからわたしを救い出してくれませんか」

母はにこりともせずに彼を見返した。「レスリーには質問する権利があります。自分の体のことなんだから」

ドクター・フットは困惑したようだ。

女の子は他人に体を触らせてはいけません、とわたしは躾けられた――自分がなにをされているのか理解していない場合はなおのこと。

わたしの頬は涙と汗でべたべたになり、アドレナリンが血管を駆け巡った。「ドクター・フット、わたしは意思決定プロセスに加わりたいので、わたしに与えられる選択肢について説明してもらえませんか」

「いいかね、わたしが提示できる選択肢はたったひとつだ」そこでポケットベルが鳴り、彼は慌てて出て行った。

本棚にどんな本が並んでいるか調べようと家中を歩き回った。ほかにやることがない。わたしの部屋の本棚はぎゅうぎゅう詰めで、母の書斎になっているゲストルームの本棚もそうだった。この数年で、母の小説の何冊かはわたしの本棚に移り、わたしが昔読んだ本の何冊かは母の書棚に並んでいた。そんなわけで、ジュディス・クランツやスーザン・ハウォッチ、ジャネット・ターナー・ホスピタルの本が、L・M・モンゴメリーの小説や〝ベビーシッター・クラブ〟シリーズと並ぶことになった。わたしは人類学者の熱心さでこの寄せ集めを眺めた。ガレージセール向けの本には昔の自分を知る手掛かりがありそうだから。

体が手に負えないほど捻じれていった二年のあいだ、わたしは母の本棚から小説を〝盗み〟出した。それらの本を通してわたしは疑似恋愛をした。ほかの少女たちが実体験で学ぶことを、わたしは本から学んだのだ。精液は生卵と洗剤を混ぜたような味がするとか、女性は支配され荒っぽく扱われるとその気になるとか（ただし、カウボーイの手がやさしい愛撫にも長けている場合にかぎる）、領主の館では義理の兄妹間でいろんな形の悪ふざけが繰り広げられていたとか。最高位に属する文学作品では、登場する女性は概してセックスに皮肉な目を向ける。オルガスム抜きでなにかを感じることは可能なの？　マーガレット・アトウッドの『ボディリー・ハーム』を手に取って頁をめくるうち、これを読んで心が震えたときのことを思い出した。わたしにとってはじめてのアトウッドだった。いまも憶えているくだりがある。ヒロインの恋人が彼女を興奮させようとして言うのだ。「ぼくが窓から忍び込んできたと想像してみて。きみはレイプされるふりをするんだ」すると彼女が応える。「ふりをするってどういうこと?」

彼女たちがセックスに対しここまで冷静で無感動なことに驚く。自分たちがいったいなにを求めているのかわからないからだ、と言うこともできるだろう。彼女たちを取り巻く文化や生い立ち、それに家父長制が彼女たちの欲望を曖昧なものにしてしまうとも言える。

『ロリータ』をはじめて読んだのはちょうどこのころだった。愛しのかわいいニンフェットがアイロニーをまったくあたらしいレベルに押しあげていくさまに、わたしはうっとりした。

コーヒーテーブルに『ロリータ』が開いたまま置いてあった。父が読みかけだったのは、ハンバートがロリータをサマーキャンプに迎えにゆき、車中で機知に溢れた会話を繰り広げる場面だ。

「ハイキングはどうだった? キャンプで愉快な時間をすごせた?」

「うん」

「離れるのは心残りなのか?」

「うーん」

「まともに話をしろ、ロー——唸ってないで。なにか言えよ」

「どんなことを、パパ?」(彼女はその言葉を皮肉っぽく引き延ばして発音した)

「どんなことでも」

「わかった、パパって呼んでもいいならね」(目を細めて道路を見る)

「いいとも」

「コントをやるのね。あたしのママにいつ惚れたの?」

「そのうち話すよ、ロー。きみがいろんな感情や状況を、たとえば精神的な結びつきによる調和や美しさを理解できるようになったら」

「ばっかみたい!」シニカルなニンフェットが言う。

会話の浅い切れ目を風景が埋める。

「見てごらん、ロー、丘に牛がたくさんいる」

「牛なんて見たくもない、吐き気がする」

「わかってるだろ、きみがいなくてひどく寂しかったんだ、ロー」

「あたしは寂しくなかった。あなたに対してひどい仕打ちをしてきたけど、そんなことどうでもいいのよ、だって、あなたはもうあたしのこと大事にしてくれないしね。ちょっと、ママよりスピード出すのね、おじさん」

わたしはスピードを無謀な百十キロから多少安全な八十キロに落とした。

「どうしてきみを大事にしなくなったと思うんだ、ロー?」

「だって、まだキスしてくれてないじゃない」

会話の流れをコントロールするのはロリータだ。皮肉と思わせぶりな態度で哀れなハンバートを翻弄し、ませた口調と話題をころころ変えることで彼を虜にする。経験を重ねた年上の男を前に、彼女はためらうことなく誘惑者の役割を担う——車のスピードが落ちるやいなや彼の顔に吸いつき、ペパーミント味の唾液を彼に味わわせるのだ。ロリータがどうしてこんな喜ばしくも淫らな行為に及んだのか、彼は推測するしかない——映画のラブシーンを真似た子どもらしいゲームなのか？いや、ちがう、彼女の性的好奇心は抑えがたく、そのウィットと大胆さで彼を（読者を）悩殺しつづける。

だからこそ、思春期のあの動乱の時期に、ロリータがわたしのヒロインだったのだ。ドクター・フットとアート・レイン、それに年ごろのわたしの肌に触れた専門家たちはみな、わたしの中でハンバート・ハンバートだった。そしてわたしはロリータ、しかめ面をして風船ガムをくちゃくちゃやり、生意気な口を叩き、的を射た質問をして相手に冷や汗をかかせる。彼らはわたしに魅了され、わたしを治したいと思い、わたしを愛した。彼らを気持ち悪いとは思っていた。好奇心はそそられたけれど、気持ち悪かった。それでも彼らを手放すわけにはいかない。男の目に浮かぶ欲望は、トンネルの先の光とおなじで注視すべきものだった。

あのめちゃくちゃな時期を、わたしはそんなふうに思い返す。体験をすべてエロチックなものにすることでトラウマに対処したのだ、とセラピストは言うだろう。あるいは、もっと深い事実を抑え込む手段として物語を作り上げたのだと。そういう話をセラピストとしたことはないし、この先もしないと思う。空想はそのまま生かしておきたい。あの当時、なにが〝ほんとう〟だったのかなんて誰にも言えないのだから。

＊

わたしがずっとつづけてきたことのひとつが、文学部教授にあるまじき本の読み方だ。好きな本に夢中になると、ほかの読者たちもおなじ読書経験をしていると思い込む。理屈に合わないのはわかっている——なにせ、大学院で解釈論のゼミを取っていたのだ。おかげでわたしたちの商売は成り立っている。文学を読む方法が増殖をつづけているから、わたしたちはこっちの大学からあっちの大学へと渡り歩くことができる。だが、その方法のいずれにも、腹の底では賛同していない。本気で小説に恋をすると、その小説世界はただひとつで、それはわたしの空想の中にあると信じ込む。子どもみたいな無邪気さで。

だから、『ロリータ』とともに思い出の小道を歩きながら、かたわらを歩く父もまったくおなじ読書経験をしているのだと思った。父はテレパシーでわたしの思いを読み取り、美しい水路のようなこの小説に身を任せて流れるうちに洞察力がつき、娘がどん底に落ちたわけを理解するだろう。言葉にできないことも、不思議と父に伝わるにちがいない。

だが、二日後、わたしたちはおなじ小径を歩いていないことがわかった。父をわたしの世界に引きずり込むかわりに、この小説は父を彼自身の過去へと誘ったのだ。わたしが受けた苦しみなど、ちらりとも父の脳裏をよぎらなかった。

眠れないので地下室におりてゆくと、父が寝転がってテレビを観ていた。スタンリー・キューブリックの『ロリータ』だとすぐにわかった——ハンバート・ハンバートを演じるジェイムズ・メイソンは充分に上品で異常だ。新星スー・リオンのセクシャリティは花開いているものの、一九六〇年代の検閲制度のせいで弱められ、観る者をじらす。

「借りたんだ」父が言った。「本は長ったらしいからな。でも、映画はなかなかいい」

「最後まで読むつもりはないの？」

「むろん読むさ。ただ、物語がどこに行きつくのか知っておきたくて」

戦略としては悪くない。学生の感心をつなぎ止めるため、授業でも映画の予告編を見せることがある。

わたしはアームチェアに座り、学校劇に参加したロリータが、輝くラインストーンのティアラを金髪に載せて舞台を歩き回るのを眺めた。ああ、この場面、憶えている。終盤でローとハンバートが大喧嘩する直前の場面だ。嫉妬の鬼と化した彼は、ロリータが同年代の少年と恋に落ちるのではないかと恐れ、初演を祝うパーティーに出ることすら許さない。ハンバートの欲望と妄想はあきらかに病的だから、哀れな彼女に同情を禁じ得ない。彼女が生き延びる道は唯一、逃げ出すことだ。

「おばあちゃんは美人コンテストで優勝した」テレビのライトを顔に受け、父が静かに言った。

「ロリータみたいに白いドレスにラインストーンの冠をかぶったのかしら」

父は頭を振った。夢見るような表情だ。「日系アメリカ人のためのコンテストだったからね。着物を着るのがきまりだ。高い得点を得るため、帯をこれ以上無理なぐらいきつく締めたそうだ。日本人は砂時計みたいな体形を美しいとは思わないからね。細くてずん胴なのがいい。着物から覗くのはうなじだけ」

「おばあちゃんから聞いたの？」

「だったと思う」確信がないのか父の顔が曇った。「おれがそこまで話をでっちあげられるわけないだろ」

「お父さんが知りたいのは、おばあちゃんがどういう気持ちでコンテストに出たか、でしょ?」

父はなにも言わない。

しばらくしてぽつりと言った。「おそらく父親から逃れたかったんだろうな」

わたしはただ黙っていた。父がなにを言いたいのかわからないし、知るのが怖かった。わたしはなにも知らないが、祖母の若さを摘み取るような恐ろしいことがあったのだろう。

画面上の物語と祖母の人生に不気味な類似点があるのではないか。体が震え足がじっとり冷たくなる。ナボコフが小児性愛を高尚な芸術の域に高めたことと、わたしの家族の中の悪魔と対峙することはまったくべつだ。(文学が描く倒錯を自分の家族に引きつけて考えるのは、わたしの歪んだ心理のなせるわざなのだろうか?)

ハンバートとローの喧嘩がハリケーン並みの激しさになるのを、わたしは父と一緒に眺めた。怒鳴るわ、叩くわ、激しく体を揺さぶるわ、大変だ。そのあいだも、わたしの脳裏には幼い祖母の姿が浮かび、ロリータのブロンドの頭を消していった。パソコンの画像処理が働いて、つい最近の祖母の顔から年月が取り去られ、父のアルバムにある美人の若い母親になってゆく。さらに若返って頬に子どもらしい丸みが残る娘時代。そうして、画面に浮かび上がるのは十代前半の祖母の姿、人目を意識したわざとらしい表情を浮かべている。自分の美しさをよく知る少女が鏡の前で練習したとっておきの表情だ。それは武器になる。少なくとも人を騙す道具にはなる。ロリータが逃げおおせたのは演技力のおかげだ。シンプルな美しさと演技が最後に彼女を救った。わたしがこれまで祖母の中に見てきたものは、そういう必死な演技だったのだといまならわかる。彼女はおそらくグレタ・ガルボやリタ・ヘイワース、あるいはメイベリンのコマーシャルに出て来る少女を、記憶を頼りに真似しつづけてきたのだろう。いずれにせよ、祖母は演じることをやめられず、人造のほほえみを磨き上げ、まつげをせいいっぱいはためかせ、歳を偽ってきたのだろう。彼女の芝居がかった言動は、頭のおかしな父親を出し抜く術策として、幼いころに習得したものではないか。ふとそんな気がした。祖母もまた父親から逃げることを夢見つづけたのだろうか？

映画はハンバートがロリータを連れてふたたび逃亡する場面にきていた。車は砂漠を抜けてニューメキシコへと向かっている。カメラはハンドルを握る彼の顔を大写しにして、ロリータは後部座席から顔を覗かせる。窓の外には砂丘が迫り、車を呑み込む勢いだ。ハンバートは黒っぽい車に尾行されていることに気付く。ＦＢＩのエージェントにちがいないと気もそぞろで運転が危なっかしくなる。さっき車を停めたガソリンスタンドで彼女が話しかけた男は誰だとハンバートが問い詰め、彼女は応える。「どの男の人？」彼女の無邪気すぎる笑顔はもちろん演技だ。「ああ、あの人」今度もまた彼を煙に巻こうとする。「地図を持ってないかって……」タイヤがパンクして車は傾き急停止する。ロリータの妄想と嘘はとめどなく、ハンバートの狂気を煽るだけ煽る。そのあいだもバックミラー越しに背後の車を窺う。ロリータは謎の運転手と共謀しているのではないか……なにか企んでいて、作り笑いとけたたましい笑い声でそれを隠そうとしている。

三流どころの美人コンテスト女王と高校生女優の十八番の表情が、祖母の顔をよぎるのをわたしは何度目にしただろう。最初が頭のおかしな父親、あとになって頭のおかしな夫から、たくさんの暗い秘密を植え付けられ、それを守ることが彼女の習い性となった。二人のどちらからも逃げたかっただろうに、彼女自身がおかしくならなかったのは驚嘆に値する。

その演技が彼女を救った。ロリータ同様、彼女はサバイバーなのだ。

6

「持っていたお金はすべて渡したでしょ」彼女の見開いた目に涙が光る。「この体であなたを買えるのかしら?」

——ダシール・ハメット『マルタの鷹』

キッチンのテーブルに突っ伏して眠っていたわたしを、母が見つけた。それからわたしのうなじを撫で、やさしい言葉をかけてくれたが、その指先から不安が伝わってきた。

七月も半ばをすぎたのに、わたしはなにも決められずにいた。このままだと、アンティゴノーウェアに戻るしかない。あと一年、学生たちの嘲りの視線を浴びて教壇に立たねばならないのだ。

彼らのショートメールやツイッターの書き込みが目に浮かぶ。

〝シモタカハラ——英文学教授。ま、どうだっていいことだけどさ、最後にヤッタのいつだろうな?〟

〝それな〟と、〝悪たれ〟が応える。〝欲求不満でイカれ具合がハンパないもん。クリュタイムネストラに習うほうがましだ〟

ないない、あの手合いがギリシャ神話に通じているわけがない。思わず笑ったものの涙がドッと溢れた。

「どうしたの?」母が尋ねる。

「わたしはどうせ負け犬よ。不幸になるようにできてる」

母は頭を振り、なんとかしてあげるわよ、と慰めてくれた。そうしてふたたび計画が立てられ、リストが作成され、アルバイト先で出会った人全員に連絡をとることになった。サマージョブ、職業研修《インターンシップ》、期間が短かったものも数に入れる。わたしの〝類まれな研究調査並びに情報収集の能力〟を生かせる〝あらたな職場〟を探していることを、彼らに知ってもらう必要がある。母はやる気満々だが、わたしは垂れた頭をあげる気力すらなかった。

英文学に人生を乗っ取られる以前に就いた仕事はたったふたつだから、作成したリストはいたって短い。

リストの筆頭はビル伯父さん。八〇年代に建築設計事務所をはじめ、一流企業へと成長させた人だ。高校を卒業したあとの夏に、彼の会社で受付として働いたことがある。ランチの約束をした店に現れたビル伯父さんは、以前と変わらず皮肉屋で魅力的だった。ところが、もう一度伯父さんの会社で働かせてと言った途端、渋い顔になった。

「おまえみたいに優秀な人間には、事務仕事は退屈だろう? クリエイティブな人間だからな、おまえは。もっと広い世界に飛び出してみろ」血眼になって探せばなにか見つかるかもしれないんだから自力でやれ、と彼は言いたいのだ。

ふう。また活を入れられておしまい。

二人目はエレン・パウエル。夏休みに職業研修をした、DVや性暴力の被害者を支援するオンタリオ・ウイメンズ・ディレクトレイトでわたしのボスだった人だ。グーグルで彼女の名前を検索したところ、いまは国際開発のNGO法人で働いていることがわかった。メールを送ると、意外にもやさしい返事がきて会えることになった。人の出入りの多いオフィスを案内してくれたエレンは、あいかわらず元気いっぱいだった。この人の助言に従って公共政策を学んでおけばよかった。使い物にならない学位を三つ持っていることを話すと、彼女は笑って言った。「あなたのその自分を卑下する癖、克服しなくちゃね」いま現在は空きポストがないけれどこっちに戻ったら連絡してね、と言われてほっとした。

気分よくオフィスをあとにしたものの、ヤング・ストリートを歩くうち希望は消えていった。ランジェリーショップのウィンドウの真っ赤な〝店員求む〟のサインが目に留まった。人込みから薄汚れたホームレスが飛び出してきて、空のコーヒーカップを突き出した。

世の中、なんでもうまくゆくという保証はない。わたしだって落ちぶれて炊き出しの列に並ぶかもしれない。

わたしが重い腰をあげたことを父は喜んでくれた。だが、成果を出すための事業戦略に長年携わってきた人だ。わたしがいまどういう努力をして、どんな結論に達したのか知りたがる。現状報告をさせて、わたしの決断が自分の人生にどう響くかを見極めたいのだ。無職の娘の面倒まで見るとなると、父が好きに使えるお金は目減りしていく。それに、父自身がいま深刻な問題を抱えている。体が急激に衰え、認知症も発症した母親の世話で手いっぱいだろう――おかしくなった娘の世話まで手が回らない。二度の朝帰りのあと、わたしの信用は地に落ちていた。いまは小康状態とはいえ、いずれ父娘関係は完全に崩壊するだろう。

「助けてください、スペードさん！」わたしは声に出して読んだ。キッチンのテーブル越しに父と向かい合っていた。父はソーセージを載せたマカロニ・アンド・チーズを食べ、わたしはサラダを作って食べていた。母は友人たちと外でディナーだ。

わたしは『マルタの鷹』のブリジッド・オショーネシーの独白を読みつづけた。「まともな暮らしを送ってきたわけじゃない……悪い女だった――あなたが思う以上に悪い女――でも、骨の髄まで腐ってはいないわ。わたしを見てよ、スペードさん。わたしを見て、ほら、骨の髄まで腐っていない。わかるでしょ？　少しはわたしを信じて、ねえ？」わたしはまつげをヒラヒラさせて流し目を送った。

「そのシーン、映画で見たな」と、父。「いい映画だった。ハンフリー・ボガートがサム・スペードを演《や》って、はまり役だった。冷徹で獰猛で」

「お父さんみたい」

ハメットが描くスペードの顔は大きなVだ――よく動く口元のVの下に先端が尖ったVの顎。わたしにはそれが父の顔に重なる。

父が表情を変えると思った。むっとするだろうと。でも、父は動じなかった。嬉しそうにすら見えた。わたしがずけずけ物を言ってもまるで堪えないのだ。

紳士的な探偵シャーロック・ホームズとは対照的な、卑劣で世慣れた新しいタイプの探偵をハメットは創造した。たとえ第一容疑者が美人でか弱い女だろうが、スペードはいっさい手加減しない。躊躇することなく相手を見据え、幻想と嘘を剝ぎ取ってゆく。

父が祖母を質問攻めにした挙句に震え上がらせるのを、わたしは一度ならず目撃した。クリスマス・ディナーだろうと日曜日のブランチだろうと、なにか癇に障ることがあれば、父は容赦なく怒りを爆発させたものだ。

「原作を読むのが楽しみだな」父が言った。

「気に入ると思うよ」鏡を覗き込むようなものだろう。


つぎにDVDショップに行ったとき、『マルタの鷹』を借りた。この映画は二度観ているけれど、もう一度観てみたかった。

地下室でカウチポテトをしようとしたら、父が現れた。

「一緒に観てもいいか」

父がかたわらにいるだけで緊張して映画に集中できないだろう、きっと。でも、ぼんやりした照明と紫煙に霞む室内が映し出されるとすべてを忘れた。フィルムノワールはこれだからやめられない。

〝ミス・ワンダリー〟と名乗るブロンド美人——のちにブリジッド・オショーネシーが本名だと

わかる——がスペードに助けを求めてやって来る。妹が行方不明なのは悪党の恋人のせいだとヒステリックに訴えるが、この女の嘘のうまさが際立つせいで、捻りのきいた筋書きが霞んでしまう。場面は切り替わって女が泊まっているホテルの部屋、見事な肉体美を暗示させるシルクの縞のローブ姿で歩き回り——両手を揉みしだき、磁器の碗のような虚ろな顔で泣きながら「助けてください、スペードさん！」——彼をたぶらかす。彼女の体の上でベネチアンブラインドの影が踊る。この女は信用できないと観客は悟るという塩梅だ。

この女に不思議と親近感を覚えるのはなぜだろう。

そこではたと気付いた。祖母を彷彿とさせるのだ。

古い記憶の中の祖母は美貌に翳りが差していたが、それでも美しかった。人によっては派手すぎると思っただろう。鮮やかなプリントの襟ぐりの開いたドレスに明るい紫紅色の口紅。年相応の格好をせず、おばあさんと呼ばれたがらなかった祖母を、父は疎ましく思っていた。だから、祖母はめったに訪ねてこなかった。少年期の父にとって、祖母は美貌だけが自慢の母親だった。男たちから姉弟に間違えられると大喜びで、椅子の端に腰をかけて身を乗り出し、わざとらしくくすくす笑った（父はよく真似したものだ）。

気にしていないふりをしていたが、わたしたちが祖母と会ってくると、父は必ず不機嫌になった。ブリジッド・オショーネシーの流し目が、わたしの中で、祖母を〝尋問〟して秘密を吐かせたい父の思いと結び付く。

彼女のなにがわたしたちをそれほど惹きつけるのだろう？　祖母とおなじ不可解な部分が、ブリジッドを魅力的に見せる。彼女たちの芝居がかった言動には人を夢中にさせるものがある。その肉体は念入りに整えた髪や厚塗りした唇の延長であり、その下に隠された謎を際立たせる。彼女に感情はあるのだろうか？　ゴージャスなロボットにすぎないのでは？　なにが彼女を演じさせるのだろう？

わたしが大学に行くので家を出たころは、〝魔性の女〟がいい女の代名詞だった。モントリオールの映画館ではクラシック作品がつぎつぎに上映された――『深夜の告白』『三つ数えろ』『ギルダ』『上海から来た女』。ローレン・バコールのなまめかしさや気怠い眼差し、煙草の煙に包まれたバーバラ・スタンウィックの挑発的な足取り。わたしは彼女たちに憧れ、似たようなドレスに身を包んだものだ。古着屋で手に入れた黒やえび茶色やエメラルドグリーンのレトロなシルクドレス、仕上げはラインストーンのブローチと網タイツにピンヒール。友人のサーシャと気取ったコーヒーショップや秘密クラブに繰り出し、細長い煙草――サーシャ曰く悪女の小枝――を吸い、鼻から煙をフーッと噴き出した。言い寄ってくる男がいれば、横を向いて謎めいた美女を気取った。マティーニを何杯もおごらせているうちに、広角レンズを通して見ているように、あたりが妙に奥深くなっていった。

ときには男たちがわたしを誘惑するよう仕向け、目を覚ませばホテルの部屋とか、モントリオールの馴染みのない界隈のボロアパートにいた。ナイトスタンド上の灰皿からは吸殻が溢れだし、朝の五時にベッドから這い出すと頭が割れるように痛んだ。通りの標識はすべてフランス語で、タクシーはどこにも見当たらない。それすらも愉しかったのだから、よほどひねくれていたのだ――ひそやかな冒険、危険とスリル。

わたしみたいなインテリ娘が、よくも見ず知らずの男の前で服を脱げたものだ。もしそんなふうに責められたら、大学二年生だったわたしは、当時読んだばかりのミシェル・フーコー『性の歴史』の一節、〝中産階級の一夫一婦制は支配階級のイデオロギーにすぎない〟を引き合いに出し、半可通の知識で相手を煙に巻こうとしただろう。

抵抗の多面性を探求するのに、それ以上に興味をそそられる方法があるだろうか。これぞ政治的次元における乱交の意義である。

いま考えれば、真実はもっと身近なところにあった。体が制御不能なほど捻じれたため、脊柱骨四本を溶かし金属の棒で背骨を固定する手術を受けた、あの耐えがたい数年の後、わたしは肉体から切り離されたような不思議な感覚に捉われた。体の先端がいつも冷たくてジンジンしていた——足も手も鼻も。爪先を動かしてまだ感覚が残っていることに驚いた。口紅を塗りチークを入れるたび、鏡の中の自分が自分ではないように思えた。マネキン、それとも女優。そしてわたしはテレビ用に作られる映画の監督で、彼女にどう動き、どう感じるかを指示する。だが、彼女は指示どおりにできない。ただ突っ立っているだけ。生気のない紛いものの笑みを浮かべて。

いまでもたまに夢に見る。顔にマスクをかぶせられ、ゆっくり百から逆に数えてね、と看護師が言い、まばゆいライトが彼女のあばた面を照らしだし、それを最後にわたしの肉体はどんどん軽くなってやがて重さを失う。きっと死ぬんだと思うのだが、気持ちはおどろくほど穏やかだ。死はそれほど悪いものではない、美しいとさえ言える。

だが、わたしは死ななかった。二日後に意識が戻ると、頭には綿が詰まり、体全体がひとつの大きな傷と化していた。全身にギプスかなにかを巻かれたものと思っていた。あるいは全身包帯でぐるぐる巻きにされて、かさぶたが張るまではベッドにじっと横たわり、数ヵ月かけて骨が固くなってゆくのだろうと思っていた。ところが、バラ色の頬の看護師が二人がかりでわたしを起こし、歩行補助器の前に無理やり立たせた。何歩か歩き、さらに何歩か歩いたら、めまいがして皮膚が引きちぎれる痛みに耐えきれず、マリオネットみたいに床に崩れ落ちた。

時を経るうち、わたしの感情が枯渇していることに男たちが気付くようになった。それが男たちを興奮させることもわかった。自分の体から切り離されている感覚は一種のパワーだ。わたしは解放され、別人格と戯れることができる。ある晩はジュリー、べつの晩はシモーヌと名乗った。あるときは美術史科の学生、べつのときは心理学専攻の学生だった。自分の正体を隠して嘘をつくのは愉しかったが、嘘一色ではなく虚実取り混ぜて語るほうがもっと愉快だった。ワイングラスを回しながら、気が付くと見ず知らずの他人の前で本心を覗かせていた。担当外科医は尊大なゲス野郎だったとか、天職が見つからなかったらと思うと怖くて眠れないとか。だが、つぎの瞬間、また嘘をつきはじめる。

いまだに〝魔性の女〟に魅了されるのはそのせいだろう。魔性の女は自分が何者かわかっていない——過去は大きなクエスチョンマークにすぎない。いくら気晴らしを求めても、セックスと金で贖える満足は、傷ついた自己の秘密に蓋をする方便にすぎないのだ。

映画『マルタの鷹』のほの暗い画面を眺めながらふと思った。マルタの鷹の謎よりも、そっちの謎のほうに心惹かれる。マルタの鷹はチェスの駒にすぎない。物語に出てくる詐欺師も盗人も、宝石で飾られた鳥を手に入れようと躍起になるが、けっきょくは誰も手に入れられない。鳥はそっと飛び去る——スペード曰く〝夢とおなじものでできているのさ〟——所詮は安っぽい仕掛け、よくできたマクガフィン〔フィクションにおけるプロットの進展に必要なもの〕。

そう、わたしがこの小説を読み返し、映画をもう一度観ようと思ったのは、鳥のせいではない。ブリジッドの不可解な人格のせいだ。物語の中で解き明かされなかった問題。この女は何者？ なにが彼女を悪の道に引きずり込んだのか？ 明かされている彼女の過去は、香港に住んでいたということだけで、彼の地でなにをしていたのかわからない。アメリカに居場所がなく、漂泊した挙句に東洋に流れ着いた。その素性は謎に包まれたままだ。彼女の美しい顔は、他人が己の暗い夢を投影するスクリーン。

犯罪の陰に女あり《シェルシェ・ラ・ファム》……。


わたしの〝魔性の女〟人格に水を差したのはジョシュだった。彼と恋に落ちたせいだ。

出会ったのはマギル大学二年の秋学期だった。母国を理解する一助になりそうだと思って取ることにした〝東アジア研究入門〟の教室に入ったとたん、彼の視線を感じた。中国文化にフォーカスした授業で期待はずれだったが、まったくの無駄ではなかった。

ジョシュはつねに最前列に陣取り、哀れな教授になにかと議論を吹っ掛けるタイプの学生だった。エドワード・サイードが思考様式として再定義した〝オリエンタリズム〟のより繊細な問題点を取り上げ、纏足を通して女権拡大を論じたドロシー・コウのフェミニスト論を声高に批判した。彼はしばしば議論のための議論をしているように見えたが、頭の回転の速さは認めざるをえなかった。それに、くしゃくしゃのくせっ毛も含めキュートな男だった。ファッションセンスはいただけなかったけれど。擦り切れた格子柄のシャツとシルバーのスニーカーに、シルバーのブリーフケースを合わせるという時代錯誤ぶりだった。

だから、彼と恋に落ちるなんてこれっぽっちも思わなかった。あくまでも友だちとして付き合っていた。まず彼が『愛のコリーダ』の上映会に誘ってくれて、それから彼の地下のアパートで一緒に映画を観るようになった（『愛のコリーダ』みたいな芸術的ポルノ映画ばかり観ていたわけではない）。どちらも精神分析学的映画理論の本をたくさん読んでいたから話題に事欠かなかった。やがて酒を呑みながら長い夕食を共にするようになった――ジョシュは料理がうまかった。

ときには彼の友人たちが場に加わることもあった。意外にも彼には魅力的な女友だちが大勢おり、わたし同様、彼女たちもただの友だちのようだった。彼女たちはジョシュのアパートのソファーに寝そべって長い生脚を見せびらかしながら、恋人とうまくいかないと愚痴った。わたしたちは慎重にほほ笑みを交わしながら、相手が先に帰ってくれることを願った――でも、どうして？　べつにどっちもジョシュに惚れていたわけではないのに。それでも、彼を魅力的だと思ったのはどうしてだろう？

彼の話がおもしろかったからだろうか。彼は子ども時代のおもしろくて悲しい話をいっぱいしてくれた。全財産をなげうってコミューンに加わったヒッピーの両親の話とか、コミューンの子どもたちはバナナしか食べさせてもらえなかった話とか。冗談事ではなかった。赤ん坊が泣いても、母親は抱きあげることを許されず――過保護は暴君を育てるから――母乳を飲ませることは究極の罪だと考えられていた。

かわいそうにジョシュはバナナの匂いを嗅いだだけで吐き気を催してトイレに駆け込むし、母乳を与えられなかった反動か、牛乳が大好きでチョコレートミルクを一気飲みする。

彼とはじめて寝た翌朝、目が覚めると首筋に死後硬直が起こりはじめたみたいだった。彼のフトンは岩みたいに硬かった。〝どうしよう、ジョシュと寝たなんて信じられない〟

起き上がってあたりを見回すと、テレビの前の床には油まみれのポップコーンのボウルとル・ヴィラジョワの空ボトルが転がり、ソファーの上にはくしゃくしゃの毛布があった。ゆうべ、そこで彼はわたしの膝を愛撫しはじめたのだ。わたしに触っていることに本人は気付いていなかったみたいだけれど、触れられたわたしは背中全体までゾクゾクしたのを憶えていた。それに、彼の手がシャツの下に入ってきて傷跡を発見し、彼の唇がそこに触れ、好奇心とやさしさが奇妙に入り混じった表情が彼の目をよぎったことも、記憶にぼんやり残っていた。わたしが降参したのは、まちがいなくあの眼差しのせいだった。

それから彼はわたしの脚を開いて顔を埋めた。経験したことのない激しさで、官能的な刺激が体のすみずみにまで広がった。汗が噴き出して化粧が落ちる。魔性の女の口紅は、彼がキスで拭い取った。

あれほど無防備になったことも、あれほど興奮したこともなかった。未知の領域へと足を踏み入れ、感覚の鮮烈さに、なにも感じないなんて斜に構えてはいられなくなった。

ほどなくして、わたしは彼のアパートで朝を迎えるのが普通になり、首筋は凝っても、体のほかの部分は満ち足りてゴロゴロ言っていた。

付き合ってしばらくすると、誘惑する機会を虎視眈々と窺っていたんでしょ、とわたしは彼を責めるようになった。慎重に戦略を練り、自然の流れでそうなったと思わせたのだと。羊の皮をかぶった狼。わたしは彼をそう呼んだ。その比喩が気に入ったらしく、彼はにやにやしていた。

意外なことに、『マルタの鷹』の原作は父のお気に召さなかったようだ。どうだった、と尋ねると、父は渋い顔をした。

「途中で読むのをやめた。しばらく読書は休むよ」

「わかったわ」残念だ。「どうぞお好きに」

父はまた模型飛行機を飛ばすことにのめり込んだ。毎朝、夜明けとともに家を出て、日に焼けガソリンの匂いをまとって夕暮れに戻ってくる。夜は夜で地下室に籠り、最新の愛機——第二次大戦中のジェット戦闘機——の制作に励んだ。木のパーツを糊付けして漆黒のプラスチックで覆う作業には、読書では得られなかったリラックス効果があるようだ。

読書は感情を、嫌な感情を掻き立てる。模型飛行機を作っているあいだは、諸々の感情からも人からも逃れられる。埋立地には、父と飛行機と空っぽの空以外なにもない。

ハメットが創造した世界、感覚から完全に切り離されてはいなくても、感覚も感情も信用ならない世界に、父なら浸れるだろうと思っていた。感情的になったら騙されると、父も思っているのだから。

サム・スペードみたいに、養うべき家族を持たぬ自由な暮らしを送ったほうが、父は幸せだったのではないか。ダメ人間の娘を見て、子どもなんか持たなきゃよかったと思っているにちがいない。

子どものころ、わたしは男兄弟が欲しいとずっと思っていた。夫婦喧嘩の最中、「わたしたちに息子がいたら、こんなもんじゃすまなかったのよ！」と母がやり返すのを聞くたび、わたしの脳裏には幻の兄の姿が浮かんでいた。

父が息子を持つことを怖がる訳が、わたしにはいまだに理解できない。たいていの男は一緒にスポーツをやれる息子を欲しがる。娘より息子のほうが、模型飛行機に何倍も興味を示すだろう。

そのうち気付いた。父が息子より娘を望んだ根っこには、旧弊の固定観念があることに。娘はやさしくて従順で人を愉しませようとする。反対に息子は反抗的で頑固で、なにかというと父親に食ってかかる。

父と気まずいことになると、わたしは幻の兄が父に楯突く場面を思い浮かべたものだ。怒鳴り合い、手も出るだろう。そしてついに決定的なひと言が発せられる。「出て行け！」父の胸の中にわだかまっていたものすべてが――やさしくてかわいい娘にはぜったいに言えないことが――噴出するのだ。

わたしだって父に楯突きたかった。わたしはやさしくてかわいい娘なんかじゃない。父の人生設計にうまく嵌まらない暗い感情や野心が、わたしの中には渦巻いている。

父とわたしが疎遠になるきっかけとなった瞬間があったはずだ。人生に求めるものが、父とわたしでは決定的にちがうと気付いた日があったはずだ。そう思って過去の記憶を手繰り寄せてみると、特別な一瞬に突き当たった。

＊

わたしが五歳の夏のことだ。小学校の入学を間近に控え、学校までの通学路を教えてやって、と母は父に頼んだ。毎週末、八月の熱気の中、わたしたちは並んでとぼとぼ歩いた。ヤング・ストリートまでの一ブロックが果てしもなく長かったことをいまも憶えている。角の店まで辿り着くころには頬に汗が流れていた。たまに父が板チョコを買ってくれて、二人でナッツ入りのチョコレートを頬張りながら、ベドフォード・パーク小学校までの残り四ブロックを黙って歩いた。

それは父と二人きりですごした数少ない思い出のひとつだった。

「毎日なにをやってるんだ、ルビー？」（どういうわけか父はわたしをルビーと呼んでいた。どうしてこんなおかしなニックネームを思いついたのか見当もつかなかった）

「『ドナと虹』っていうお話を書いたばっかり」

「お母さんのお話か？」

わたしはうなずいた。

「いつになったらおれのお話を書いてくれるんだ？」

「心配しないで。ちゃんと書くから」

これなら一人で歩いて学校に行けるだろうと父に認められた気がして、ものすごく嬉しかった

――開かれた広い世界にはじめて足を踏み出すのだ。どこで左に曲がり、どこで右に曲がるのか、父は何度も質問し、わたしが間違えると困った顔をした。でも、わたしにとって大事だったのは、目的地に辿り着くことより、店のウィンドウを覗き込んだり、想像を膨らましたりしながら愉しく歩くことだった。いよいよひとり立ちするのだと思ったら、まわりのものすべてが色鮮やかに見えた。

試験的にひとりで学校まで行く日がきた。

通りに出てゆくわたしを、母は玄関ポーチから見送ってくれたが、父は半ブロック後ろを自転車でついて来た。娘になにかを教え、期待どおりに娘がやり遂げれば、父はそれで満足だったにちがいない――やがて娘は世界を飛び回るようになるだろう。テレビで見たパリやニューヨークやローマの街並みを想像しながら、わたしは最初の角までやって来た。

「どっちに行くんだ、レスリー？」

後ろを振り返ると、父が顔を真っ赤にして自転車から降りるのが見えた。

わたしは間違った方向に曲がっていた。学校の方ではなくハイウェイ401の方へ。

母は茫然とした――あなたはそんなことも娘に教えられないの？　それともこの子は方向音痴なの？　それから、両親は年長の少女にお小遣いを渡し、登下校時に娘に付き添ってもらうことにした。

わたしが父を失望させたそれが最初だった。わたしも父に失望したのだからおあいこだ。

「なんともはや」父が言った。

担当医師から決断を迫られたときの父の言葉だ。祖母の脚は依然として思わしくなかった。手術をするならいましかない。

祖母のベッドを囲み、父とウェンディ叔母さんがやり合っていた。父は自然の成り行きに任せる考えだったが、叔母は祖母のベッドに〝蘇生措置拒否〟の札を掲げる心の準備ができていなかった。叔母は顔をくしゃくしゃにした。まださよならは言えないのだ。

母が叔母をカフェテリアに連れてゆき、父とわたしは病室に残った。

祖母は目をかたく瞑り、顎から不気味な音を立てていた。貝殻をすり潰すような音だ。わたしもこんな音を立てているのだろうか。目が覚めて奥歯が痛むことがよくある。

「おばあちゃんはどんな夢を見ているのかな?」わたしは尋ねた。

「思い出が走馬灯のようによぎっているんじゃないか。死ぬ前にはそうなるって言うだろ」父は笑った。

「頼むから真面目に考えて」

父は椅子に腰をおろして床を見つめた。「この人はなにか企んでいると思ったことがなんべんもあった。そのことを夢で再生してるにちがいない」

「なにを企んでたの?」

「わからない。逃げ出す算段をしてたんじゃないか。いつだって腹に一物抱えていたからな」

ブリジッドは鷹を手に入れるためスペードを味方につけようとした——体で彼を買おうとした

――が、彼女のほんとうの狙いはなんだったのか最後まで明かされない。祖母がそういう女だったと思うと背筋が冷たくなる。

「おばあちゃんがなにか企んでいると、どんなときに思ったの？」

「そうだな」父はデジタルレコーダーのボタンを押した。「去年のことだ。ボケがはじまる前に、ポートランドですごした子ども時代の話をしてくれた」

わたしは身を乗り出した。

父の眼差しがふっと和らぎ、なにかが伝わってきた。親子関係はぎくしゃくしていたが、わたしたちは共犯者のようにほほ笑みを交わした。

録音された音声が流れてきた。前半では、ポートランドの日系アメリカ人が住む地区について、父が尋ねていた。祖母の父親がそこでクリーニング屋を営んでいたのだ。店の名が〝エルク・クリーナーズ〟だった訳を父が尋ねても、祖母は答えられない。父の声から苛立ちが伝わってくる。

「おもしろいのはここからだ」父がレコーダーのボリュームをあげた。

祖母の両親がどこで知り合ったのか、父が尋ねている。

「お父さんが写真花嫁に会うため日本に行って、それで連れ帰ったのよ」写真花嫁とは見合い結婚の一種で、仲人が配る若い日本人女性の写真を見て、在米日系移民の独身男性が好みの相手を選び、日本に行って縁談をまとめるという風習だ。

「つまり母さんの母親は写真花嫁だったわけだ」父が言う。

「そうとも言えない」祖母が応える。

祖母によると、父親は日本で実物に会ってがっかりし、話がちがうじゃないかと仲人にねじ込んだ——仲人にかなりの額の仲介料を払っていたし、富山までの旅費も馬鹿にならない。

ところが、部屋の隅に控えていた仲人の秘書を見て父親は目を輝かせた。

「あの子がいい」父親は秘書を指さし、翌日、二人は結婚した。

「母さんの母親に異存はなかったの？」父が尋ねる。

長い沈黙。

「母は日本を離れたくなかったんだと思う」ようやく祖母が口を開く。「でも、とびっきり贅沢な暮らしをさせてやる、と父が約束したのよ。召使が大勢いる邸宅に住まわせてやるって。父が小さなクリーニング屋の店主だなんてこと、母は知らなかった」

父は笑ってレコーダーの〝ストップ〟ボタンを押した。「なんとも愉快な話だと思わないか？」

ついに、祖母の過去の真実に辿り着いたのだ。わたしの脳裏に曾祖母の姿がぼんやり浮かんだ——伏し目がちに謎めいた微笑を浮かべる小柄な女——祖母の家の壁に飾られた白黒写真で見たことがあった。魔性の女の背後にいるもう一人の魔性の女。金目当てに結婚した無知で憐れな女、騙されて結婚しあてがはずれた女。そんな過去がわたしの想像力を掻き立て、動悸が速くなった。まるで麻薬だ。

「もっと聴きたい」わたしがボタンを押そうとすると、父はレコーダーを取り上げた。

「いや、充分に聴いたじゃないか」

「ねえ、お願い」わたしは揉み手をした。

父はわたしを引きずり込んでおいて、自分の立場をわきまえろと言うのだ。決めるのは父。わたしは命令を下される側、おとなしく聞き役に徹しなければならない。


数日後、父が風呂敷に包んだ大きなガラスケースを持ち帰った。

「人形を手に入れた」母とわたしを前に、父が言った。

「おばあちゃんはまだ亡くなっていないのに」

日本の美術品を蒐集する祖母の従妹が、祖母をそそのかして人形を自分の物にする恐れがあるから取ってきた、というのが父の言い分だった。

「その人が自分の物にしたってべつにいいじゃない。わたしは欲しいなんてひと言も言ってない」

人形がここにあると祖母の死を早めるような気がするが、それとはべつの不安も感じていた。人形の卵形の顔を眺めていると、祖母が自分に乗り移ってくるような気がするのだ。祖母の謎めいた過去や脆さまでが。

「美しいわね」母が言う。「手の込んだ細工よね。髪に挿した花の細工なんてすごいわ。ここまでの物はもう作れないでしょうね」

ありがたく思うべきなのだろう。でも、いまだよくわからない父方の家系と、わたしのぶざまな肉体を、そっくり具現化したのがこの人形のような気がするのだ。静穏なこの顔、非の打ちどころのない肌、よそよそしいほほえみが、わたしを嘲っている。この顔に見つめられていたのでは、おちおち眠れないだろう。ガラスケースを叩き壊し、子どものころ夢見たように人形の着物を一枚また一枚と剝ぎ取りたい衝動に駆られた。人形の頭は脆くて空っぽなの？　ギュッと握ったら潰れてしまう？　それとも堅い陶器でできていて、地面に叩き付けなきゃ壊れない？

祖母の生い立ちを知らないのと同様、人形の来歴についてわたしたちはなにも知らない。思いを寄せてくれた男からのたいして意味のない贈り物だったとしたら、祖母はどうして七十年も大切にしてきたのだろう？

祖母がべつの人生を選んでいたら、わたしは生まれていなかった。そう考えると落ち着かない気分になる。祖母にはわたしの代わりに日本語を話す孫娘がいたかもしれない。背骨がまっすぐな孝行娘が。

そんなこと考えるなんて愚の骨頂だ。この人形はマルタの鷹と同様ただの物にすぎず、自分のルーツを知る手掛かりにはならないのだ。

父は固く口を閉ざしてしまった。祖母や曾祖母のことをいくら尋ねても、おまえに秘密を打ち明けた覚えはないという態度をとおした。

「新学期の準備やらなにやら他にやることがあるんだろ？」あとをついて回るわたしに父は言った。ようするに、自分でなんとかしろということだ。

サム・スペードのやり方はどんなだった？　尋問は戦術のひとつだけれど、もっと巧妙な手口を用いて成果をあげている。主要な登場人物たちを一堂に集め、後ろに控えて観察者に徹する場面が何度か出てきた。きつい言葉の応酬が脅しへとエスカレートする。嘘が嘘を呼び、拳銃が空《くう》を飛ぶ。

だがそのあいだ、たとえ暴力沙汰に巻き込まれたとしても、スペードは一瞬たりとも観察をやめない。人びとが隠してきた秘密をぽろっと洩らすと、それをしっかり記憶に留めてあとで活用する。

つまり、カッとなりやすい父が怒りに駆られて、うっかり秘密を洩らしてしまうような状況を作ればいいのだ。いまや祖母は眠ったきりだから、父の怒りに火をつける役目を祖母に頼むわけにはいかない。父を怒らせる方策を自力で捻り出さなければ。

カズの妹のテツコ大叔母。彼女は家族の秘密をすべて知っている。

彼女なら適役だ。この夏に一度も彼女に会っていない——食事に誘う口実はそれだ。ところが、電話でお気に入りのチャイナタウンのレストランに誘ったら、なんだか頼りない口調で彼女は言った。腰痛で外出が無理になってきたのよ。だったら料理をテイクアウトしてお宅にお邪魔するわ、とわたしはすかさず言った。お父さんが会いたがっているから。

「ほんとうなの?」電話口の向こうから子どもみたいに興奮した声が聞こえた。

あすの晩、テツコ大叔母さんに会いに行くわよ、と両親に言うと、母は当惑し、父は顔を曇らせた。

「これ以上おれの手を煩わせないでくれ」

テツコ大叔母はドーヴァーコートの古い屋敷の一階に間借りしていた。その屋敷で夕食をご馳走になったことは、愉しい思い出として残っている。大叔母はオッソ・ブーコという珍しいイタリア料理を作ってくれて、壁は花瓶や裸の女性の絵で埋め尽くされていた。高校の美術教師をしていたころに彼女が描いたものだ。そしてジャズがいつも流れていた。

陽気な白髪の女性がカズの妹だなんて不思議な気がする。彼女が美術や音楽に興味を持ったのは、カズの影響だったのだろうか。

だが、陽気さは影を潜めていた。体重が増え、口紅をつけていなかった。口の滑りをよくしようと持参したワインのボトルに、物欲しげな視線を送りながら彼女は頭を振った。酒は控えるように医者に言われているそうだ。

あのおしゃべりや賑やかな笑い声はどこへいってしまったのだろう？　素面《しらふ》のテッコ大叔母は痛ましくて見ていられない。晩年にハメットが酒を断ったことを思い出した。禁酒しなければ死を覚悟してくださいよ、と主治医に言われたのだ。アルコール抜きだと人付き合いができないほど内気な性格だったから、それは社会生活を絶つのも同然だった。亡くなる前年の写真を見たことがある。猫背で痩せ衰えた白髪頭の男、自分がそこにいることを忘れてしまったような虚ろな表情を浮かべていた。

テッコ大叔母もおなじような虚ろな表情で、皿を載せたトレイを運ぶ足取りはおぼつかなかった。字幕放送《クローズド・キャプション》をオンにしたテレビ画面をじっと見つめている。見たい番組が放映中だったのだ。

「叔母さんは、おれの母親のことなんか気にならないみたいだね？」父が言った。

「ああ」彼女は目を擦った。祖母のことは完全に忘れていたようだ。「あんたの母さんはどんな具合なの？」

「あまりよくない。手術の後、すっかり弱ってしまってね。残ったほうの脚もいけなくなった」

「そりゃ気の毒だわ。彼女は美人で通ってたからね。家族の宝だった」

「カズが母さんに魅かれたのはそのせいなんだろ」父はポケットに手を入れて、デジタルレコーダーのスイッチをこっそりオンにした。「おふくろとカズがどんなふうに出会ったのか話してくれないかな?」

よし。計画どおり。父は昔のことを知りたくてたまらないのだ。

ところが、テツコ大叔母は眉根を寄せた。椅子の上で前屈みになって小さくげっぷをした。「なんであたしが話さなきゃいけないの? あんたは訪ねてくるたびに〝これを話せ、あれを話せ〟って言うけどさ。あたしは静かに座っていたいのよ」

「なあ、いいだろう」子どもがおねだりするような口調で父が言う。「おふくろはボケちまったんだもの、ほかに誰に尋ねりゃいいんだ?」

母とわたしは紙袋を開けて、ダイニングルームのテーブルに料理を並べた。わたしたちが料理を皿に取り分けているあいだも、父は尋ねるのをやめなかった。

「汽車でトロントに着いた夜のことを憶えている。まだセント・クラレンスの家が見つかってなかったから、ネオンサインのあるモーテルに泊まった。おれは大きな肘掛け椅子で目を覚ました——緑の格子柄のカバーがかかってた——体中が痒くって目が覚めたんだ。椅子はノミの巣だった。体中がみみず腫れでさ。ベッドを見るとカバーがくしゃくしゃになってたが、おふくろはいなかった。カズがどこかへ連れ出したんだ。バーに行ったか、踊りに行ったか」

テツコ大叔母は無表情で窓の外を見つめていた。「あたしに言えるのは、二人とも親になるには若すぎたってこと」

父が春巻きに食らいついた。「なあ、それだけじゃなかったんだろ」

「ジャック、あたしになにを言わせたいの？」

「カズがいつも言ってた。妹はおれを理解してくれているのに、女房はからっきし駄目だって。叔母さんが訪ねてくるたび、二人して地下室で呑んでたじゃないか。叔母さんたちの声が聞こえてきた。なにを話してたの？」

「さあ、なんだったか。大昔のことだもの」

「カズが亡くなった夜のことを、おれは憶えている。叔母さん、昼間に訪ねてきたじゃないか。カズはもっと薬をくれって頼んだの？」

テツコ大叔母は額を揉んだ。「あのころは、みんなが薬を飲んでたからね。医者がキャンディをくれるみたいにくれたもの。戦後すぐのころは、それがなくちゃ眠れなかった」

「カズもそうだったの？」わたしは尋ねた。

「さあ、どうだか」彼女は目を擦った。「カズには話し相手が必要だった。マサコは打てば響くってタイプじゃなかったからね。花瓶としゃべってるほうがましってくらい」

「誰もカズのことを理解できなかったのね」わたしは言った。「叔母さん以外は」

彼女が弱々しく笑った。「兄は音楽家か画家になりたがっていた。何者かになりたかったのね……」

「だったら、どうして救ってやらなかった？」父がテーブル越しに見つめても、彼女はふやけた春巻きを箸でいじくるだけで、目を合わせようとはしなかった。

サイレンの音がだんだん遠ざかってゆくのを、わたしたちは聞いていた。

「あたしになにを言わせたいの？」テッコ大叔母が言った。「あたしだけじゃない、マサコのせいでもあったんだから。彼女が馬鹿げた期待をかけるもんだから、兄さんはおかしくなったのよ。マサコと別れるべきだった。兄さんだってそのつもりだったんだから」

祖母との結婚生活がどんなものだったか想像し、わたしははじめてカズが気の毒になった。だが、父の目がギラリと光った。「カズはおれたちを見捨てるべきだったと言いたいの？」

「気の毒だとは思うけど、カズは家庭向きの男じゃなかったからね」

父はうなずいたものの、肝を潰した子どもみたいに目を見開いたままだった。ハメットは娘たちが幼かったころに妻を捨てた。彼の末娘のジョー・ハメットが書いた伝記を読み、父親が家を出て行ったくだりに胸が詰まった。数年前、当初は、結核を患うハメットが家族にうつさないようにと別居したのだが、病が癒えたあとも家には戻らなかった。酒を呑み、ポーカーをやり、女たちをもてなし、ひとりで執筆するための場所が欲しかったのだ。ジョー・ハメットは、エキセントリックな父親を抑えた筆致で描いているが、夫に捨てられた失意の母親の描写からは、傷ついた少女の心の叫びが聞こえてくる。

ハメットは家庭向きの男ではなかった。カズと同様に。

「そりゃね、兄さんを救うためになにかすべきだったと思うわよ」テッコ大叔母が言う。「でも、なにができた？　あたしはまだ学生だった。戦争が終わってやっと大学に戻れたところだった。原因は酒だと思っていた。だから、酒をやめさえすればうまくいくだろうって……」

父が頭を振る。

テツコ大叔母は胃を押さえてバスルームへ駆け込んだ。ドア越しに吐く声が聞こえた。そろそろ暇を告げなければ。

7

あの子が生まれたときにあたしは悟った。母性なんて言葉はそれを必要とする人間がこしらえたものだと。子どもがいる女にとって、そんな言葉、あってもなくても関係ない。

——ウィリアム・フォークナー『死の床に横たわりて』

「ポプラにするか、サクラのほうがいいか」父が言い、テーブルの上でパンフレットを滑らせてよこした。

わたしは棺桶を見つめる。堅そうで重そうで、襞ひだのサテンが裏打ちしてあり、それが胃薬のペプトビスモルとおなじピンク色なのがおかしくてクスクス笑った。祖母は未来永劫こんなものを見つめていたいだろうか？

父は祖母の死に先立って計画を立て比較検討するため、この三日間、葬儀社数社の営業マンに会っていた。なにかしていないとやりきれないのだろう。

「儲かる商売だよな」父はノートパソコンを開いてウェブサイトを見せてくれた。

この連中、たいした度胸だ。メモリアル・キャンドルに点灯するだけで、三十九ドル九十五セントもふんだくる。ウェブサイトにはペイパル・アカウントの開設の仕方から、サービスの買い方、葬式に出席しなくても疚しさを感じずにすむ方法まで、情報満載だ。

父が苦笑いする。「不景気にぜったい強い業種だ」

「葬祭ビジネスに行けばよかったね」

「よく言うよ。よそのばあさんがおれの肩で泣く姿、想像できるか?」

父と冗談を飛ばしながらも、こういうことすべてがわたしにはおもしろくなかった。これだけの金を費やしても、偲ばれる故人がそれを享受することはできないのだ。

「わたしはアディ・バンドレンみたいに見送られたい」

父がきょとんとした顔でわたしを見た。

アディ・バンドレンはフォークナーの『死の床に横たわりて』の中核をなす気難しい女家長だ。物語は彼女が死ぬ晩からはじまる。息子のキャッシュは、木を切って磨いて棺桶をこしらえる。子どもたち全員――キャッシュ、ダール、ジュエル、デューイ・デル、ヴァーダマン――がベッドを取り囲んで彼女を看取る。わたしたちが祖母のまわりをうろついているのとおなじだ。彼女が亡くなると、家族は亡骸を棺桶におさめ、馬車に一切合切積み込み、ミシシッピ州ジェファーソン目指して壮大な旅に出る。アディが夫の傍らではなく、自分の親兄弟と一緒の墓に埋葬して欲しいと願ったからだ。

「手作りの棺桶か」父が頭を振る。

「ぜひ読んでみて」

「そうだな」

物語が進むにつれ、エキセントリックな女の死に際の願いばかりか、いろいろなことが横道にそれてゆく。アディ・バンドレンはひとりになりたかった。ひとりで死にたかった。孤独と絶望の人生に終止符を打ちたかった。

馬車に乗せられてゆく祖母の姿が脳裏に浮かんだ。彼女もまた不可解な女だった。


数日が経ち、わたしは現代アメリカ文学講座のシラバスを書き直していた（次年度もつづける場合に備えて）。前年度、学部講座で『アブサロム！ アブサロム！』を取り上げたのは大きな間違いだった。いったいなにを考えていたのだろう？ トマス・サトペンの宿命的な物語を複数の語り手による相矛盾する回想という形で描いたこの作品で、作者はなにを言いたかったのか、フォークナー研究者ですら面食らっているのだから。トマス・サトペンとはほんとうは何者なのだろう。読者は途方に暮れるばかりだ。わたしの授業評価を読めば（意を決して最後まで読んだ）、学生たちがこの作品をどの程度評価したかがわかる。〝なにを食ったらこんなクソみたいな作品を書けるのか？〟とある学生は書いていた。〝半分ぐらいは誰が語っているのかわからなかった――薄気味悪い夢みたいにごちゃまぜだ〟

フォークナーの小説を取り上げざるをえないなら（フォークナー抜きのアメリカ文学のクラスなんて成立する？）、『死の床に横たわりて』のほうがまだよさそうだ。十五の異なる視点から語られているけれど、章ごとに語り手の名前が掲げられているので、誰がしゃべっているのかわかる。筋は単純だ。拍子抜けするぐらい単純。一人の老女の死について書くのに、フォークナーはどうしてこれほどの字数を費やしたのか、最初は面食らうだろう。

それでも読者はアディ・バンドレンにだんだん魅かれてゆく。彼女は心の奥に恥ずべき秘密を抱えている。彼女が死ぬとすぐにバンドレン一家が棺桶を馬車に積んで旅立ったものだから、隣人たちはあれこれ噂をする。

祖母の隣人たちもまた、父についてあれこれ噂をするのだろうか。父が祖母の家で荷造りするのを、隣人たちは見ているはずだ。

父は祖母の死をなんとか乗り越えようと必死だが、心の奥底では母親がほんとうに死んでしまうことに驚愕しているのだ。父の子どもみたいな振る舞いや、目を三角にして怒る様子や、家の中をドシドシと歩き回るのを見ればわかる。ある意味、父はアディの末息子ヴァーダマンに似ている。母親が死ぬと、ヴァーダマンは納屋に駆け込む。納屋のあたたかで鼻をつく臭いに包まれ、そこに自分の嘔吐物と涙の臭いが混ざり合って息が苦しくなる。悲しみに打ちのめされた少年は、八つ当たりせずにいられない。「おまえらが母ちゃんを殺したんだ！」叫び声が喉の奥を焼く。

砂埃の中を駆けまわり、馬をぶっ叩いたところでなにも変わらない。母親を生き返らせることはできない。

時間がどんどん過ぎてゆく——わたしはなにも決められないままだった。

わたしの長い散歩は、日を追うごとに当てもなく絶望的になってゆく。八月の蒸し暑さが肌を焦がすが、気にせず歩いた。ただ歩きたかった。果てしもないコンクリートの川を。暗澹たる未来から気をそらせてくれることならなんでもよかった。

ある日、かつて通った高校のあるヤング・ストリートとエグリントン・ストリートの交差点を渡ると、その先の陰気なモールが、派手な商店街に様変わりしているのを目の当たりにした。ばかでかいシルヴァー・シティ映画館と書店のチャプターズ・インディゴが目に飛び込んできた。高校時代にたむろした店はおおかた消えていたが、ティモシーズ・コーヒーだけは残っていた。アイリッシュ・クリームを注文し、昔の味、世界が甘くてクリーミーで可能性に満ちていたころの味を再現したくて、ミルクと砂糖を盛大に入れた。

母校のノース・トロント公立高校はなんだかさびれた感じがした。新聞で読んだのだが、革新的な複合用途開発の一環で、最上階がコンドミニアムになる高層ビルに建て直されるそうだ。残念でならない。駐車場沿いの路地に入る。クールな生徒たちが授業を抜け出して煙草を吸っていた路地だ。ド派手なニット帽にドレッドロックス、グアテマラ人が着るブカブカの服をはためかせてフットバック〔日本の蹴鞠に似たお手玉みたいなバッグを足だけで操るスポーツ〕に興じる彼らが見える気がした。

わたしもその仲間だったわけではない。煙草の煙や酔った勢いの馬鹿笑いに包まれてみたいと思うことすら自分に許さなかった。

彼らの姿を目の端に捉えながら、わたしはクラリネットのケースを抱えまっすぐ前を見て足早に歩き、地下の図書館の閲覧席に向かった。肩の力を抜いて人生を愉しむことを、なぜあんなに恐れたのだろう？　わたしは内気で不器用で、学校の成績からまっすぐなシャツの襟に至るまで、気合の入った完璧主義者だった。ところが、ほかの高校の女生徒たちや、高校をドロップアウトした女の子たちと友情を育むようになった。魔が差したのだろう。革ジャンに偽の身分証明書を見せびらかし、ヤクの売人の恋人がいる女の子たちだ。DVの父親、頭がイカレた母親、本人は遊びでリストカットするような女の子たち。そういうしっちゃかめっちゃかな子たちに強く魅かれ、説明抜きで絆を結び、ドラッグストアで買う香水に汗が混じったたがいの香りを嗅ぎ当てた。

それは絶望の香りだったのかもしれない。旧友のナタリーは、わたしの胴体を走る手術跡に魅了された。「超クールじゃん」

高校の白く曇った窓ガラスを覗き込むと、物理と化学を習った地下の教室が見えた。そこに自分の過去と未来が二重写しで見えた気がした。一段高くなった教壇、粉っぽくて熱い空気、教師を見つめる目、わたしにとっては恐ろしい光景だ。カーライル先生の太った尻とジャミソン先生のグリーンのアイシャドウにまつわるベタなジョークを思い出す。仕掛けるのは後ろの席の男子生徒——野球帽を逆にかぶったダン・シュミットの十八番のいたずら——クラスのみんなは笑いながら、ローラーコースターがあがってゆく感覚を愉しむ。それがピークに達すると、教師が顔を真っ赤にして怒鳴り出す。

生徒たちの無神経さに胸がむかつく。いまはわたしが彼らの笑い者になっているのだ。ツイッターで叩かれ、フェイスブックで馬鹿にされている。あそこに戻るなんて耐えられない。

「ひいおばあちゃんになにがあったの?」わたしは尋ねた。

「なにがあったのって、どういう意味だ?」父は家の前の垣根を刈っている最中だった。
「おばあちゃんが子どものころ、母親にかまってもらえなかったって、テッコ大叔母さんが言ってた」

父は顔をあげ、植木バサミを置いた。

このところ曾祖母のことが頭から離れない。クリーニング屋の前を通り、カウンターの奥に陰気臭い女性の姿が見えると曾祖母に思いが向いた。どさくさで求婚された写真花嫁。彼女の名前はアヤコだ。わたしは会ったことがないが、子どものころ、母とテッコ大叔母さんがよく彼女の噂をしていた。亭主が嫌で、ずいぶん長いこと姿をくらましていた、とテッコ大叔母は訳知り顔で言った。

「アヤコは長いこと日本に里帰りしてたんだ」父が言う。「家族が恋しくなったんだろう」

「日本に帰る旅費はどうしたのかしら?」

父は肩をすくめた。「そのころにはクリーニング屋が軌道に乗ってたらしいからな。彼女は商売上手の締まり屋だったそうだ」

祖母の昔の家にはアヤコと夫の写真が飾ってあった。うつむき加減の横顔、襞飾りの白いドレス。強い意志を感じさせる顔だった——輝く透明な肌、エラの張った顎。自分がなにを望んでいるのかわかっている女。腕には生まれたばかりの幼子（祖母）を抱いている。その手が、ドライクリーニングの薬剤で腫れていることに気付き、わたしは胸が痛くなった。赤子を抱きながら、胡麻塩頭の夫に背中を向けている姿から、期待していた人生とはちがうという思いが読み取れる。まるでちがったのだ。

「アヤコはアディ・バンドレンみたいね」わたしは言った。

父がうなずいた。「あのころは、たいていの女がそうだった」

わたしの頭に浮かんだのは、〝アディ〟と題された章、死んだ女があの世で自分の人生を振り返り、考えや思いを語っている章だ。生きているあいだはけっして口にしなかったことを吐露している。アディがアンス・バンドレンと結婚したのは、ひとえに彼女の絶望と限られた選択肢のせいだ。他人の鼻たれ小僧どもの相手をする教師という仕事が心底嫌いだった。そんな彼女を責められるだろうか？　アンスは逃げ道を提供してくれた。立派な家と立派な農場。

子どもをつぎつぎに産んだものの、べつの惨めさにとらわれるようになる。家庭生活の安らぎ――愛、家族、家庭――はなんの意味もなかった。ひとり気ままな少女時代に戻りたいと願う。救い出してやると言ったアンスが彼女に与えたのは、唾棄すべき人生だった。肉体を冒瀆されていると思いながら、彼女は働きづめに働いた挙句、ひとつの大きな空隙となった。

アヤコも罠にはまったと感じていたのだろうか？　絶望のあまり逃げ出したくなるほど？


約束の時間を二十分過ぎてもグラントは現れない。わたしはヨークヴィルのバーの中庭にいて、たてつづけにジントニックを二杯呑み、こめかみをゴムバンドで締め付けられる気分だった。

「メッセージを受信しました」スマホが歌うような声で告げた。

グラントが来られないとショートメールを送ってよこしたのだ。妹が父親の誕生日にサプライズパーティーを開くことにしたから――なんと見えすいた言い訳。彼がすっぽかすのはこれで三度目だった。おおかた恋人がバケーションを早めに切り上げてヨーロッパから戻ったのだろう。彼を監視するために。

隣のテーブルの見事な付け爪女のさざ波みたいな笑い声が、脳みそに突き刺さる。わたしは急いで勘定をして席を立った。

手をつないでジェラートを舐めるカップルのバラ色の顔も癪に障った。つかつかと近づいてゆき、あんたら目障りなのよといちゃもんをつけ、ピンク色に輝く幸せに水を差してやろうかと思う。じろっと睨まれておしまい。そんなことを考えていたら、通りがかりの人に足を踏まれた。

ジンを呑んだせいで頭がズキズキする。ヤング・ストリートをあてもなく歩くと、ピカピカのハイヒールとペンシルスカートの群れに突き飛ばされ、ハロウィンのかぼちゃみたいな笑みを浮かべて飛び出してきたホームレスたちにぶつかった。砂埃のせいで目に涙が浮かぶ。西に折れてクイーン・ストリートを足早に歩いた。靴ずれが痛んでもがむしゃらに歩きつづけると、砂埃はますますひどくなり、ネオンはカラフルになっていった。

思いは祖母へと向かう。母親が不在の家庭はどんなに寂しかっただろう。愛のない結婚をした両親のあいだに生まれるなんて、わたしには想像もつかない。かわいそうなおばあちゃん。そう思ったら涙が溢れた。アディみたいな母親を持ったバンドレン家の子どもたちはどんな心境だったのだろう。いちばん短い章はたったこれだけだ。〝おいらのかあちゃんはサカナ〟

母親の愛情を勝ち得たのは、ジュエルただ一人だ。その訳をフォークナーはゆっくりと明かしてゆく。ほかの子どもたちは、自分たちと似ていないジュエルと距離を置き、腹の底ではおなじ血を分けた兄弟ではないとわかっている。彼はアディが浮気してできた子だ——浮気の相手は牧師だった。

ジュエルの存在がバンドレン一家に深い亀裂をもたらす。

涙が頬を伝い流れる。通りすがりの人たちから見れば、馬鹿丸出しの女だろうけれど、それがなに？　人にどう見られようとかまうものか。これからグラントに会うわけじゃないし、泣きたいだけ泣いてやる。人込みに紛れれば名無しの女だ。学生や同僚や学部長に出くわす心配はない——通りで自己崩壊したクレージーな娘、ただそれだけ。

袖口で涙を拭ってから、オジントン・ストリートに並ぶアバンギャルドな画廊のひとつに飛び込んだ。アジアの売春婦の写真が展示してある。官庁街の裏通りで客を引く彼女たちは、共産党幹部の無表情な顔を長い髪で撫でる。

ジョシュならこの展示に興味を示すだろうと思ったら、また涙がこみあげた。彼がいまここにいたら、どんなおしゃべりをしただろう。

「党は永遠なりってとこか」彼が言う。「見てみろよ、このキュートな同志たち」

わたしは画廊を出て歩道の縁石に腰をおろし、しばらくじっとしていた。すべてが薄汚く見える。美しいタトゥーをした女が親切にも煙草をくれた。

わたしは煙と一緒にアーバン・カルチャーの最後のひと息まで吸い込んだ。

帰宅すると誰もいなかった。父はファンフライ機を飛ばしに模型飛行機クラブに行っており、母はよその町に住む妹を訪ねて留守だった。

祖母の録音のつづきを聴くならいましかない。そう思ったらどっと汗が噴き出した。

デジタルレコーダーは、ハンカチに包んで父のデスクのいちばん上の引き出しにしまってある。後ろめたさはあったが、知りたいという思いがはるかに上回った。

〝プレイ〟のボタンを押す。

祖母の声は少女みたいに甲高い。「男の人たちがやって来た――FBIだと言うんで気が動転してね。どうして父を連れ去るのかわからない。法に触れるようなことはなにもやってないんだから」

日系アメリカ人の抑留について語っているのだ。祖母がこういうことを話すのを聞くのははじめてだ。

「父親はどこに連れていかれたの?」父が尋ねる。

「ミズーラ。モンタナ州のミズーラ」

「母さんも一緒に?」

「いや。あたしと母さんと弟は、アイダホ州のミニドカにあるべつの収容所に送られた」

「どれぐらいの期間そこにいたの?」

「カズがやって来て、収容所で結婚するまで。一九四三年のことよ」

「でも、カズはカナダ人だよね」父が言う。「戦争がはじまったら、海岸線を車で南下することは許されなかったはずだ。父親が収容所の病院をやっていたカスロから出られなかったはず」

長い沈黙。

「母さん、カズはなにしに来たの?」

「戻るように言ったのよ」祖母が静かに言う。「戦争が終わってから結婚しましょうって言ったの。でも、彼は、いますぐ結婚するんだの一点張り」

「収容所に忍び込んだの?」

また長い沈黙。

「彼はあたしの兄という触れ込みでミニドカにやって来たのよ」と、祖母。「収容所の中は混乱してたからね――そういうことが年中起きてた。看守だって知らんぷり。誰も書類をあらためない。それで、カズがふらっとやって来て、宿舎のあたしたちの部屋に割り振られた。家族は慌てふためいたけど、どうしようもないじゃないの。噂の的だった。あたしには男兄弟は一人しかいないって、みんな知ってたからね」

「両親が彼との結婚に同意したのはそのせいなの? 噂になったから?」

沈黙。おそらく祖母はうなずいたのだろう。

わたしの祖父母の求婚期間はかくしてピークに達した。祖母はカズと恋に落ちたわけではなかった。祖母は囚われの身の女、それも二重の意味で。まず、人里離れた場所に抑留され、つぎに、人生に制約が加えられる。強姦されたのか誘惑されたのかは受け取り方次第だが、人目にさらされ屈辱的だったことはたしかだ。

その挙句に、体面を保つため誘惑者と無理やり結婚させられた。

「結婚したおかげでカナダに移れたんだからね」祖母が言う。「カスロのドクター・シモの家で暮らすことになった。悪くはなかった。収容所のはずれにある立派な家でね。自由に出入りできた」

彼女は無理して明るい声で話しつづける。

でも、聴いているうちに、彼女の声からなにか重たいものを聴き取り、どうしてもアディ・バンドレンを思い浮かべずにいられなかった。あの世から話をする機会が与えられ、カズとの結婚に踏み切ったほんとうの理由を口にすることができたら、祖母はなにを語るのだろう。


わたしは時間を忘れて録音に聴き入った。

戦後、祖父母の人生に父が出現する。

「子どものころ、ポートランドに行ったことがあったよな、母さん。ウェンディが生まれる前。母さんと二人きりで。当時はヴェルダンに住んでいた。ある朝、母さんが学校に迎えに来て、汽車に乗って長旅をした」

「まあ、ポートランドのこと憶えてるの?」祖母の声が溝が減ったレコードみたいに震える。

「もちろんだよ。里帰りしてたのはどれぐらいの期間だった？　一ヵ月以上はいたはずだ」

祖母はなにも言わない。

「どうしておれを学校から連れ出したんだ?」父が尋ねる。「そもそも、どうして二人だけで行ったの?」

「あら、カズも一緒じゃなかった?」

「いや、母さん」父の口調が冷ややかになる。

「だったら、仕事があったからだね。婦人服を作る会社をはじめたばかりだったから……」

「いや、母さん。憶えてないのか？　会社は潰れてたじゃないか」

「憶えてないね」

「いいかい、母さん。カズはなにをやっても長つづきしなかっただろ」

「あの人だって大変だったんだから。ドクター・シモの息子だってことで道は開けると思ってた。でも、戦争が終わったら、気にかけてくれる人なんていなくなった。ヴェルダンでもトロントでも、シモタカハラの一族だからってよくしてもらえなかった」

「どうしていつも彼の肩を持つんだ？　自分の力でなんとかすりゃよかったんだ」

長い沈黙。

「ジャップはジャップだからな。戦争中、そう呼ばれてたこと憶えてるだろう？　年がら年中ラジオでそう言ってた」

「二人で旅にでるのもいいかと思ったんだよ、たぶんね。汽車の中からアンテロープやバイソンが見えるって話、したことあったろ？」

「ああ、でも、実際には見えなかったじゃないか……母さん、カズと別れるつもりだったんだろ？ポートランドでずっと暮らすつもりだったんじゃないの？　二人きりで」

父の声のもの悲しさに涙がこみあげた。聴かなければよかった。

祖母の口調がそっけなくなった。「疲れたよ。これ以上話したくない」

ドライヴウェイに車が入ってきた。わたしはレコーダーのスイッチを切って引き出しにしまった。カウンターの新聞の下に、ページの角がめくれた『死の床に横たわりて』を見つけた。

「どこまで読んだの？」わたしは尋ねた。

父が顔をあげる。「半分以上は読んだ。ヨクナトフィーって実在する場所なのか？」

「ヨクナパトーファ郡？」フォークナーを読みはじめたころは、わたしもこの地名を発音できなかった。いまでも授業でこの地名には触れないようにしている。授業の最中に舌がもつれるほどみっともないことはないもの。

「それで、実際にあるのか？」

「それは見方によるかな」ヨクナパトーファとは、フォークナーが創造した南部の郡で、彼が生まれ育ち、人生の大半をすごしたミシシッピ州オクスフォードをもとにしている。経済が低迷し没落した南部貴族が住む場所だ。小説中の時代は独立戦争後の数十年で、南部の旧家やバンドレン一家のような保守的で偏狭な南部白人が落ちぶれてホワイト・トラッシュ（貧困白人）となるさまが描かれている。その一方、がさつで商売気のある新手の南部人が台頭してゆく時代でもある。

いかに衰退しようとも、そこはフォークナーにとって故郷だった。古き良き南部の栄光も悲劇も不公平もすべてが作品中で混ざり合い、彼に愛憎相半ばの思いを抱かせる。誰にとっても故郷とはそういうものだろう。

「どうしてフォークナーはミシシッピ州オクスフォードを小説の舞台にしなかったんだ？」

「実在の場所ではないことを明確にしておきたかったから。架空の舞台を創造すれば、祖先の人生を自由に思い描くことができるもの」

「フォークナーは自分のルーツを作り直したかったんだな」

わたしはほほえんでうなずいた。父の顔に浮かぶ笑みを見ればなにを考えているかわかる。カズも祖母もフォークナーの小説の登場人物に似通っているし、フォークナー同様、わたしたちも過去にとり憑かれている。

「最初は好きになれなかった」と、父。「でも、いまはアディ・バンドレンを気の毒に思う。息子たちは喧嘩ばかりするし、娘は孕まされるし、夫は彼女の死を悼むどころか入れ歯を手に入れることしか考えていない」

たしかに。笑える。「そうね、家族はばらばらだものね。増水した川を渡る場面まで読んだ?」

「あの場面はいいな」

バンドレン一家は馬車に乗り込み、棺桶を曳いて川を渡ろうとするが、流木に阻まれて先に進めず、流れに呑まれて馬車は横転する。キャッシュは川に飛び込んで脚を怪我し、馬車を牽くラバはすべて流されて死ぬ。

「アディが気の毒だ」父が言う。「たしかに素晴らしい母親ではなかったが、背負い込んだ苦労を思えばな」父の顔が曇った。

眠れない夜がつづいていた。目を閉じると、脳裏に浮かぶのはアンティゴニッシュのアパートのミントグリーンの壁で、それが滲んで祖母の病室のゲロみたいなグリーンの壁へと変貌してゆく。その場にいたくないけれど、出るに出られない。ひと晩中紙やすりで擦られたみたいに顎が痛んだ。電子レンジの時計は四時四十七分を示し、真っ暗闇の中を手探りで進むと戸棚に手が触れた。

「眠れないのなら、見せたいものがあるんだ」

びっくりしてマグを落としそうになる。

父につづいて居間に行くと、ノートパソコンが開いたままソファーに載っており、そばにポテトチップスの袋があった。父も眠れぬ夜がつづいているのか顔が土気色だ。

「こんなの見つけたんだ」父が画面を指さした。「おばあちゃんが抑留されてたミニドカの収容所をグーグルで検索したら、写真が出てきた。たぶんそうだと思う」

陰気な木造の建物を背景に、数人の若い日本人女性が写っている白黒写真だ。彼女たちはしゃがんで土を均しており、花柄のコットンドレスが風にはためいている。ミュージカルのコーラスみたいに振付に合わせて動いているような滑稽な写真——おそらく政府に雇われたカメラマンが撮ったのだろう。彼女たちがいまにも前に進み出て、馬鹿げたダンスを踊りそうだ。

「おばあちゃんだ」父が言う。「右端の娘《こ》」

不思議なことだが、十代の娘の横顔に祖母の面影が重なった。いろんな思いが頭の中を駆け巡る。きれいに整えられた彼女の髪に目がいく。収容所生活なのに、髪はカールしたてで艶やかだ——それに引きかえ、実家で暢気に暮らすわたしはめったにブローしない。たとえ収容所で土を均していても、祖母は身だしなみに気を配っていた。見上げたものだが、なんだか嫌な気分になった。

ほかの娘たちが労働に勤しんでいるのに、彼女ひとりだけ働いているふりをしているように見える——首の傾げ方ひとつとってもやる気のなさが伝わってくる。空想に耽っているのか、反抗心からなのか、心ここにあらずなのがわかる。

性格の弱さが露呈している。

このころ、カズはもう収容所にやって来ていたのか。彼女の口元に浮かぶ秘密めいた笑みのもとはそれなのだろうか？　そのころ、彼女はカズをどう思っていたのだろう。

父が録音したのは、過去を振り返る老女の、思い出や失望や羞恥心で歪曲された言葉だ。だが、ほんとうのところ、彼女はなにを思っていたのだろう。

カズが力ずくで処女を奪ったのではと思っていたが、彼女の明るい眼差しやバレリーナみたいなポーズを見ると、べつの可能性が浮かびあがってくる。男が自分に夢中だと——こんな辺鄙な場所まで追いかけてくるほど夢中だと——知って、心臓はドキドキし頭の中は明るい光に満ちていたのではないか。

自分の美しさを熟知し、自由を満喫するだけの勝手気ままな娘だったのだろう。若いころのアディ・バンドレンみたいに。

だが、ある時点でその瞳から光が消えた。戦後のある日、自分が結婚したのは呑んだくれの愚図で、頭がおかしい男だったと、不意に気付いたにちがいない。だが、そのころにはもう引き返せなかった。

＊

自分の祖母の性生活に淫らな関心を抱くわたしは異常なのだろうか？　彼女の感じやすい肌に潜り込みたいと思うなんて、わたしは変態なの？

そうだとすれば、あまりにも長いこと小説ばかり読んできたせいだ。

子どものころ、『ジェイン・エア』を読み耽り、ロチェスターの最初の妻が気が触れて、長いこと屋根裏に閉じ込められていたことが明るみに出る場面が頭から離れなくなった。幼心に思ったものだ。たぶん彼女は性の奴隷だったのだ。そうじゃなきゃ、閉じ込めておく必要はないでしょう？

大学院まで出たにもかかわらず、『分別と多感』を何度読み直しても分別は身に付かなかった。マリアンヌ・ダッシュウッドの身の破滅を招く移り気な心に大いに共感したものだ。夫としてふさわしくない男に身を任せるサディスティックな歓びと屈辱。わたしこそ彼女の最大の理解者だ。

性行為を甘美に表現すること。それこそが小説の醍醐味だ。

年季の入った小説読みとしては、ヒロインに自分を重ね合わせずにはいられない——家族の変態性癖を掘り起こし、衝撃を受けつつもそそられ、欲望と闘いながらいけないことをする自分を夢見るのだ。堕落した女になりたい。ダントツにおもしろいキャラクターだもの——社交界のタペストリーから転がり落ちたレディたち、そこは邪悪と妄想の坩堝、性的不品行や強姦がまかり通る世界。

わたしにとって祖母は、〝堕落〟の資質を備えた女だ。だからこそ魅かれる。自分の暗部を見せつけられる気がするのだ。

旅行から戻った母に息つく暇も与えず、わたしは質問をぶつけた。どうしてもはっきりさせておきたいことがあったからだ。

「ねえ、お母さん、おばあちゃんの母親は年中日本に里帰りしてたんでしょ。テッコ大叔母さんがそんなようなこと言ってたよね」

母は驚いたようだ。「まさかあなたが立ち聞きしてたとはね。まだ小さかったから、わたしたちのおしゃべりの内容が理解できるとは思ってなかった」

「まあね。でももう大人だから理解できる」

母はもったいぶって声をひそめた。「だったら、ぜったいに誰にも言わないって約束してちょうだい。夕食の席でうっかり洩らしていいような事じゃないんだから」

わたしはおとなしくうなずいた。

「ちゃんと釘を差したわよ、いいわね。これは極秘事項なの」

わたしはまたうなずいた。

「アヤコは日本に恋人がいたの」

「なに、それ」

母はほほえみ、ゆっくりと話しはじめた。「テッコが言うには、相手はポートランドと富山を行ったり来たりするビジネスマンだったそうよ。アヤコは里帰りする船の中で彼と出会った。海を渡るあいだに二人は恋に落ちた。以来ずっと、彼女の里帰りの費用は彼が負担しつづけたんですって」

彼はアヤコにとってのピーター・ウォルシュだったわけだ……わたしの脳裏でいろんな場面や感

情が渦巻いた。ただ、その不倫がアヤコの家族にどんな影響をもたらしたのか想像がつかない。祖母の家族をバンドレン一家に重ね合わせていたのは、不思議でもなんでもなかったのだ。アヤコの意志が堅そうな表情から、わが道をゆく女だとわかる。彼女の結婚生活は腐りきっていたけれど、ほかで悦びを得ていたのだ。アディが牧師と関係を持ったように。

母が口を引き結ぶ。これ以上話してよいものか迷っているのだろう。「おばあちゃんの父親は、妻の浮気を知って完全に頭がおかしくなったのよ」

母は父からその話を聞いたそうだ。父は子どものころポートランドに旅して、白亜の屋敷に祖父を訪ねた。あとでそこが精神病院だと知った。子どもに暴力を振るうようになった父親を、祖母は入院させざるをえなかった。

「大変な家族だったのね」頭が混乱してきた。

母が目を潤ませる。「アヤコはよくもまあ気が触れた夫に子どもを託して日本に帰れたものよね。幼い娘をそんな目に遭わせるなんて、ふつうはできないわよ」

わたしの頬にも涙が伝った。真実を知るのは辛いことでもある。図書館に籠って論文でも書いていればよかった。

「皮肉なものよね。おかしな父親と暮らしたおかげで、カズとの暮らしに耐えることができたなんてね」母が言った。

わたしはアルバムを開き、子どもを産んだばかりの祖母の写真に目を留めた。彼女の驚いたような表情、子どもみたいに見開いた目に惹きつけられる。幼いころからつねに警戒して生きてきたのだ。胸に赤子を抱いていながら、よそよそしい感じがする。思いを遠くに飛ばし、逃げだす算段を巡らしていたのだろう。

8

「ねえ、ジェイク」ブレットが言った。「あたしたち、一緒にいられたらどんなによかったかしらね」

「そうだな」わたしは言った。「そう思えるのはいいことなんじゃないか」

――アーネスト・ヘミングウェイ『日はまた昇る』

わたしは自室の通風口のそばに横になっていた。冷気を体に浴びるうち、死体安置所にいる気がしてくる。

部屋の隅には洗濯物が山になっている。大学キャンパス内の書店から、新学期用の注文をなぜしないのかと催促メールが何通も入っていた。〝すべきこと〟リストは膨らむばかりだ。でも、ここに横になって死んだふりをしているほうが楽だった。

こういう態度は十代に置いてきたはずじゃないの?

リビングルームにおりてゆくと、父がソファーに手足を広げて横になっていた。わたしへの当てつけにわざとやっているとしか思えない。わたしがソファーに寝転がるのを阻止したいのだろう。

「そろそろ現実に戻りたくなったんじゃないのか」父が言う。

「いったいなんの話？　夏の間中、さんざん言ったじゃないの。聞いてなかったの？」

「おまえは学問で身を立てるために、あれだけの時間を注ぎ込んできたじゃないか。おまえが本腰を入れさえすれば、事態は好転するにきまってる」

「そうだったら苦労はしないわ」

父の顔から笑みが消えた。不安そうな父を見て満足感を覚える。正気を失いそうな娘の心配をして欲しい。うちはそういう家系なんだから。

人の気も知らないで、父が尋ねるのは、わたしがいまなにを読んでいるかだ。一緒に何冊か本を読んだぐらいで、仲間意識は持たないで欲しい。いまはそういう話をする気になれない、とわたしは父に言う。関心があるなら、『日はまた昇る』を買ってきたらどう。

父はちょっと傷ついた態で、そうすると言った。わたしの胃がチクリと痛む。

もうじき知的なたわ言と知識人ぶった態度で成り立つ世界に戻らねばならない。一日の終わりにはがらんとしたアパートで、ひとりで本を読む生活に。


その晩、ジョシュから電話があった。このところ彼は頻繁に電話をよこす。残業つづきで、十一時をまわるとおしゃべりしたい気分になるらしい。

「きょうはなにを読んだ？」性懲りもなく毎晩おなじ質問をする。わたしが一日中のんびり読書していると思っているのか、彼の声には嫉妬が滲んでいた。それでも、愉しく暮らしていると彼に思われて満足だった。

『日はまた昇る』を読んでいる、と彼に言う。秋学期にこの本を取りあげるつもりだった。

「きみがその小説をはじめて読んだときのこと、憶えている」と、彼。「ぼくを日本まで追いかけてきた夏だった」

「あなたを追いかけた?」顔に血が昇った。「わたしの記憶が正しければ、あなたが来てくれと懇願したんでしょ」

「ああ、そうだったな」トーンが一気にダウンした。彼にとって触れたくないことだったのだ。日本ですごした惨めな夏は。

ジョシュが卒業したあとの夏、すべてが音を立てて崩れた。わたしの学生生活はまだ二年残っていたが、彼はぐずぐず迷っていた。トロントとニューヨークのロースクールに志願する予定だったから、とうぜん長距離恋愛になる。ところが、ジョシュは土壇場で進路を変更した。指導教授の一人から、大阪大学の修士課程で学ぶ奨学金制度があると言われ、彼は史学科に願書を出した。わたしに相談もなしに。

四角四面の弁護士になる覚悟がまだできていない、と彼は言った。その前に大冒険をしてみたい。自分探しがしたい。そんな安っぽい言葉を彼は吐いた。

向こう三年間、大阪で暮らすからいつでも訪ねてこいよ。そうは言われても、地球の反対側まで飛んで行くのは容易なことではない。

彼はしれっとわたしを置き去りにした。怒り心頭とはこのことだ。わたしと縁を切りたかったのに面と向かって言えないから、こんな回りくどい手口を使ったのではと勘ぐりたくもなった。わたしが問い詰めると、きみと一緒になるつもりだ、と彼は言い張った。いずれは〝ユダヤ人と日本人のハーフ《ジュービニーズ》〟の子どもを持つんだからね（ユダヤ人の男に日本女性好きが多いのはどうしてかな、とジョシュはよく言っていた）。だからいまは、好きにやらせてくれよ。

彼が日本に魅かれるのはそのせい？　彼はすでに二度、日本で英語を教えたことがあった。一度目は高校を卒業してすぐで、二度目は大学三年にあがる前の夏だった。外国人が集まるバーでどんちゃん騒ぎをしたときの写真を見せてくれたことがある。奇抜な蛍光色のTシャツに破れジーンズ、上からスモーキングジャケット〔室内用のゆったりした上着〕みたいに浴衣を羽織り、ピースサインをしている写真だ。彼を取り囲むのは、かわいい日本の女の子たちと、日焼けしたオーストラリア人だ。いったい何者のつもり？　ジョシュ・レモン？　開いた口が塞がらなかった。

「どうして日本がそんなに好きなの？」

「自分でもわからない。自分らしくいられるからかな」

いまだからわかる。外国暮らしに強く憧れたジョシュの姿は、『日はまた昇る』のジェイク・バーンズそのものだ。ジェイクはアメリカ人――生粋の中西部人――だが、パリにすんなり馴染んだ。彼は娼婦とこんなやりとりをする。「あなた、名前は」「ジェイコブ」「フラマン人みたいな名前ね」「アメリカにもある名前だ」「フラマン人じゃないの？」「ああ、アメリカ人だ」彼はそのとき、本来の自分から切り離されたように感じながら、それこそが自分だと思うのだから皮肉な話だ。自己を必死に見つめ、呑みすぎて惨めになり、愛に悩みながら、不思議なことにジェイクは、パリで道に迷う自分に満足しているのだ。

ジョシュもまた日本に対しひねくれた愛を感じていた。

彼が日本に発ったあと、わたしは廃人同然になった。一週間がすぎ、二週間がすぎた。彼はわたしのことを思ってくれているのだろうか。

ようやく彼から電話があった。夜通し呑んでいたとかで声が掠れていたが、そんなことはどうでもよかった。一緒にいたいと言ってくれたのだから。大阪は桜の季節で、舞い散る花びらの下を二人で歩きたいという奇妙な夢に、彼はとり憑かれていた。だから、いますぐ来て。誕生パーティーの最後に舞い踊るピンク色の花吹雪が目に浮かんだ。彼はどうしようもなく孤独なのだ。わたしの目に幸せの涙が浮かんだ。

夏休み中、日本で英語を教えたい、と父に電話で告げた。翌日、父は飛行機のチケットを買ってくれた。

だが、飛行機を降りた瞬間から、二人のあいだはぎくしゃくしていた。ジョシュは前より太っていたし、目は血走っていた。彼が借りているアパートはヤクザや売春婦が暮らすいかがわしい地区にあり、狭苦しくて暗い廊下を、汗臭い日本やオーストラリアのビジネスマンが歩き回るので、部屋から出るのが怖かった。ジョシュは授業で忙しい。わたしはどうすればいいの？

それでもひとりで雑踏を歩き、パチンコ屋の明滅するライトやめまぐるしさにぼうっとなり、のっぺりした顔の通行人に圧倒された。女たちは厚化粧で焼石膏みたいに見え、蒸し暑さに肌をてからせていた。そんなに厚塗りして痒くないの？　ハイヒールがコツコツ鳴り、バーバリーの傘が腰に当たって揺れる。

彼女たちとおなじ血を分けているのかと思うと、落ち着かない気分になった。わたしの祖先がカナダに移住していなければ、わたしも彼女たちみたいだったのだろうか。美しいロボットの一人だった？

「どうして日本語を学ぼうとしないの？」ジョシュが心配そうに言い、自分が使ったテキストを貸してくれた。

わたしは自意識過剰だから、カタコトの日本語はとても口にできない。レストランで寿司を注文するのも、ビールのお代わりを頼むのも彼任せだった。だって、ウェイトレスに変人扱いされたら嫌じゃない。

ただでさえジロジロ見られる。わたしがなにも言わないでいると、ウェイトレスはペンを持つ手を止め、上唇を噛んで、前歯に口紅のしみを残した。

ジョシュが助け舟を出してくれた。メニューを指さし、彼の声がテーブルに流れる。いったいなにを話しているの？ ウェイトレスは声までロボットだ。地下鉄の駅のアナウンスみたい。一音一音しっかり発音する。眺めているうちに、捉えどころのない非現実の世界に紛れ込んだような気になった。

さえずるような笑い声。ウェイトレスがなにを言っているのか推測するだけだが、どうやらジョシュの日本語習得法に関することらしい。この女は、日本語で文章を組み立てられる白人男に会ったことがないの？

「いつもウェイトレスとあんなに親しげにおしゃべりするの？」

「日本語を練習するいい機会だからね」

「あら、そうなの。練習なんてもう必要ないのかと思った。若い女の子たちにちやほやされて、ご機嫌よね」

ジョシュがビールを置いた。必要以上に強く。「どういうつもりなんだ。せっかく楽しくランチを食べていたのに」

喧嘩ばかりしているうえ、性生活もうまくいっていなかった。もう最悪。それまでも順風満帆ではなかったけれど、セックスが二人をつなぎとめる潤滑油だった。でも、そのとき、わたしを見つめる彼のいかにも投げやりな態度から、拒絶されているのがわかった。彼にとってわたしは、そこらへんにいる日本人の女の子とおなじなのだ。

怒りが湧いてきて思わず口走った。「ライス・チェイサー」

痛いところを突いてしまった。その晩遅く、ジョシュが打ち明けてくれた。アジア女が好きな白人男に見られるのは嫌なのだと。ライス・チェイサーとはそういう男を指すスラングだ。耳にしただけの言葉を、わたしは意味もわからず口にしていた。「だからさ、自国で女にもてなかった男は東洋を目指すってわけ。暮らしは楽だし女の子はかわいいし」

「ライス・チェイサー」わたしはわざわざ繰り返した。

彼の目が光った。傷つきかつ怒ったのだ。「意味も知らないで口にしたのか」

「不思議だよな」父が『日はまた昇る』をパラパラやりながら言った。「ジェイク・バーンズは男らしい」

ジェイクは第一次大戦で負傷して睾丸を失った。（彼が文字どおり睾丸を失ったのか、彼の不能が精神的なものなのか、ヘミングウェイははっきり書いていない。いずれにせよ、勃起しない）にもかかわらず、女たちはジェイクをくるおしく愛する。父の言うとおり――彼はまことにもって男らしい。抑制がきいている。

「その苦しみは想像に難くない」父が言う。「だが、けっしてメソメソしないよな。おれはこいつが好きだ」

わたしも彼が好きだ。日本ですごしたあの夏、はじめて『日はまた昇る』を読んだとき、ジェイクの不能に心から同情した。

ジェイクもレディ・ブレット・アシュレイも、けっして結ばれないとわかっていながら欲望を抱き合っている。なんともじれったい関係で、甘美な拷問とも言える。だが、だんだんにそれが正真正銘の拷問になる。これみよがしにほかの男を誘惑するブレットを、ジェイクは軽蔑するようになり――それでも彼女を愛しているのだが――彼の不能がもっと大きな意味を持ってくる。読者は思わずにいられなくなる。たとえジェイクが勃起できたとしても、この二人はうまくいっただろうか？

ブレットは愛する男と暮らすより自由を大事にする女だ。読み進むにつれ、わたし自身が抱く疑念は膨らんでいった。ジョシュとわたしはうまくいくのだろうか？　見込みがあるのだろうか？

だが、それも昔のことだ。なぜいまになって蒸し返すの？

「ジェイクとブレットの関係をどう思う？」父に尋ねてみた。

「二人が一緒になれないのは残念だな。あんなに愛し合っているのに」

わたしとジョシュもまわりからそう言われた。別れては涙の仲直りを繰り返す二人に、友人たちは当惑していた。彼と腕を組んで通りを歩いたときの気持ちの昂りを思い出す。とても自然で、とても気安くて、まるで宙に浮いているみたいだった。

だが、やがていつもの暗黒の時代に突入する。日本を離れたあとも暗い日々がつづいた。わたしが予定を早めて帰国したので、ジョシュは激怒した。でも、なにを期待してたの？　わたしはひどい膀胱炎に罹り、医者は抗生剤を処方してくれなかった。下腹をナイフで切り刻まれている感じだった。それでも医者は、気のせいだ、と言い張った。

わたしたちは何ヵ月も口をきかなかったが、電話一本でまた希望が息を吹き返した。じきにラブレターや、マジックマーカーで馬鹿な絵を描いた手書きのカードをやり取りし、二人はきっとうまくゆくと信じ込んだ。わたしはジェイク・バーンズよろしく空っぽのアパートに戻り、ジョシュからの電話で彼を恋焦がれる拷問がまたはじまった。彼が日本での生活の惨めさを訴えるたび、わたしの心は躍った。

それなのに、彼がほかの女と、日本のかわいい女の子たちとデートする姿を思い浮かべ、いてもたってもいられなくなる。

肉体は求め合っていた。電話でセックスをした――熱く淫らなテレフォンセックス――昔ながらの〝わたしがそばにいると想像してみて、あなたにこんなことをしてあげる……〟みたいな。

それから、どんなに恋しく思っているか言い合って、クリスマス休暇に合う約束をする。

ところが、いざ会うと関係はまた悪化する。リビドーは減退し、いつもの不能がそこに居座る。

「なにを考えているんだ」父が言う。「この五分間、おまえは宙を見つめたままだぞ」

わたしは目をしばたたき、すっかりふやけたオート麦のシリアルを食べた。

「ちょっとね、ジョシュのことを考えていただけ。彼とは縁がなかったんだなって思って」しょっぱい涙が目に浮かんだ。

「何年も前の話だろ」父が身構える。

「まあね、でも、わたしになにを言わせたいの?」

「彼はおまえにふさわしくなかった」

「思い出させてくれてありがとう。お父さんは彼を好きじゃなかったものね」

「なあ、レスリー、おまえに幸せになってもらいたいだけだ。おまえ、泣いてばかりじゃないか」

わたしはシリアルを見つめつづけた。

「どうしていつもむすっとしてるんだ?」

「人生どん詰まりだもの。自分がどうすればいいのかまるでわからない」

父は顔をしかめる。「以前のおまえはこんなんじゃなかった。しっかりした子だった」

「なに言ってるの? わたしはまっすぐに立つこともできない病気の子どもだったのよ。子ども時代の半分を、病院に出たり入ったりしてすごした」

「そんなことない。クラリネットのリサイタルをやったじゃないか」

父が話しているのはずっと昔のことだ。あの少女が自分だったなんてとうてい信じられない。たぶん十歳だった。その年、クラスの全員が楽器を習わせられた。わたしがクラリネットを選んだのは、学校の音楽会で上級生の女の子、ほっそりしたブロンドの子がクラリネットを演奏していたからだ。ところが、父はわたしがクラリネットを選んだと知って小躍りした。上手に吹けるようになれば、マーチングバンドに入って通りを練り歩くのも夢じゃない。父は高校時代、マーチングバンドでトランペットを吹いていたのだ。

悲しいかなわたしは、方向音痴ばかりかリズム音痴でもあることが判明した。家で練習をはじめると、両親は角のカフェに出掛けてしばらく戻ってこなかった。個人レッスンを受けたおかげで聴くに堪えないほどではなくなったが、ベニー・グッドマンへの道のりはあまりにも遠かった。

音楽の先生がコンサートを企画し、父はわたしの演奏を聴く気満々だった。ところが、コンサート当日の土曜日、運命はわたしを裏切った。その日の午後、家族でクリスマスツリーを伐るために郊外へと車を飛ばした。車まで歩いて戻る途中、わたしは地面に張った氷に足を滑らせ、顔から突っ伏した。鼻血は出るわ、唇は腫れあがるわ。演奏時間まで三時間しかなかった。

「とても出られないわね」母が言った。「静かに寝てなさい」

「大丈夫だもん」わたしは叫んだ。「あんだけ練習したんだよ」

「氷で冷やすといい」と、父。

そんなわけで、わたしは冷凍豆の袋を顔に貼り、二時間じっと座っていた——聴衆の前に立ちたい一心で。

そしてわたしは立った。耳障りな音を発したのは一度きりで、小フーガを吹ききった。父は最前列に座り、顔を輝かせていた。

父のあんな表情を見たのはあれきりだったような気がする。

「ちょっと話せないかな？」ジョシュが言う。

深刻な話をしようとするときの口調だ。腋汗が出る。これで今夜も眠れぬ夜をすごすことになる。夜遅くの電話はろくなことがない。

「いいけど」

「あのころぼくたちのあいだになにがあったのか、ずっと考えてたんだ。二人の関係が終わったあと、ぼくが二年ものあいだ情緒不安定になったことを、きみに知っておいてもらいたいんだ」

窓の外に目をやると、十代の女の子が犬の散歩をしているのが見えた。いままさに犬がうちの芝生で糞をしているところだ。

「つらつら思うに」彼がつづけた。「ぼくらはきちんと愛を告白しなかったよね。それが気になってしょうがないんだ」

情緒不安定？　きちんと愛を告白？

「ヴィクトリア朝のイギリスじゃあるまいし」わたしは笑ったが、彼は黙り込んだ。なるほど、深刻な話をしたい気分なのね。

「『日はまた昇る』の闘牛場の場面、憶えている？」ジョシュが尋ねる。

「もちろん」

嫉妬、ライバル意識、暴力……闘牛場の場面ですべてがクライマックスに達する。ジェイクとブレットと仲間たちは、憂さ晴らしをしようと祭りの最中のパンプロナに闘牛見物に出かける。ところが、闘牛の残酷さは憂さ晴らしどころか仲間内の緊張を高めるばかりだ。婚約者のマイク・キャンベルが現れても、ブレットは男漁りをやめようとしない。ロバート・コーンはブレットと週末をサン・セバスチャンですごしたと嬉々として語り、ジェイクとマイクの怒りを買う。若い闘牛士のロメロはブレットに夢中だ。男たちは、殺してくれとばかり彼女の前に身を投げ出す。マイクはブレットの好きにさせて倒錯した歓びに浸る。

まったく彼らは命をなんだと思っているのだろう。

「きみはブレット・アシュレイそのものだったよな」ジョシュが言う。

わたしはぐっと堪えた。「自由恋愛を望んだのはあなたでしょ」

「それはちがう。ほのめかしたのはきみだった」

「ええ、だけど、あなたがそれを望んでいると思ったからよ。それに、ちょっとその……刺激的だと思ったし。アヴァンギャルドと言うか」

ヴァージニア・ウルフとブルームズベリー・グループが提唱した流動的で革新的なセックス論は、たしかにわたしの想像力をひどく刺激した。自由恋愛に憧れたとはいえ、男から男へ渡り歩くほどの度胸がわたしにはなかった。ただ、束縛から解き放たれたセックスという考え方は好きだった——いかにもクリエイティブな感じがする。ジョシュは泣き言を言いながらも、二人の柔軟な関係をわたし以上に謳歌していたはずだ。

「ぼくに言わせれば、そんなものは欺瞞にすぎない」

「わたしだって二度とやるつもりないわよ。きれいさっぱり忘れたい」

ヘミングウェイ自身の惨めな愛情生活を考えると気分が落ち込む――四度の結婚、複数の愛人。彼は女性とたしかな関係を築いたことがあるのだろうか？　伝記によると、女の愛情が冷めたと感じると、自分から縁を切ることの繰り返しだったそうだ。最初の失恋で心にひどい痛手を負ったせいだ。第一次大戦下、傷病者運搬車を運転中、砲弾の破片で負傷してミラノの病院に送られ、看護婦と激しい恋に落ちた。二人は結婚の約束をした――ところが彼女がイタリア人将校と婚約していたことがわかる。打ちのめされたヘミングウェイは、二度と人を信じないし、人に弱みを見せないと心に誓う。

「聞いてるの？」ジョシュが言う。

「今夜はこれぐらいにしない？　用事があるので」

躁状態のネズミが胃壁を這い回っている気がした。ジョシュには付き合っている人がいるのだろうか。それともひどい相手と別れたばかりで、それで過去にとり憑かれているの？　わたしたちは互いの恋愛事情について尋ねるのを慎重に避けていた。それが暗黙のルールだった。尋ねないし、自分から言わない。知りたい。でも、知りたくない。元の鞘におさまれるはずがないとわかっていながら、二度目のチャンスがあると信じたいのだ。

＊

文学の概念に思いを巡らすとき、わたしには自分の人生に引き付けて考える悪い癖がある。文学者としていちばんやってはいけないことだ。文学者たるもの、作品と距離をとり客観的でなければならない。作品は作品だ。わたしのことでもなければ、わたしのうまくいかない恋愛や頭のおかしい祖先のことでもない。頭ではわかっているけれど、物語を自分事として捉えずにいられない。本能のなせるわざかもしれない。

そしていま、闘牛場の場面がすごい勢いで脳裏を駆け巡る。目を向けるものすべてに、嫉妬と三角関係と儚くも壊れた恋を見出そうとする。トークショーにも、映画の予告編にも、地下鉄で小耳に挟んだ会話にも。父のアルバムをめくりながら、気がつくと何時間も写真を見つめていることがあった。この世にいないか、いなくなりかけている親戚の顔から考えるヒントが得られないかと思って。もっとも、いったいなにを求めているのか自分でもわからないのだ。

いま、一枚の写真に目が留まった。カズとハルキが祖母を挟んで写っている写真だ。この写真に魅かれるのは、見るたびに印象がちがうからだ。最初に見たときは、カズの自信に満ちたハンサムな顔に魅了されたが、いま見ると、その笑顔に無理があるように感じる。それに構図も不自然だ。祖母がカズよりハルキに体を寄せ、ハルキの腕が彼女の肩を抱いている。見ていると不安になる。兄弟二人を比べるとカズのほうがハンサムだが、ハルキの顔にはやさしさと穏やかさ、それに構えたところのない自信が滲みでている。一方のカズは、無理に強がっている。

祖母がほほえむ相手はハルキだ。彼女がカズの手を握っていなければ、ハルキと夫婦に見えただろう。

「おばあちゃんとハルキ叔父さんは親しかったの？」わたしは尋ねた。

父は写真をちらっと見たがなにも言わない。『日はまた昇る』はコーヒーテーブルの上に開いたままだ。

「この写真、どこで撮ったの？」

「ヴェルダン」父が言う。「ブラウン・ブルバード。そこのアパートでハルキ叔父と一緒に暮らしていた」

「トロントに引っ越したのはどうして？」

「わからない。おれにはよくわからないんだ」

「いくつのときだった？」

「三歳か四歳だな。よく憶えていない」

「なにか憶えていることないの？」むやみに足を踏み入れてはいけない領域だろうけれど、父が気分を害した様子はなかった。

「ある朝、カズが突然怒り出して町を出ると言った。おふくろが訳を訊くと、それぐらいわかるだろう、とカズは言い、おふくろを叩き、おれは泣き出した」

このときのことを、父はテツコ大叔母に尋ねたことがあったそうだ。当時、彼女もヴェルダンで一緒に暮らしていた。だが、問い詰めても、彼女は話したがらなかった。だんまりを決め込み、丸一年間、父の電話にも出なかった。

「なにがあったんだと思う？」尋ねずにいられない。

「カズは嫉妬のかたまりだった……ハルキは医学校を卒業して開業の準備をしていた。なのにカズはぶらぶらしているだけだ」

「でも、それだけじゃなかったのでは？　おばあちゃんと関係あることなんじゃない？」

父は椅子に体を沈めた。「カズはハルキが彼女のそばにいるのが嫌だったんだな、きっと」

「おばあちゃんが二人の仲を裂いたの？」

「だいぶ経ってからのことだ」父がつづける。「そのころはトロントのセント・クラレンスに住んでいた。おれは十歳にはなっていた。ある日、学校から帰ると、ハルキ叔父がいた。訪ねてきたんだと思う。だが、カズはそれを喜ばなかった。玄関を入ると、二人がやってた」

「なにを？」

「喧嘩だ。殴り合ってて、二人とも顔が真っ赤で、汗とウィスキーの臭いがした」

「おばあちゃんはどこにいたの？」

「二階に隠れていた。上から覗き込んで叫んでいた」

少年だった父が声も出せず玄関ホールに立つ姿が目に浮かぶ。

「その夜遅く、カズがおふくろを責めた。おれはクロゼットに隠れたが、音まで締め出せない。皿が壊れる音。悲鳴。カズがおふくろをなじる声。べつのシモタカハラと結婚すればよかったんだろ、と責めていた」

「おばあちゃんは兄弟のうち悪いほうと結婚した。そういうことね」

祖母はよくハルキの思い出話をした。好ましく思っていたことが口調からわかった。数年前の彼の葬式で、祖母が悄然と壁際に立っていたのを憶えている。ちかづいてゆくと、握っている紅茶のカップがソーサーの上でカタカタいっていた。

「ハルキは素晴らしい男だった。父親とおなじ医者でね」そう言って祖母は顔をくしゃくしゃにした。

そのときは、彼女の悲しみにまでは思いが及ばなかったが、いまにして思うと、祖母はずっと前に亡くなったカズの葬式を思い出していたにちがいない。そして今度は弟が亡くなった。

彼女が結婚すべきだったシモタカハラ兄弟の弟が。

祖母の態度の端々から、ハルキの妻のカオルを疎ましく思っていたのがわかった。夕食の席で、ワインを飲みすぎた祖母がカオルの悪口を言ったことがあった。カオルはなにがなんでもつぎのドクター・シモと結婚したかったんだとか、まったく抜け目のない人だよとか、笑いながら言っていたが、その目は笑っておらず、顔中に嫉妬の文字が浮かんでいた。

「おれがカズを誰に重ねたと思う?」父が言う。「マイク・キャンベルだ」

「『日はまた昇る』の闘牛場の場面」

父がうなずく。「ああ、奴は性悪の呑んだくれだ」

〝あなたたちはみな失われた世代よ〟ガートルード・スタインがヘミングウェイに言った言葉で、彼は自分の小説の題辞に使っている。失われた世代。カズもまたそうだった。

夢破れ失意のカズに追い打ちをかけるよう、弟は成功し、妻の気持ちは離れてゆく。わたしははじめて祖父に奇妙な親近感を覚え、胸が熱くなった。

＊

寝る前にメールをチェックすることにした。新学期の授業のシラバスを要求する学生からのメールが山ほど入っていた。まいった、ハムスターの回し車は動きはじめている。

気分を変えようとフェイスブックを開く。フェイスブックをはじめたのはひと月前で、いまだに仕組みがわからない。ジョシュとは友達登録しているが、彼のプロフィールを眺める暇がなかった。アップした写真を見てみたいと思う友達は彼しかいない。

どこかのバーで日本人の男たちと馬鹿笑いしている写真があった。傍らにはいまにも崩れそうなビールの空き瓶の山がある。蛍光ブルーのレーシングスーツ姿でニューヨークのどこかをサイクリングする彼の写真。彼のバイクのクローズアップ写真――ロードバイクにマウンテンバイク、ビンテージの部品。いったい何台持ってるの？　わたしと別れてから、その数は三倍にもなっているのだろう。

写真をスクロールするうち日本人の女の子の顔に目が留まった。〝ユキとジョシュ〟のタグが付いている。キッチンのテーブルに向かい合い、笑顔でヌードルを食べている。見るからにくつろいだ様子だ。彼女はほかの写真にも登場しており、髪型はファンキーなボブだったりポニーテールだったり。どうやら二人で日本中を旅して、いまはニューヨークで暮らしているらしい。

胃がムカムカするのに見るのをやめられない。

彼女の顔にズームインして、ブロンズ色の肌やアーモンド形の瞳をじっくり眺める。認めたくないけれど、彼女はとても自然で魅力的だ。日本人女性に珍しくすっぴんで、歯並びの悪い歯を剝き出して笑っている。自分に満足しきっている人のおおらかな笑顔だ。ユキ。彼女の顔に見覚えがあるような気がしてきた。

わたしが大阪に彼を訪ねたあの夏、ジョシュはユキという名の友だちの話をしていなかった？彼はどこでユキと知り合ったの？　大学のクラスメートか、クラスメートの彼女だったかもしれない。まわりに大勢女の子がいたから。

記憶が甦る。ある日曜日、ユキがわたしたちをランチに招待してくれた。彼女は縦に長い家に家族と住んでいて、床は畳敷きだった。日本食を期待していたら、出てきたのは香辛料の効いたナストとトマトのパスタだった。隠し味に醬油をひと垂らし、と彼女はウインクして教えてくれた。すごい。

でも、パスタはおいしかった。

搾りたてのレモネードが添えられていて、その酸っぱさがまだ舌に残っている。カウンターの上の丸いガラスのピッチャー、透明な黄色の液体に日が射し込んでいた。

ジョシュは毎日おいしい料理を食べているのだろうか。

指が震える。プロフィールの残りを読む。

交際状況：既婚

この二カ月間の深夜の会話、ショートメールのやり取り――あれはいったいなんだったの？　馬鹿にされた気がした。虚仮《こけ》にされたのだ。彼はどんな料簡でわたしに連絡してきたの？　どこへ向かうつもりだったの――独身のふりまでして。

むろんゲームだ。あのとき、わたしに捨てられて彼は傷ついた。いま、それがちゃらになった。わたしたちは哀れで残酷なゲームをつづけていた。

パソコンの光る画面から逃げたくて、ベッドの隅に丸くなる。泣く気にもなれない。フェイスブックのアカウントなんて開かなければよかった。誰ともつながりたくない。ことに、人の心をもてあそぶような男とは。

9

挫折と勝利が繰り返されたこの部屋にも、ひとつだけ素晴らしいところがある。窓からの眺めだ。遥か遠く、地平線上に、細長く、青く、滲んだしみが見える——ミシガン湖、彼が子ども時代を過ごした内海。

——ウィラ・キャザー『教授の家』

わたしは家中を歩き回り、自分の物を集めた。暖炉の脇に積み上げた本、ソファーのクッションの下に突っ込んだ本。玄関ホールのクロゼットに履きつぶしたスニーカーと一緒に押し込んだサンダル。

そうしていると、色褪せた押し花がいやでも目に入る。母が父と旅した先々で、思い出にと摘んだ草花を押し花にして額装したのだ。壁にはほかにも母の友人が描いた水彩画や、両親がヨークヴィルで買った油絵なども飾ってある。油絵のほうが水彩画より見栄えがする。

一週間後にはひとり暮らしに逆戻りだ。剝き出しの壁のかび臭い地下のアパート。

「学究生活に戻るんだな」父が満足そうにほほえみながら、わたしが置き忘れた本二冊を渡してくれた。

何事もなかったふりをする父一流の対処法だ。わたしが胴体にギブスを巻かれ苦しんでいたときもそうだった。母は思いやりに溢れた眼差しでわたしを過剰に慰めてくれたが、父はストイックな態度で、いつもどおりにしろと暗に命じた。

「元気でやっていけるよな?」父の思いやりはこれが限度だ。

だが、わたしは元気にやってこられなかったし、いまも無理だ。娘は大丈夫、やっていけるという父の幻想に、自分を合わせることに疲れた。

「学究生活って傍《はた》で見るほど楽じゃないのよ」

「汚れた皿を運ぶよりはずっと楽しいんじゃないのか」

「ウェイトレスをやるほうが稼げるわよ。心の健康にもいいしね」

「馬鹿も休み休み言え。好きで選んだ仕事じゃないか」

「好きじゃない。大学職員に精神疾患が多いって知らないの——トップクラスの教授だってそうなんだから。ある日、心がポキッと折れて自殺したくなる。学究生活の実態を知りたかったら、ウィラ・キャザーの『教授の家』を読むといい」

父は呆れた顔をしたが、興味は持ったようだ。大学での一日ってどんなふうなんだ、と父は一度ならず尋ねた。そのときは相手にしなかったけれど、『教授の家』を読めばわかる、と言えばよかった。

あてもなく家の中をうろつき回りながらふと思った。自分はセント・ピーター教授によく似ていると。この小説は、セント・ピーターが豪邸に引っ越すため荷造りをする場面からはじまる。彼は権威ある賞を受け、賞金で家を建てたのだから有頂天のはずなのに、信じられないほど気分が落ち込んでいる。悪いことはなにもないのに。ただ、人生最良のときは過ぎ去ったという気がしてならないのだ。人生の絶頂期にあって、まったく報われない気がする。

だから、彼は頑固に抵抗する。住み慣れた家から離れることを拒否する。妻はあたらしい家に引っ越し、セント・ピーターは古い家の屋根裏の書斎に立てこもる。本を仕上げるという名目で。だが、彼は書かない。窓からミシガン湖を眺めているうち、生まれ育った湖畔の町を思い出し、〝わが家〟と呼べる場所をひたすらに追い求める。

わたしも自分の部屋にいつづければいいのかも。でも、部屋の窓から見えるのは灰色の空だけだ。悲しいかな、丸くなって寝ているという選択肢はない。数週間前に手付金を送った。それも二件分の手付金を。

あと一年、わたしの運命は封印されたままだ。我慢することに決めて、ベンと地下のアパートをシェアすることにした。思い切った決断だったが、家賃二百四十ドルだもの、文句は言えない。それにずっといるわけではない。金曜から日曜まではハリファックスのちゃんとしたアパート住まいだ。ネットで見つけた又貸し物件。写真で見るかぎりはとてもよさそうだし、日当たり抜群だ。もっとも家具はわたしの好みよりずっと古めかしい。それでも、週末をすごす都会のねぐらを確保できた。

「それじゃ、これでしばらく会えないんだね」グラントが言った。

ゆうべ、彼が電話してきて夕食に誘ってくれた。何度かドタキャンされたけど、どうしても彼にもう一度会いたかった。夕食のあと、ワインをさらに呑んで、寝酒とキスと貪欲な愛撫の淫らな送別会となった。誘いに乗った甲斐があった。けさ、わたしは寝椅子で手足を伸ばし、彼はブランチの材料を買いに走り、ミモザ・カクテルで締めた。なんとも家庭的だ。

いま、わたしたちはレックス・ホテルのバーで三杯目のジントニックを呑んでいる。日曜の午後だから店は閑散としており、白髪交じりの老人たちがブルースを演奏し、それがわたしの気分にぴったりだった。

「そうね、これが最後」永遠にお別れという意味なのか、むらむらして誰かとしたくなるまでは会わないということなのか、自分でもわからなかった。まったく、わたしったら、なにを考えているの？　四日後には僻地に戻るというのに。

「それも悪くない」グラントが身を乗りだしてキスした。「ぼくがハリファックスに訪ねてゆく手もあるし。ラブレターを送るかもしれない」

「ハリファックスでわたしにあたらしい出会いがあるかもしれないのに？」

「そのときはそのとき」彼はほほえんだ。あたらしいゲームの予感にわくわくしているのだ。「アンティゴニッシュに訪ねて行ってもいいな。直行便はあるの？」

わたしは目をクルッと回した。「ヘリコプターをチャーターするならべつだけど」

「そいつはいいな。きみに会えるならなんでもする」

不意を突かれて目が潤む。いまのいままで、グラントには特別な感情を抱いていなかった。機能不全に陥った者同士、という感じだった。ところが、彼と二度と会えないと思ったら、頭皮がざわざわし、胃が重くなった。

最後のキスをして彼と別れ、クイーン・ストリートを横切り、アダルトストアのコンドーム・シャックにふらっと立ち寄った。どうしてだかわからない。買いたい物があったわけではない。シベリア並みの僻地で刑期をすごすのに、バイブレーターを買うとか。

真面目な話、バイブレーターは悪くない。

店の奥へと進むと、鮮やかな色合いの小立像が並んでいた。おかしな形のものや、サナダムシの幼虫みたいな線維に覆われたもの、デラックスバージョンとなるとフラッシュライトとぶんぶん回る付属物が付いている。原始的な部族文化の彫像みたいなのもあって、いまの時代、それが最高にキッチュだ。わたしの性生活もここに極まれり。

『教授の家』のセント・ピーターの危ない性衝動が垣間見られる場面を思い出し、にやりとした。彼は屋根裏の書斎でマネキン人形たちと充実した時間をすごすのだ。このマネキン人形たちは、家政婦が屋根裏の隅っこに片付けたもので、セント・ピーターはそのうち一体に邪な執着心を抱いている。気分が落ち込むと屋根裏にあがってきて、肉感的な乳房を飽かずに眺める。頭も腕もない胴体だけの命を持たぬマネキンに、妻には久しく感じたことのない興奮を覚え、想像力を搔き立てられる。

蛍光色のペニスの代用物を眺めるわたしも、セント・ピーターに劣らぬ変態だ。

これが学究生活者の末路だろうか？

「これを読んでみたらどうだ」父が言い、『一世』というタイトルのグレイの表紙の本を差しだした。

わたしはソファーに腰をおろした。「なんなの？」

「目次を開いてみろ。おばあちゃんが寄稿している」

日系カナダ人コミュニティの〝初期開拓者〟の偉業を記録したアンソロジーだ。たしかに祖母が書いた「コウゾウ・シモタカハラ――最初の日系カナダ人医師」と題したエッセイが掲載されている。

「コウゾウの話はトム・アウトランドの話を彷彿とさせる」父が言った。

『教授の家』を読んでいる父の頑張りに笑いを誘われたが、その意見は的外れだ。

「真面目に言ってるんだぞ」

「どうしてそう思うの？」

「アウトランドは天分がある学生だ。どこの馬の骨ともわからない孤児が偉業を成し遂げるんだからな。コウゾウもそうだった」

トム・アウトランドがセント・ピーターの人生に飛びこんでくる場面を思い浮かべた。最初のうち、セント・ピーターは彼を買わない。アウトランドはカウボーイハットをかぶった見るからに純朴な田舎者で、顔には自信と熱意が漲っている。わたしのできのいい部類の教え子たちがこんな感じだ。アウトランドをもっとよく知りたい、面倒をみてやりたいと思うセント・ピーターの気持ちは理解できる。たとえそれが思い込みの激しい教授の虚栄心を満たすためだとしても。

もっとも、セント・ピーターはアウトランドの才能が本物だとすぐに気づく。アウトランドは学生時代にすでに、新型航空機エンジンの開発に結び付く素晴らしい発見をする。どこの馬の骨ともわからない孤児にしては大したものだ。

「でも、コウゾウは独学の天才ではなかったんでしょ。ちゃんとした教育を受けていた」

「あとからな」と、父。「彼は十四のときカナダにやって来たんだが、ろくに英語を話せなかった。丁稚奉公をする傍ら小学校に通い、小さな子どもたちに交じってＡＢＣから習ったんだ。雇い主は彼にアウトランドとおなじ類まれな才能があることを見抜き、援助しつづけた。そういうことをおばあちゃんは書いているんだ」

眠れない夜、わたしはソファーに丸くなって祖母のエッセイを読んだ。祖母の声が甦る――患者に献身的に接した曾祖父のことを語るときの、うっとりとした口調が。彼の人道的行為のすべてが、祖母のエッセイには記録されていた。コウゾウは医学校を卒業後、バンクーバーの医者のいないジャパンタウンで開業した。清廉潔白な人柄で、治療費が払えない患者はただで診察した。日系カナダ人が住む農村地帯を巡回し、結核について教える啓蒙映画を上映した。病に倒れた同業者のための献血運動にも携わっている。第二次大戦中は、月百ドルの薄給でカスロの収容所の医者を務めた。

曾祖父の救世主的功績を読むと、でき損ないの末裔で申し訳ありませんという気になった。

頭痛が首筋を這いのぼる。全身が凝っている。自分が舞い戻る世界について考えるとむしゃくしゃする――教授間の派閥争い、助成金を巡っての嫉妬混じりの論争。十年や二十年先もおなじことを繰り返しているのだろう。セント・ピーターみたいに、最先端の研究を成し遂げ電話帳サイズの〝ご神託〟を物したところで、その先にいったいなにがある？　数十年にわたり彼の魂を削りつづけ、徐々に精神崩壊へと追いやった倦怠感が残るだけだ。学究生活にはもっとなにかあるはずなのに、どうしてこうも無意味に思えるのだろう。

彼やわたしの哀れな人生に比べ、コウゾウやアウトランドの人生の素晴らしいこと。彼らにはわたしたちにないなにかがある。わたしたちが大教室で人生を無駄にしているあいだ、彼らは外の世界で人生を謳歌している。

ある雨の夜、アウトランドはセント・ピーターに思い出を語る。カウボーイをしていたころのひと夏の思い出だ。クルザードス川沿いの岩山を探検していると、息を呑むほど美しい青い巨岩を見つける。人跡未踏の巨岩だ。そこを分け入ってゆくとプエブロ・インディアンの遺跡がある。陶器のかけらが散らばっているのでそうだとわかるが、探し回るうち完全な形の美しい壺が見つかり、さらには巨岩の中心部によく整備された石の都市が残っていることがわかる。時が止まった都市、眠ったままの都市だ。干からびた若い女の亡骸もあり、アウトランドは〝マザー・イヴ〟と名付けた。

この話を聞いたセント・ピーターは、家族と仕事のストレスから解放され、べつの文明に魅了されてそれこそが自分のルーツだと思う。陶酔と空想は膨らみつづけて強迫観念となり、現実を消し去ってしまう。しばらくは普通の生活をうまく送れなくなる。

岩山に逃げ込みたいという彼の必死な願いが、わたしの中でコウゾウにつながっていった。祖母のエッセイのコウゾウは、アウトランドに似た探検家として描かれている。スティーヴストンで漁師見習いをしていた夏に、彼は賭け事も酒もやらなかったため仲間から爪弾きにされる。それでも、ブリティッシュ・コロンビアの豊かな自然に魅了され、ようやくほんとうの故郷を見つけた心持ちになるのだ。

曾祖父が見たであろう光景が、わたしの脳裏に浮かんだ。まさにわたしの岩山だ。探検の物語、探し求めてきたルーツの物語はなにを意味するのだろう？　捉えどころのない原始の文化こそが自分のルーツだと思い込むセント・ピーターのように、わたしの一族はみなコウゾウを偶像化して心の拠り所にしている。すべての始まりは彼が祖母に語った物語だ。アウトランドがセント・ピーターに語った物語と符合する。それらの物語は、祖母の夢の中で、わたしたちみんなの夢の中で生きつづけている。

キャザーの小説が好きな理由はそこにあるのだろう——自分のルーツから切り離された人間の破壊的な望郷の思いを、彼女は理解していた。彼女は農業を営む移民に触発されて初期の作品を書いたが、『教授の家』にはそういったものはいっさい出てこず、心を蝕む不安があるだけだ。

この作品を書いたころ、キャザーは落ち込んでいた。ひどい鬱状態だった。前作『われらの一人』は彼女にピュリッツァー賞と多くの作家が夢見る名声をもたらした。一躍有名になったにもかかわらず——インタビューを申し込まれ、ファンレターが殺到した——彼女は世間から身を隠した。秘書を雇って対応にあたらせた。友人宛ての手紙で、神経炎に白癬に腰痛、肩こりといった病名を並べ、体の不調を訴えた。それとも、体調不良はベッドから出ないための都合のよい言い訳だったのだろうか。わたしもおなじ言い訳をしたことがある。

レスビアンであることを隠そうとしたことが――四十年以上、〝話し相手〟のイーディス・ルイスと暮らした――疎外感に拍車をかけたのだろう。男装をして女性を求めたにもかかわらず、同時代のガートルード・スタイン同様、レスビアンであることを口外しなかった。

そのかわりに内に籠った。セント・ピーターが世間から身を引き、空想の世界に逃げ込んだのとおなじだ。

わたしも孤独を抱え、心の暗い淵に落ちる運命なのだろうか？

プラム色のアイシャドウをつけ、鏡に映る自分の顔に見入る。この色は似合わないが塗り替える時間はなかった。タニアがやってくるころだ。一緒にパーティーに繰り出し、彼女の友達を紹介してもらう予定だが、誘いに乗った自分にすでに嫌気がさしていた。

タニアは高校時代の友人だ。前の週にスターバックスで偶然出会い、彼女は大げさに再会を喜び、なぜもっと早くに連絡をくれなかったの、とわたしを責めた。電話番号を交換し、一緒に出掛ける約束をしたが、わたしはワインを呑みながら静かにおしゃべりするつもりだった。

愛車のBMWでヤング・ストリートをかっ飛ばしながら、タニアは多忙自慢をしつづけた。勤めている会社でマーケティング部の部長に昇格し、見本市視察で世界中を飛び回っているとか。パリ、香港、シンガポール。マイレージは貯まる一方だけど、使いきれるあてがない、あなたがいるへんてこりんな長い名前の小さな町を訪ねるのもいいかも、と宣った。

彼女のくだらないおしゃべりを聞きながら、わたしは助手席に沈み込む。サイドウィンドウに映るわたしの肌は土気色で、似合わないアイシャドウは黒い瞳と同様、人目は引くだろう。それにひきかえ彼女は前よりずっときれいで、髪はボブにしたばかり、肌は象牙みたいに滑らかだ。

「黙り込んじゃって、どうかした？」彼女がふいに言った。

悲しいかな、わたしたちはもう共通の話題がない。かといって、文化戦争について彼女に知ってもらおうとは思わないし、新マルクス主義の文化を研究する先駆的な一派の話に彼女が乗ってくるはずもない。

「ここ最近、ストレスを抱えててね」

「付き合ってる人はいないの？」

わたしは頭を振る。

タニアがパッと顔を輝かせる。「今夜のパーティーにはキュートな男性が大勢集まるわよ。友だちのパーに紹介してあげる」

薄ら笑いを浮かべるスキンヘッドで長身のパーはＤＪだった。傍らにパフォーマンス・アートをやっているそうだ。おおかた自称アーティストの類だろうが、本人が満足しているのなら他人があれこれ言うことではない。ダウンタウンのロフトのぎゅうぎゅう詰めのバルコニーで、わたしたちは手摺りに押しつけられていた。建築家のカップル、オリヴァーとニコラスが住むロフトだ。

環境音楽が流れ、室内ではタニアが黒ずくめの人たちのあいだを泳ぎ回っている。スカーフがひらひら舞い、キスが交わされ、グラスがチリンと鳴る。わたしはすでにワインを三杯呑んでいたが、不機嫌も自意識過剰もいっこうに改善されない。答はひとつ、呑み足りない。二日酔いがなに？荷造りが捗らなくなるだけのこと。

自分でジントニックを作りながら、『教授の家』のディナーパーティーの場面を思い出す。セント・ピーターは椅子に座ったまま周囲の人たちをそっと観察しつづけ、人を寄せ付けぬ沈黙に浸っている。翌朝、あなたの偏屈ぶりにはもう耐えられない、と妻になじられる。わたしは不意に恐ろしくなった。おなじことがわたしの身にも起きるのではないか。

わたしはバルコニーに戻り、ぽつんといる人に握手の手を差しだした。「ハイ、わたしはレスリー」握手をしようとしてジントニックがこぼれた。

「クリス」彼は言い、煙草を深く吸い込んだ。

長身で細身のアジア人で、全身黒ずくめだ。ブラックジーンズに仕立てのいいジャケット。スタイリッシュなウェーブがかかった前髪は、黒縁の眼鏡にかかる長さ。

これまで付き合ってきた男たちは、おしゃべりで愉しませてくれるタイプだったが、この男はただ煙草を吸っている。その沈黙が嫌ではなかった。自分をそれほど異常だと感じずにすむ。

思いきって尋ねてみた。パーティーのホストとはどういう知り合い？前に一緒に仕事をしていた、と彼は言った。最近になって、彼は友人二人とデザイン事務所をはじめ、ウォータールー大学で非常勤の講師もやっている。

「あら、わたしも教えてるのよ。英文学」

彼は興味を持ったようだ。「来期はなにを教えるの?」

わたしがアメリカ文学のクラスのシラバスを披露すると、それが呼び水となってヘミングウェイ論が繰り広げられた。さらにはヴァルター・ベンヤミンの名が挙がった――文学と建築学の両方に影響を与えた類まれな哲学者だ。最近ではなにを読んでいるの、と彼に尋ねると、タフーリの『建築とユートピア』を再読したばかり、秋学期に教える予定だから、という答。わたしはタフーリの名前も知らなかったし、酔っていたので知っているふりもできなかった。足の親指の付け根で立ち――きついピンヒールで三時間も立ちっぱなしだったので血の巡りをよくしようと――前のめりになって煙草をねだった。彼にもっとちかづく口実だ。わたしの煙草を手で囲んで火をつけてくれたので、彼をしっかり見ることができた。酔っぱらって距離感が摑めなくなっているのは自覚していた。彼の言うことすべてを興味深く感じたのはそのせいだったのだろう。身なりのよいアジア人男性に魅かれることはめったにないのに、彼には興味を抱いた。

「タフーリのその本はどんな内容なの?」尋ねてみた。

「建築の死」彼は手で払う仕草をした。「資本主義が建築を廃れさせた。いまぼくたちにできるのは、壮大な無駄を謳歌することだけ」

その素晴らしく刺激的な宣言の意味を尋ねようとしたとき、彼のスマホが鳴った。友人が迷子になり、このあたりを自転車でぐるぐる回っているという。二分で戻ると彼は言った。

わたしは室内に入って酒のお代わりを作った。

十分が経った。さらに十分。パーティーのメンバーが入れ替わってゆく。だが、クリスの姿はなかった。わたしのことをすっかり忘れて帰ってしまったのだろう。メールアドレスを交換するために戻る気はなかったのだ。

どうやらわたしは、いちゃつき方も忘れたようだ。

キャザーがしたように、枕の下に頭を埋めたい。

酒を飲み干すと、誰にもさよならを言わずドアをすり抜けた。

翌朝、おばあちゃんにもう一度会っておきたいか、と父に訊かれた。大学に戻る前にもう一度という意味ではないとわかった。父は〝今生の別れ〟のつもりで言ったのだ。クリスマスまではもたないだろう。

会うたびに祖母の体は萎びて脆くなっていたが、このときの祖母はまるでそこに存在しないかのようだった。なにも話さず、目を開けることもなかった。肉体が干からびてひと握りの骨と髪の毛だけになっていた――〝マザー・イヴ〟の不気味な亡骸。

父はデジタルレコーダーを手に身を乗り出したが、スイッチをオンにしても無駄だった。父の顔が張り詰める。ウェンディ叔母は病室を歩き回ってモニターをチェックし、看護師を呼び、涙を流した。ずっと祖母に付き添ってきたのに、それでもまだ言い足りないことがあるのだろう。だが、時間はもうない。

わたしが子どものころ、ウェンディ叔母はやんちゃなおばさんだった。ツンツンに立てた髪、キラキラの紫と銀のアイシャドウをつけ、夫のマイクと一緒にマドンナやシンディ・ローパーのコンサートに出掛けた。帝王切開で出産した十日後にはマイケル・ジャクソンを聴きにいっていた。クリスマスにはカラオケ・マシーンを借りて盛大なパーティーを開いた。もっとも頭を上下に振りながら大声で歌うのは叔母一人だった。

あのころ、マイクはみんなに好かれていた。彼は医者だった。金持ちの医者と結婚するという祖母の夢を、娘が実現させたわけだ。

やがて二人は離婚し、叔母はすっかりおとなしくなった。二年間、サイコセラピーを受けたあと、父に言った。あれほど有意義なお金の使い方をしたことがない、と。みんなも受けるべきよ、と叔母は言って父をじっと見つめた。父は鼻先で嗤うだけだった。サイコセラピストのソファーに横になったり、クレヨンで最初に住んだ家の絵を描くなんてまっぴらだ。

父は病院のカフェテリアにコーヒーを飲みにゆき、わたしは叔母と一緒に祖母の病室に残った。

「父はどうやって乗り越えるつもりかしらね?」叔母に尋ねた。「大丈夫かな?」

叔母は口を引き結んで窓の外を見る。「どうなんだろう。つらつら思うに、ジャックは母親似なのよね。彼は否定するだろうけど、ほんとうのことだもの」

「どうしてそう思うの?」

「二人とも自分の感情を口に出さない。なんでもかんでも胸にしまい込むでしょ」

「そうやって対処してるのよ」

叔母がうなずく。「あたしたちの父親が最初の発作を起こしたあと、ジャックは家を出て行った。あっさりとね——荷物をまとめて姿を消した。自分を守る必要があった、と言うだけだった。まったく、いい気なもんよね。あたしは高校に入ったばかりで、家を出るわけにいかなかった」

「そのせいなのね。父がいまごろになっておばあちゃんを質問攻めにするのは。自分はその場にいなかったから、なにが起きたのか理解する必要がある」

叔母は呆れた顔をする。「ジャックがおばあちゃんを問い詰める様子、なんだか残酷な感じがしない？　うちの息子が死にかけているあたしにそんなことしたら、ほっといてよ、くそったれ、って言うわね」

「父はおばあちゃんを理解したいだけなんじゃないかな」

「理解できるわけない。ジャックの頭の中には氷のように冷たい母親像があるんだもの。子どものころそばにいてくれなかった冷たく残酷な女の姿がね」

「父がそう感じるのは間違っていると言いたいの？」

叔母は頭を振り、疲れた表情を浮かべた。「あたしが言いたいのはね、記憶は主観的だってこと。たとえば、ほら、おばあちゃんがコウゾウのことを書いたエッセイ」

「聖人君子に描いている」

「そうじゃないのにね」

背筋がぞくっとした。「ちがうの？」

「コウゾウが職業倫理を守る優秀な医者だったことは否定しないわよ。でも、彼だって闇を抱えていた。徹底した完璧主義者で、自分が定める基準に満たない人間には怒りをぶつけた。一度ならず、彼は妻を地下に通じる階段に突き落とした。おばあちゃんはその場にいたのよ」

思わず顔をそむけた。嫌悪感が胸に広がる。そんな話、信じたくない。唯一の立派な祖先のイメージを、叔母はどうして壊そうとするの？　曾祖父はわたしにとってのトム・アウトランドなのに。

「だったら、おばあちゃんはどうしてコウゾウを褒めたたえるエッセイを書いたの？」

叔母は心配そうにわたしを見る。どう答えようか思案しているのだ。「これだけは言っておくわね。おばあちゃんは不幸な子ども時代を送った。母親は年中日本に逃げ帰っていて、父親はけっして立派な男じゃなかった。だから、母親らしく子どもに接することができなかった――安定した家族で育ったことがないから、接し方がわからなかったのね。カズの家族に会って、コウゾウは理想的な父親に見えたにちがいない。医者でコミュニティのリーダー。大事なのはそこだった。それ以外のことは目に入らなかったんじゃないかな」

わたしは思わず涙ぐんだ。論理的に考えれば叔母の言うことはもっともだけれど、心が信じようとしないのだ。英雄的な祖先のイメージにしがみつき、叔母がなにを言おうとそれを手放したくなかった。

大学に戻るまであと二日。洗濯物の最後のひと抱えを乾燥機に突っ込むと全身の骨が悲鳴をあげた。鋭い痛みが手首から肩へ、首へと駆け上る。飛行機に乗ると考えるだけで胸が締め付けられる。生理にはまだ間があるのに下腹が差し込む。

体のどこかが悪いにちがいない。医者に診てもらわないと。

ドクター・バーンスタインは十代のころからのかかりつけ医で、彼女のそばにいて、冷たい聴診器を背中に押し当てられると、それだけで気持ちが安らいだものだ。ところが、きょうはちがった。彼女は忙しそうで、わたしが受診したことに戸惑っているようだった。

「自分でもどこが悪いのかわからないんです」わたしは訴えた。「体がだるいと感じる間もなく不安でいてもたってもいられなくなります」

「夜はちゃんと眠れているの？」

「嫌な夢ばかり見ます。へんてこな映画みたいな夢。汗びっしょりで目が覚めて、映画の『シャイニング』から抜け出たみたいな感じ」

「ストレスを溜め込んでいるんじゃない？」

わたしはうなずく。彼女はわたしの説明を待っている。でも、説明できない。待合室は泣き叫ぶ赤ん坊と関節炎の老女でいっぱいだ。わたしの不幸に同情してくれる気はあるの？　ないだろう。父と同様、彼女も怠け病だと思っている――日がなソファーに寝そべって本を読む、お気楽な学究生活。

「ねえ、いいこと、悪いところは見つからない。体を動かしてみたら。ヨガなんてお薦めよ」

わたしは診察台の端に尻を乗せ、自分の足の粉を吹いた肌を見つめる。〝医者には悪いところを見つけられない。どこも悪くない――死にそうだと感じる以外は。死に付きまとわれている以外は〟

ドクター・バーンスタインが診察室を出て行くと、わたしは診察台の隅に丸くなり、グレイのシーツにくるまり、『教授の家』の最後の場面を思い浮かべた。セント・ピーターが診察を受けに行く場面だ。彼もまたどこも悪いところはないと言われる。大学教授は弱虫の心気症患者ばかりと世間に思われるのも無理はない。

セント・ピーターは教鞭をとりつづけ、日課をこなしつづけるが、死が目前に迫っているという感覚を消し去れない。この時点でトム・アウトランドは亡くなっており、セント・ピーターに人生の最盛期は終わったと痛感させる。なおも生きつづけることになんの意味があるのだろう？

ある夜、彼は書斎で眠りこけ、ガス漏れで死にかける。不思議なことに、彼はガス漏れに気付いていながらなにもしない。自分の中に生きつづける強さが見つからないのだ。

わたしもそう。看護師がドアを叩くまで、丸くなったままでいた。

10

そのとき彼を感心させたのは、あとから口にした彼の言葉を借りれば、冷静ということになるのだけれど、つまりわたしが淀みなく服を脱ぎ、あとから淀みなく服を着たからで、まるでなにも感じていないように見えたらしい。たしかにわたしはなにも感じていなかった。

――マーガレット・アトウッド『浮かびあがる』

またこのバスに乗るなんて思ってもいなかった。バスの揺れに合わせて揺れるトイレの青い液体の甘ったるい薬品臭が、足の臭いと混ざり合う。

ハリファックスからアンティゴニッシュに行くにはこのバスに乗るしかない。そんなわけで二時間半、悪臭を放つ髪の老女の横で身動きがとれずに過ごすのだ。

窓から見える物すべてが、製鉄プラントの内部みたいな灰色だ。ハリファックスの海べりの工業地帯。雨が降り出した。小降りだった雨が本降りになる。わたしは窓ガラスに鼻を押しあてる。老人が濡れた袋を山盛りにしたショッピングカートを押す姿に同情を覚え、あのおじいさんを乗せてあげて、と運転手に頼みたくなった。

だが、わたしはむろん本を膝に載せて座ったままだ。通路を挟んだ隣の席の女の子がクラスの学生に見えてぎょっとする。

トルロを過ぎると景色が開ける。バンガローや安手の郊外型住宅が田園に席を譲る——横に広がる不格好な納屋は巨大な難破船、点在する農家、干し草の俵、ほんものの生きている牛。バスはスピードをあげているのに、時間は止まっている。モダンライフのしるしと言えるのはマクドナルドとケンタッキー・フライド・チキンの広告板だけで、脂肪分を補いたければつぎの出口でおりればいい。

ここに住むのはどんな人たちだろう。草原を走り回り、タンポポの花輪を作り、森の妖精と遊ぶ子どもを想像しようとしたが、テレビで見る人工的なバラ色の頬のガキしか思い浮かばない。抗アレルギー剤や抗鬱剤のコマーシャルに出てくるようなガキ。

膝の上で開いたままの小説は、マーガレット・アトウッドの『浮かびあがる』だ。父に車で空港まで送ってもらう直前、母の本棚から失敬してきた本だ。子どものころに読んだ記憶がうっすら残っている。セックスシーンにひどくそそられた。好奇心の塊の十代前半のわたしがスリルを覚えた本——ある日はアトウッド、べつの日はダニエル・スティール。母の本棚に並んで置かれた難解な本と読みやすい本。だが、じきに気づいた。わたしが求める闇や主導権争いや獣じみた倒錯こそが、アトウッドの最良の小説を特徴づけているのだと。

視線をタイプされた文字からガラスを伝う雨粒へと移すと、小説の世界に滑り込むような妙な感覚を覚えた。物語のはじまりは、名無しの語り手が故郷であるケベック州北部の孤立した地域へと向かう場面だ。オンボロ自動車に恋人のジョーや友人のアンナとデイヴィッドと乗り込んだ語り手は、文明の名残が過ぎ去ってゆくのを眺める――〝積み重なった小屋と箱、映画館があるメインストリート、赤いRの文字が焼け焦げたリッツにロイヤル〟。恐怖と、なにかが故郷を侵略しつつあるという漠とした感覚に襲われ、富めるアメリカ人の足跡や病んだシラカンバの木に目を留める。向かっているのは、彼女の父親のような変人たちがひとりになり、自発的な謎の流浪生活を送る場所だ。旅の目的は島で姿をくらました父を見つけることだった。父はクロトウヒの沼にはまったのでは、と彼女は恐れている。

わたしもまた、未開の奥地への敷居をまたごうとしている。その向こうにあるのは荒野、内なる荒野だ。

この地域で大きくなったものの、語り手も家族もつねによそ者だった――フランス語を話す人びとの居住地に侵入してきた邪魔者、邪悪なイギリス人だ。彼女にとってそこは〝故郷〟ではなかった。アンティゴニッシュがわたしにとって故郷となりえないように。

もっとも、トロントももはや故郷とは思えない。

だからいま、バスの座席に座り、どこにも行くあてがなく、ただふらふらと流れているような気がして、バスが揺れるたび胸が締め付けられる。

顔、顔、顔の海。鼻の先から滴り落ちる汗。なにもかもぼんやりと過ぎてゆく。シラバスを配り、学生たちと目を合わせたくないから大教室の窓のないコンクリートの壁を見つめる。壁の緑色が祖母が死を迎えようとしている〝処刑室〟を思い出させる。

わたしにとってもここは処刑室だ。この壁を眺めてこの先三十年も過ごすのだ。

講義をはじめる自分の声が他人の声に聞こえる——明るさを無理に装うあたたかみのない声。一年前、講義に備えてせっせと作ったノートは隅が折れ、コーヒーのしみが丸くついている。よくもまあこんなにくだらないことを夜遅くまでやっていたものだ。いったいなにを考えていたのだろう。あのころは、目を輝かせ自信満々で、〝ドクター〟の肩書に有頂天になっていた。だがいまは、筋の通った文章を一行だって書けない。こんなたわ言を書き並べていたときの自分は、いったいなんだったのだろう？　いくら鼓動が速くなろうと、わたしは話しつづけていて、声は機械的なリズムを保っていて、そのあいだも、教室の後ろの席で頭を垂れ、iPod のイヤフォンを耳に突っ込んだままうたた寝している学生に自分を重ねてみたりする。五十分が早く過ぎますようにと祈りながら。よい授業をしたところでそれがなに？　学生たちはすでにわたしに〝最悪の教授〟のレッテルを貼ったのだ。

ただし、今期は、議論を盛りあげようと無駄な問いかけをしてドジを踏んだりしない。不気味な沈黙はもうたくさんだ。教室に流れるのはわたしの声だけだ。箇条書きしたメモを、時速二百キロ、電車が脱線するほどの勢いで読みあげるわたしの声だけ。

毎週月曜の朝、ハリファックスからバスで戻ると、キャンパスのはずれのぬかるむ坂道をスーツケースを引っ張って登る。丘の上にわたしたちが間借りしているミセス・ルイスの家がある。ミセス・ルイスは白髪で引きつった笑顔の老女で、白い羽目板張りの家にひとりで住んでいる。家中に天使がいる――天使の小像、天使を描いた安物の油絵、ふっくらした智天使のポスター。〝主はひとりの御使いを遣わします。主はあなたをわたしに遣わしたのです！〟といった福音の言葉がそこら中に貼ってある。キャンディを盛った小皿の上にも。

ベンとわたしが暮らす地下には、小さなベッドルームが二つに、虫の食った格子柄のソファーが置かれたウッドパネルの娯楽室があるだけだ。天井をパイプが這っている。わたしの部屋の隅の小さな窓はドライヴウェイに面し、わずかに日が射し込む。キッチンはなく、上の階のキッチンを使わせてもらえないが、電子レンジと冷蔵庫を置くことは許してもらった。

引っ越して最初の数日、ベンと二人、バスローブ姿で宅配ピザをつまみにビールを呑んだが、部屋がかび臭くて食欲が湧かない。じきに教授室で食事をするようになった。まるで根無し草の生活だ。

ある晩、教授室で試験の採点をしていると、父から電話が入った。

「いまはなにを読んでる？」疲れた声だ。

デスクの上の時計は一時三十二分。「もう寝たら？」

おかしな夢ばかり見て眠れない、と父は言う。目が覚めたとき憶えているのは、セント・クラレンスの家と地下の淀んだ空気だけだ。

忙しくて本を読む時間がないのよ、とわたしは言う。最近、愉しみのために読んだのは『浮かびあがる』が最後だった。そいつはおもしろいのか、と父に訊かれ、わたしはためらった。これまでの経験からいって、アトウッドは男性受けしない。アトウッドが好きな男はカナダ文学研究者ぐらいだ。でも、父の声から必死さが伝わってきた。なんでもいいから読みたいのだろう。だから『浮かびあがる』の複雑な精神力学と物語の本筋を端的に説明した。

「ようするに奥地で姿を消した男の物語なんだな」父は興味を持ったようだ。

「まあね」それしか言えなかった。詳しく話すには時間が遅すぎる。『浮かびあがる』は奥地で姿を消した男の物語というだけではない。当たり前だ。語り手が抱くのは、父親が精神錯乱に陥ったのではないかという恐怖だ。父親が隠遁した島へ向かううち、語り手は自分も一線を踏み越えて落ちてゆくのを感じる。動物の世界に招かれている気がする。自分の体から葉が出て、角が生えるのを感じる。狂気。父も娘も狂気の瀬戸際を当てもなくさまよいつづける。

アトウッドの語り手の心理が、わたしにはわかりすぎるほどわかるのよ。父にそう言いたかった。でも、言えない。

「いずれにしても、なかなかおもしろそうな小説じゃないか」と、父。「読んでみる。母さんの部屋の本棚にあったはずだよな?」

「さあ、まだあるかどうか。なにしろ古い小説だから――二十年も前に救世軍に寄付したんじゃないかな」顔が赤くなる。わたしが持ってきたとどうして言えないの? 父は自分の家から物がなくなると腹を立てる人だから。

図書館で借りるよ、と父。

「それがいい」

父がこの本を読めば、わたしのことが少しは理解できるかもしれない。わたしと惨めな語り手には共通点がいくつもある。

語り手は以前、芸術家になることを夢見ていたが、偉大な女の芸術家なんていたためしがないと恋人に言われ、諦めて商業美術の仕事に就いた。絵本の挿絵を描き、ポスターや広告を作って安定した収入を得るものの、子ども時代の夢を売り渡したことを悔やみつづける。

どちらも目標を失ったのだ。わたしも愛したものに背を向けた代償を払っている。

父と語り手の父親にも共通点はある。父が思いもよらぬ事故を自ら招き、あるいは常軌を逸して命を落とすのではないかと心配したことがある。父には命知らずなところがある。出張でアフリカや南米に行くと、物騒な界隈にあるバーで一杯やる写真や、険しい山道を歩く写真を送ってよこしたものだ。さしたる理由もなく父は荒野を旅した――荒々しい自然は男たちの魂になにを訴えかけるのだろう。

端的に言えば、自然の呼び声とはつまり語り手の父親が抱く自分のルーツへの強い拘りだ。語り手は父親のデスクから、不思議な棒人形と耳から枝角が突き出すのっぺらぼうの顔の絵を見つけ、最初は精神錯乱の兆候と見なす。やがて、それらのスケッチがちかくの岩に残る壁画を写したものだとわかる。大昔にそのあたりに住んでいた原始部族を文書に記録することに、彼は最後の日々を捧げたのだ。人生の最後に、彼の想像力ははじまりへと、そもそものはじまりへと羽ばたいていった。セント・ピーターやトム・アウトランドと同様、彼も人類の起源――文化が発展する以前の手つかずの自然に生きる人間――の謎に迫ろうとしたのだ。

これらのスケッチは、死の床にある祖母の弱々しい声を記録しようとする父の姿に重なる。そう思えば、自分が生を受けた暗い世界を理解することに固執する父の姿が、それほど不可解ではなくなる。

あとは、父が深入りしすぎないことを願うばかりだ。語り手の父親のように、湖に落ちて凍え死にされてはたまらない。

父の声で夢想から覚めた。「コウゾウも奥地で姿を消したんだ。知ってたか?」

「そうなの?」

「ああ、おばあちゃんがそのことを書いている」

戦後数十年経っても医院を再建できない自分が不甲斐なく、曾祖父は落ち込んでいったそうだ。彼の頭の中でカスロは人生の歯車が狂った元凶の地だ。自分が犯した罪の報いを受けているように感じる。父に言わせると、彼は収容所の医師だった自分の立場に後ろめたさを覚え、同胞の抑留に手を貸したことを悔やんでいたそうだ。彼をカスロに向かわせた原因はほかに考えられない。老いさらばえた身で、どうしてもひとりでゴーストタウンに戻ると言い張った。まるで苦行だ。彼にとってカスロこそが医師としてやり直せる唯一の場所だったのだ。家族は止めようとしたが、彼は頑として聞き入れない。

カスロにはもう日系カナダ人は住んでいないのだから、彼の患者は過ぎ去った日々の亡霊にすぎない。厳しい気候が彼の健康を蝕んでいった。

ある日、道端をよろよろ歩く哀れなコウゾウを、通りすがりのマイカー族が見つける——傷とあざだらけで髪に木の葉をくっつけ、日本語でも英語でもない意味不明な言葉をつぶやいていたという。何日か前、彼は想像の世界にいる患者の往診に行く途中、車で木立に突っ込んだ。森で食糧を調達し車で眠る生活をどれぐらい送っていたのかは不明だ。

それからほどなくして、彼は発作を起こして亡くなった。

そう語る父の声は恐怖に震えながらも、どこか浮かれ調子だった。道端をよろよろ歩く十年後の父の姿が、わたしの脳裏に浮かんだ。過去に対する病的な拘りは遺伝なのだろう。

秋の湿気と冷気が骨に染み入り、わたしの背中に鈍い痛みが広がってゆく。

ジョシュからたびたびメールがきたが無視した。最初のうちは、採点でものすごく忙しいと返事をした。だが、心の奥底では、わたしが彼のゲームに気づいたことを知って欲しかった。

〝奥さまはお元気？　会議でニューヨークに行く折に三人でブランチでもしない？〟とメールを返した。

〝彼女はすごい人見知りなんだ〟これが彼の返事だった——妻の名前も出さず、わたしがどうして彼女の存在を知ったか尋ねようともしない。〝彼女が楽しくすごせるとは思えない。でも、ぼくたちだけでブランチはどう？〟

わたしにとってあなたの結婚はお笑い種だ、と伝える気の利いた返事を書きたくても頭が回らず、陳腐な怒りの言葉しか浮かばなかった。だから、返事は出さなかった。

しばらくして、彼からの連絡は途絶え、わたしの気分は悪くなる一方だった。

悲しみやストレスが溜まると、昔の感覚が猛然と甦る。ドクター・フットの嫌な思い出が心を曇らせる。彼のぽってりした手、汗ばんだ頬、悲しそうで親切そうな笑顔。空気がひんやりとするにつれ、頻繁に――毎日、毎時間――思い出すようになり、歩くたび尻に痛みが走る。

いまだに装具で肋骨を固定され、肺が締め付けられる気がする。教授室と教室を往復するだけで息が切れる。ファイルが腕からこぼれ落ち、息がどんどん浅くなり、頭の中で鼓動が鳴り響き、学生たちに期待をこめた明るい顔で〝ドクター・シモ〟とか〝教授〟と呼びかけられると尻込みする。グラスファイバーの装具の革の締め具がきつくなり、息を吸いこもうとするたび肋骨が震える。締め上げられる感触は生々しく、変色した肌に残る黒いあざが目に見えるようだ。

わたしの人生が装具に集約される。アンティゴノーウェアのグラスファイバーの壁に挟まれて、わたしは身動きがとれない。

港で光が踊る。わたしはワイングラスを手にキッチンに立っている。ワインの栓を抜くためでも、前菜を用意するためでもない。陽気な話し声に囲まれ、ぼんやり窓の外を眺めているだけだ。

ここにいる自分が第一級の偽善者に思える。それなのに、背後に来たボビーがウェストに腕を回しても、振りほどこうとはしない。

二人一緒に姿を見せた最初のパーティーだった。正式のお披露目だ。二人はよりを戻したとまわりは思うだろう。

誤解されては困る。いまだに彼を軽蔑している。それなのにここにいる。数週間前、スーパーでボビーにばったり会ったとき、自分でも意外だが無視しなかった。彼がちかづいてきて悪戯っぽく笑うと、わたしも笑顔を返した。実のところ彼に会えて嬉しかった――スリルを覚えた。ほかに遊び相手もいないし。彼のバイクの後部座席に乗って町を走り回るのは楽しかった。大学の教授たち、とりわけ神学部の教授たちが目を剝くのを見るのは愉快だった。

数年前、カトリック教徒たちが、ボビーを町一番の女たらしと決めつけた。笑える。この十年間で彼がデートした女性はたったの三人だけだ。ただし、三人の誰にも結婚を申しこまなかったのが罪深いというわけだ。そのうえ、元恋人の一人が歯科医の娘だったものだから、彼は好ましからざる人間の烙印を捺された。彼にはサディスティックな性癖があって三角関係を推奨し、あろうことか太陽灯でマリファナを栽培しているともっぱらの噂だ。

そうだとしても、彼はわたしがデートしたなかでは、いちばんまともで、いちばん平凡な男だ。

今夜のパーティーのホストはクラークという名のボビーの隣人で、海辺の一角を共同所有している。もっとも、クラークの持ち分のほうが四倍広い。ずっと以前に離婚するまでは、トロントでぼろ家を安く買ってリノベーションして高く売る仕事をしていた。いまの彼は煩わしい都会生活から逃れた妙に退廃的な放浪者だ。彼が住む家はがっしりとしたモダンなシャレーで、壁がガラス張りだから、素っ裸で歩き回る彼の姿が地元民の目に留まり、大いに顰蹙を買っている。シャレーの周囲にはコテージが六軒あり、クラークはそれらを夏の間、金持ちのアメリカ人観光客に貸している。

そう、クラークはできる男だ。わたしより背が低くなければ、わたしがデートしたいくらいだ。

パーティーの出席者は玉石混淆だった。クラークの友人たちは大半がハリファックス時代に付き合いのあった女たち——キャセロールを持参した厚塗りの離婚経験者で、後片付けをするという名目で居残り競争を繰り広げた。冬のあいだだけコテージに暮らす有象無象もいた。オフシーズンだからただ同然の家賃でコテージを借りている社会不適合者たちだ。一例を挙げると、ロンドンのタブロイド紙の占星術師という触れ込みの、白ひげの紳士ジュピター。このあたりの澄み切った夜空を愛し、彼自身のエネルギーと天体の軌道を再調整するため隠遁生活を送っているそうだ。

「わたしの運勢を占ってみて」

わたしの頼みに彼は目を閉じた。本気で集中しているようだ。「あなたのまわりでいろんなエネルギーが暴れ回っているのを感じる。来年は激動の一年になるだろう」

上等じゃないの。それだけわかれば充分。

ジュピターの傍らに立つのは、『タクシードライバー』のジョディ・フォスターそっくりのかわいいブロンドの少女だ。タイトなブルージーンズにゴーゴー・ブーツ、黒いベレー帽からブリーチしたカールがはみだしている。大学の学生だろうか。それにしては若く見える。

「あたし、ヴィヴィアン」彼女は言った。目を合わせようとしないから、おそらく偽名だろう。本名はジェーンかメアリーあたり。

「もう、このパーティー、退屈ったらない」彼女は言い、自分のグラスにウォッカを注いだ。

「わかるわ」

「あなたのイヤリング、すてき。どこで買ったの?」彼女が顔を寄せてきて指先でイヤリングに触れた。手ごろな値段の香水がフワッと香った。レブロンのチャーリーあたり。わたしも中学時代につけていた。

トロントのオン・オブ・ア・キング・ショウで買ったと告げると、彼女はパッと顔を輝かせた。トロントには一度も行ったことがないけど、そのうち移り住みたいそうだ。女の子がまともに稼げるのは大都会――〝ザ・ビッグ・スモーク〟と彼女は呼ぶ――だけ。まぬけなソーシャルワーカーを説得して子どもたちを取り戻すには、まともな仕事に就かなくちゃ。いちばん下の子は二歳だそうだ。

「いまはどこで働いているの?」わたしは尋ねた。

「ホームで老人のおむつ交換をやってる。人手が必要になったときだけ。でも、ジュピターが面倒をみてくれる」彼女は言い、彼の太いウェストに腕を回した。

つまり二人はカップルなのだ。大学院時代、わたしは二十歳も年上の教授と付き合ったことがあるが、この占星術師とヴィヴィアンの歳の差は六十以上だろう。裸で絡み合う二人を想像したら気分が悪くなった。

ボビーがハンバーガーの皿を掲げてやって来た。「ヘイ、ベイブ、くず連中となんの話をしてるの?」彼はジュピターの背中を叩いた。押し倒しそうな勢いで。「クラークのあたらしい女に紹介してやるよ。ジリアンって名前。彼女もトロントの俗物だからさ」

部屋の向こうからブロンドの女性がボビーに笑いかける。遠目だと三十代後半に見えたが、ちかくに寄ってみたら五十近かった。ノンストップで自慢話をする人だ――パーソナル・トレーナーのこととか、ヨガにはまってることとか。会計士として充分稼いだから、早期退職を考えているそうだ。

「なあ」ボビーが横槍を入れる。「こいつらネットの出会い系サイトで知り合ったんだって。ネットのおかげで世界はどんどん狭くなってる」

ジリアンが生身のクラークに会うのはその日がはじめてなら、最初のデートはうまくいかなかったようだ。彼はみんなが見ている前で元妻のタミーといちゃついている。

「デートするためにはるばる飛んで来たんですか?」ついわたしの口が滑った。

彼女の顔を不安がよぎった。しまった、余計なことを言ったと思ったが、後の祭り。彼女の顔が一転険悪になり、ファンデーションが笑いじわに溜まる。

「あなたは仕事に就くためにはるばる移って来たの?」彼女が言った。

「学術関連の労働市場はどん底なもので」

彼女は不快そうに窓の外の濃い緑を見やり、ショールの前を掻き合わせた。「だったら、べつの職種を狙ったほうがいいんじゃない。田舎で暮らすなんて、あたしなら気が変になるわ」

そう言われると田舎のよさを力説したくなるから不思議だ。どうかしてる。認めたくないけれど、彼女の言うとおりだ——わたしはたしかに気が変になりかけている。

十月、グラントがハリファックスに訪ねて来た。こんなこともあろうかと買っておいた女学生のコスチュームを着て、マティーニのシェイカーを手に、彼をあたらしいアパートに招き入れた。きっかり二秒後に彼はわたしを押し倒し、懐かしい原初の歓びが甦った。

一時間後、しわくちゃのシーツにくるまり、わたしの耳元で彼が淫らな言葉をささやいた。それでも、なんとなくしっくりこない。わたしはあまり感情的にならないほうだ……感情的。ジョシュと縁が切れ、ついにドアがバタンと閉まり、あらゆる感情が意味を失った。

でも、グラントとの関係をどう思っているのだろう？

わたしたちは上だけ羽織ってバルコニーに出て、手摺りにもたれて煙草を吸った。煙が霧と混ざり合う。ハリファックスの港が遠くに光っている。

グラントは色褪せた〝I♥NY〟のTシャツを着ている――誂えのシャツの下にこんなだらしない下着を着ているなんて、誰が想像するだろう？　大きなハートマークが屹立するペニスを連想させる。わたしにとって彼はつまるところそれなのだ。

煙を肺の奥まで吸い込み、水平線を見つめる。

わたしは『浮かびあがる』の語り手みたいに、恐ろしいほどシニカルになりかけている。いまの自分は、冷静に服を脱ぐ彼女にぴたりと重なる。彼女は金物屋でジョーと出会い、時をおかずさらりと服を脱ぎ――まったくなにも考えず――あとになって感情のなさをジョーに指摘される。彼にとって、はじめはそこが刺激的でよかったが、そのうち気持ちを逆撫でされている気になる。男とはそうしたものだ。余計な束縛は受けたくないふりをしながら、心の奥底では、女が罠を仕掛けて家庭という檻に押し込んでくれるのを期待しているのだ。束縛を心底嫌う女がいることを知ってショックを受ける。わたしは彼女の閉所恐怖に共感する。わたしも胸を締め付けられる気がするから。

ボビーに見つめられるたびそう感じる――彼はあまりにも独断的で自信家だ。いま四十歳、そろそろ身を固めたい年ごろだけれど、わたしみたいな筋金入りのシティ・ガールが、町いちばんの女たらしに、喜んで二度目のチャンスを与えると本気で思っているのだろうか。

なにが頭にくるって、わたしがこの地に根をおろすと彼は思っている。いつまでも気取ってはいられないと彼は思っている。考えをあらためてひと所に落ち着くのも時間の問題、と。

グラントはガス抜きさせてくれる。彼とセックスするたび気分が上向き、あの町で朽ち果ててなるものかと決意をあらたにする。

十一時を回るころ、グラントと二人で小さなビストロに入り、シーフードのクリームスープと自家製パン、それに青りんごの味わいのワインを楽しんだ。

「ところで、ラッフル」彼がテーブル越しに身を乗り出す。(ラッフルは彼がわたしにつけた愛称――どこから思いついたのか謎だ)「いつになったら戻るつもり? きみがいないと愛が不足して飢え死にする」

よく言うわ、まったく。それでも、わたしが聞きたいのはこういう台詞だ。

ボビーが地元紙で手漕ぎボートの広告を見つけた。仕事終わりに付き合ってくれないか、一緒に見て欲しいんだ、と彼が言った。彼が考えるところの楽しいデートだ。

わたしにもボートは必要だ。ただし救命ボート。水曜の夜なんて、ほかにやることないから付き合うことにする。

ボビーはわたしの膝に手を休め、わたしは飛び去る景色を眺めている。木々はすっかり紅葉し、燃えるようなオレンジ色や輝く黄色をまとっている。幾重にも連なるなだらかな丘、景色に融け込む家々。ふっと迷子になりそうだ。海岸にちかづくにつれ家は大きくなり、意匠を凝らして見応えがある。張り出し窓に八角形の塔。ラプンツェルになったつもりの少女時代なら、さぞ魅了されたことだろう。だが、ペンキは剝げ、窓には板が打ち付けてあるかガラスが割られている。人けがあるのはガソリンスタンドだけで、ごま塩頭の老人がおもてで釣り餌を作っている。

漁村に生まれたヴィヴィアンは、アンティゴニッシュがマンハッタンに思えるそうだ。家出してジュピターと同棲するのも無理はない。

「ここらの家は格安で売りに出されてるんだ」ボビーが言う。「持ち主が死ぬと、子どもたちは相手の言い値で叩き売る――家具も食器も一切合切ひっくるめてね。海べりの家を手に入れたいと思ってるんだ。いいと思わない?」

わたしはほほえみ、胃壁をネズミがよじ登る感じをなんとか抑えようとする。〝なんでわたしが亡くなった女性のシーツにくるまって眠らなきゃならないの〟まるで『サイコ』の世界だ。

手書きの〝マリーナ〟の看板が出ている大きな白い小屋の前で、彼は車を駐めた。オーバーオール姿の老人がのんびり出てきて胡散臭そうに見ても、彼は気にせず握手した。彼の夢は、堂々としてさえいれば誰でも仲間に入れるコミュニティ作りだ。ちょっとほろりとさせられる。でも、まわりの人間に敬遠されている現実に、彼はほんとうに気づいていないのだろうか?

値段交渉のため彼は老人とドックに向かったが、わたしは道端に立って待つことにした。ブーツのヒールが泥に沈む。紫色の雲間から夕日が射して岩だらけの海岸を照らしている。画家の目で見れば魅惑的だが、この美しさがわたしを落ち込ませる。

絵画の世界に閉じ込められるなんてまっぴらだ。

帰りの車の中で、ハリファックスですごした週末についてボビーがぐちゃぐちゃ言いはじめた
――わたしが居留守を使った訳を聞きだす魂胆だ。彼は友人を訪ねてハリファックスに来て、当然わたしとすごすつもりだった。でも、彼からの電話をわたしは受けなかった。

疚しさで頬が火照る。グラントとすごした淫らな週末。わたしの媚薬。

「試験の採点で忙しかったのよ」

「まあいいさ。ぼくはデイヴとビールを呑んだ。学校時代の友だち」ボビーのおしゃべりはつづく。

「アーガイル・ストリートのバーでね。ホットな女でいっぱいのバー。でも、不思議なことに、すごく若いか、すごく歳いってるかの両極端なんだ。踊りまくる十九歳がいると思えば、壁際に立ってマティーニをすすってる五十歳がいるってな具合。ちょっと勘弁してよって感じ。友だちもぼくも、求めているのはホットな三十代前半、いい仕事に就いてるけど、子どもを産むのに充分間にあう年代」彼は意味深な目でわたしを見つめる。

「おあいにくさま。そういう女には決まった相手がいるわよ」

彼は真剣だ。「そろそろ落ち着こうと思わないの?」

「ここで?」

彼はうなずく。

わたしは頭を振る。「前にも言ったけど、ここにずっといるつもりはないわ」

「そうなの?」彼の頬が赤くなる。「ここの連中はみんな、どこかの時点でここを離れるつもりだって言うけど、実際に離れていった人間がどれぐらいいると思う? ここに骨を埋めるつもりでこっちに来たと思う? ぼくだって最初は八ヵ月契約だった」

彼の怒りがわたしを震えあがらせた。運転が乱暴になる。胃がむかむかしてきた。

「車を停めて」わたしは言う。

「なに言ってるの?」

「車を停めて――気持ちが悪いのよ!」

ボビーが野原の脇に車を停めたので、わたしは飛びおり、前屈みになって両手を膝についた。胃の中で悲しみが渦巻く。ゲエゲエやるだけでなにも出てこない。人生を吐きだしたかった――でも、出るのは空《から》えずきだけだ。

野原の先の暗い森に目をやる。アトウッドが『浮かびあがる』で美しく描写した原始の世界へ、すべてが引き戻されてゆくような気がした。動物の王国へと戻って、ただ生き延びようと必死になる語り手の、惨めさも現実感のなさもわがことのように理解できる。物語の最後で、何事にも心が揺れ動かない情緒不足は、彼女のもともとの性格ではないことがわかる。彼女は屈辱的な恋愛をし、堕胎という結果を招く。神経衰弱になる。彼女が全身で感じる亀裂は、わたしにとって馴染みがありすぎるものだ。外科医のナイフが食い込む感触、二度と以前の自分に戻れないという思い。いまのわたしを苦しめるのは、曲がった背中だけではない。わたしを失望させつづける男、あるいは男たちだけではない。

わたしの自我に加えられた最大の一撃は、天職を失ったことだとようやく気づいた。安っぽく聞こえるだろう。英文学教授としてのキャリアはどうなんだと言われるかもしれない。天職とは単なるキャリア以上のものだ。これまでの年月、文学の世界と神聖なる関係を築くこと、わたしを魅了しつづけたいまは亡き最愛の作家たちと霊的に交わることこそが、わたしの天職だと思ってきた。博士になること、名前のあとに〝Ph.D.〟の称号がつくことを目標に、すべてを犠牲にしてきたのに、それがわたしになにをもたらしただろう？　疲れ果てたすれっからしになっただけ。これ以上つづけられない。夢は破れた。ほかになにを拠り所にすればいい？

父の目から見て、わたしはずっと惨めな人間のままで終わるのだろうか？

人生の終盤でカスロに戻ったコウゾウは、打ちのめされた――騙された――気がしただろう。服は破け、血だらけの泥まみれで、人通りのない道をとぼとぼ歩く彼の姿が脳裏に浮かぶ。人生の軌道からはずれ、途方に暮れ、なにもかも遅きに失したと気づいて苦痛に苛まれる。森の中で迷子になった心持ちだったろう。

わたしもまた自分の暗い思いの中で迷子になっている。いったいどこで道を間違えたのだろう。ここで諦めてしまったら、森を抜ける道を見つけ出せないままだ。

ボビーはと見ると、困惑し迷惑がっているのがわかる。申し訳ないと思う。「ごめんなさい。わたしはただうちに帰りたいだけなの」

彼の顔がきつくなる。「帰りの道のりは遠いぞ、シティ・ガール」

＊

ミセス・ルイスの地下室に戻り、冷蔵庫の前に長いこと突っ立っていた。冷蔵庫の室内灯が湿気たグレイのカーペットを照らす。冷気が胃に堪えるけれど、冷凍食品のチキン・アンド・ライスを袋から出してレンジでチンする気力が湧かない。どうせちょっと突っついて終わるのだ。けっきょく、ベンのフルーツカップをひとつ開けて、シロップに浸かったパイナップルを手掴みで食べた。『浮かびあがる』の一場面を思い出す。語り手が缶詰の豆を手摑みで食べ、食べ残しをニンジンの肥料にする穴を掘りながら、野生動物になる感覚に圧倒されるのだ。この時点で、彼女はひとり島に残っている。ジョーと友人二人は約束の時間にボートで島を去るが、彼女はひとりになって自然に還ろうと森に隠れる。だが、孤独が不意に彼女にのしかかってくる。自由の楽しさを堪能するどころか、自然は頭の中の闇を彼女に突き付けてくるのだ。枯れた花さえも、彼女から逃れたくて死んだように思える。虚空に呼びかけたところで、彼女を憐れんでくれる者は一人もいない。

「わたしはここにいるよ」彼女の虚しい行為を真似てみる。

わたしが呼びかけるのは両親であり、友人たちであり、恋人たちであり、元恋人たちだ。わたしがかび臭い地下室に閉じ込められたままだというのに、よくも愉快にすごせるものだと彼らを呪いたくもなる。

自室に戻って簡易ベッドに腰をおろし、チップボードの天井の水じみを眺め、靴を脱ぐことすら億劫になる。ハリファックスで週末を過ごして戻るたび、荷物の整理を途中で投げ出す。床のスーツケースは開いたまま、タートルネックと本がごたまぜになっている。研究メモや稀覯本の図書館でとったコピーでいっぱいのフォルダーを、毎回スーツケースに詰めて移動しなくてもいいのに。なに考えているの？　博士論文を書いていたころ集めた資料で、もう長いこと真剣に向き合っていないくせに、いつか原稿にまとめて本を出す夢を手放せない。スーツケースに入れっぱなしのフォルダーはコンクリートの塊ほどの重さを持ち、移動のたびに肩がちぎれそうだ。それでも毎週、この儀式にしがみつかざるをえないのは、新進気鋭の研究者としてのアイデンティティに固執しているからだ。

そろそろ茶番は終わらせよう。

部屋の小さな窓を叩く雨音に耳を傾ける。怒りで顔が赤くなる。指導教授の言葉が耳に木霊する──〝キャリアの前半は苦労の連続だが辛抱しろ〟〝最後までやり抜け〟〝きみにはスターの素質がある〟──が、いまではすべてが虚しく響く。資料なんてクソくらえ、目の前から消えてしまえ──それよりも、ビリビリに引き裂いてしまえ。飢えた獣みたいに両手足をつき、フォルダーの中身をばらまく。マーカーで塗られ〝注〟が付けられた判読不能な文字の沼。わたしの手書きの文字はいまとは別物だ──統制がとれたきっちりと丸い文字。自分が書いた字とは思えずショックを受ける。

昔の挫折感が甦る。博士課程への進学を考える前のことだ。最後までやり抜いても望みどおりの結果が出るわけではないと、すでにわかっていた。診察台の端に腰かけ、落ちないようにバランスをとっていると、ドクター・フットが悲しい笑みを顔に貼り付けて診察室に入ってきて、宣った。装具では体の歪みを止められなかったので手術する必要がある、それも早急に。歪みはどんどんひどくなっている。

一年後、彼は術後のレントゲン写真を見せてくれた。白い画面に映し出されたのは、わたしの背骨にくっつけられた金属品、釘やネジや添木だ。そんなものを見せられても現実感がなかったが、脇腹に走る三十センチの傷跡は紛れもなく本物だ。ドクター・フットは努めてやさしい口調で母に説明した。手術で固定した骨が元の湾曲に戻る可能性もある、と。事実、そうなった。

かすかな耳鳴りがして、部屋の中のものすべてが揺れているように感じた。「つまりすべてが無駄だったってことですか!」

「いや、快方に向かうこともありうる」ドクター・フットは言った。「少なくとも骨の湾曲はおさまった。これ以上悪くなることはないでしょう」

わたしは骨のレントゲン写真を見つめた。S字に曲がったままの背骨にくっついている無駄な棒――まるで引き伸ばされて傾いたドルのマークみたいだ。馬鹿げているし頭にくるし、最悪なのは手術の成功という茶番に踊らされよくなると期待したことだ。笑顔でいろいろありがとうございました、なんてとても言う気にはなれなかった。きつい言葉が口をついて出ていた。自分でもなにを言ってるのかわからないまま、叫ぶのをやめられなかった。そのあいだ、ドクター・フットは窓の外の嵐雲を眺めていた。

最後までやり抜くことに意義を見出せなくなった瞬間だった。

そしていま、惨めったらしい人生にまつわるすべてを破壊したい。『浮かびあがる』の語り手が、絵筆や絵具瓶や描きかけの絵を、彼女の心を深く傷つけた男からもらった安物の指輪もろとも火に投げ込んだように。

火は浄化だ。彼女はこうして惨めなキャリアや歪んだ愛情生活や麻痺した肉体に背を向け、ようやく前に進むことができた。

この小説のもっとも有名な一節が耳に鳴り響く。〝なにより肝心なのは、犠牲になるのを拒否すること。それができないかぎり、わたしはなにひとつできない〟

わたしも犠牲になるのを拒否したい。前に進みたい。でもなにに向かって？　なにも考えつかない。

フォルダーの中身を掻き集めおもてに出て、ミセス・ルイスの家の裏手の大型ゴミ容器に向かった。雨が頬を叩き、アドレナリンが全身を駆け巡る。

〝一、二、三……どこかで読んだけれど、アトウッドはヴィクトリア朝文学に関する論文を中途で投げ出したんじゃなかった？〟

フォルダーの中身が雪崩を打ってゴミ箱の縁を越え、ゴミ袋の中に落ちてゆく。

半月がほほえんで見おろし、わたしは平穏に包まれる。雨が下着にまで沁み込むのもかまわずその場に立ち尽くす。

11

誰かの耳に、たしかに低い声ではあるけれど、届くだろうか、ぼくが代弁するきみたちの声が。

――ラルフ・エリソン『見えない人間』

蛍光灯の光が頬の汗に反射する。わたしは『見えない人間』を脇に抱え、教壇に立っている。汗を吸った黄色いメモ用紙を広げたものの、最初に引用すべき文章がすぐに見つからない。

「語り手はどうして自分を〝見えない人間〟と呼ぶのでしょうか?」わたしは問いかける。「見えないと主張することで、彼はなにを言おうとしているのでしょう?」

しんと静まり返る。全員が下を向きノートパソコンかiPhoneを見つめている。ショートメールが教室中を行き交う。

それならそれで、わたしはクラス一熱心な生徒のふりをするだけだ。手を高くあげて意見を述べる。見えない存在とは、肌の色のせいだけで社会から押しつけられたものである。名無しの語り手が言いたいのはそういうことだと思います。一九四〇年代から五〇年代に創作活動を行ったラルフ・エリソンは、ステレオタイプの黒人像は文化的イメージにすぎないと看破し、小説でそういうステレオタイプと闘った。

「わたしの言っていることがわかりますか?」

虚ろな眼差し。ブロンドの髪と桃色やクリーム色の顔の海を眺めながら、この教室で非白人は自分だけという皮肉に笑いたくなる。おもしろくもないのに。

「小説全体を通して、エリソンは多くのステレオタイプの黒人を登場させながら、そのものずばりではなく独自の捻りを加えています」

数人の学生が興味を抱いたようだが、大半は睡魔と闘うばかりだ。でも、誰が彼らを責められる? わたしだって講義が終わることを切に願っている。あと五分だ。

そろそろまとめに入ろう。「一例を挙げると、第二章でエリソンはステレオタイプの黒人を登場させます——たとえば近親相姦の農夫——ただし、エリソンは独創性を発揮し、ステレオタイプの黒人をたんなるステレオタイプには終わらせない。彼らをジム・トゥルーブラッドの独特な語りの材料とするのです。読者は〝見えない人間〟と共にトゥルーブラッドの物語に耳を傾けるうち、彼をただの農夫以上の存在——ユニークな内面を持つ人間として見るようになる」

「ユニークな内面ってなんですか?」後ろの席の学生が声をあげる。

わたしの頬に血が昇る。こういう不意打ちがいちばん嫌だ。なんという偽善。学生の参加を望んでいると自分に言い聞かせながら、その実、質問をぶつけられるのを恐れている。その言い回しを定義させられるとは予想していなかったのに、四十組の目がいっせいにこっちを向いている。破壊的な沈黙を破り、わたしはなんとか精神分析理論についての長談義をぶちあげる。学生の誰一人理解していないことは百も承知で。

日がどんどん短くなる。寒さが骨身に染み、全身が痛い。唇がひび割れて血が出る。週末はベッドに潜り込んだまま、ジュディ・ガーランドが端役で出ている古い映画（彼女の特集をやっている）を観て、電子レンジでチンしたポップコーンとワインで生き延びる。彼女が主演した『オズの魔法使い』のドロシーみたいに、ルビー色の靴を鳴らし〝わが家にまさるところなし〟と唱えられたらどんなにいいだろう。

こんなどん詰まりの生活、これ以上つづけられない。でも、わたしの魔法の出口はどこにあるの？

月曜の朝、わたしはベッドでぐずぐずしている。あと一時間で大学に戻るバスに乗らないといけないのに。

けっきょく、クラスの学生にメールで、正体不明のウィルスに感染したので今週は休講にすると知らせた。ベッドに戻るといたずらをした子どもみたいにクスクス笑った。ずる休みは学生だけの特権ではない。

だが、ほっとしたのも束の間、不安が襲いかかってくる。こんなことで人生を無駄にしていいの？

わたしはまた定期的にハリエットのセラピーを受けているが、助けが必要なのはわたしより彼女のほうだという気がしないでもない。グラントがまたラブレターをくれたとか、淫らな週末を過ごしにやって来たとかいう話をすると、彼女がひどく興奮するのはどうして？　グラントと付き合ってもろくなことはない——明白すぎる事実——だから、彼とは手を切るべきだとアドバイスすべきじゃないの？　ところが、わたしがとうの立ったプレイボーイに言い寄られることが、彼女はおもしろくて仕方ないようなのだ。わたしと彼との悪ふざけを疑似体験して愉しんでいるのだろうか。セラピストとしての地位を築きつつ、いくつもの大学で教えていれば恋愛している暇はないだろう。彼女の唯一のはけ口は患者なのだ。

　セラピーのあとはたいてい午後の街をぶらぶら歩く。診療所はハリファックスのノースエンドにある。高級化を遂げつつある地区だ。アグリコラ・ストリートには、昔ながらのコンビニや地中海やジャマイカの食材を売る店に挟まれ、シックなギャラリーやブティックが出現している。だが、ホームレスもまだ多く見かけ、その大半が黒人だ。彼らがわたしを見る様子から、自分たちの縄張りに新参者が流れ込んでくるのをまったく歓迎していないのがわかる。大通りから一歩横道に入れば昔のまま、ぼろ家が並んでいる。町工場の煙突から灰色の煙が立ち昇る。駐車場を横切る制服姿の女たちは、一時代前の工場労働者とおなじようにスカーフを頭に巻いている。

　煙草に火をつける彼女たちを見ていると、『見えない人間』のひとつの章が頭に浮かぶ。主人公がニューヨークでペンキ会社リバティ・ペイントで働きだすくだりだ。工場に雇われてほどなくして、彼は労働争議に巻き込まれる。ルシアス・ブロクウェイという名の気難しい黒人によくしてもらったせいで、彼は反組合と見られる。主人公がこういう境遇になった原因は、大学を視察に来た有力者に悪い印象を与えてしまい、せっかくもらった奨学金を剝奪されたからだった。放校は免れたものの、奨学金がなければ学業をつづけられないから、働き口を探してニューヨークに流れ着いた。次年度の学費を稼ごうと必死だ。だが、学長が書いてくれた推薦状は残酷なジョークだった。まともな仕事に就ける見込みはなく苦境に陥る。

いっときは期待の星だった語り手が、最低賃金の仕事にしがみつかざるをえず、勝手のわからぬ大都会でただ流されてゆく。

わたしは汚れが浮いた煉瓦の壁を眺めながら、彼の恐怖を体感する。わたしも職探しの最中だ。どんな仕事でもいい。大学にいられるのもあとわずかなのだから。

カティアを知ったのは、スーパーの掲示板に貼られた求人広告の、連絡先が記されたタブを切り取っているときだった。墨で書かれた太い文字の中国語にまず目を引かれた。文字のひとつが女の棒人形に見えると思ったからだ。だが、よくよく見るともっと入り組んでいて、太った女が手を叩いて揺れているように見える。中国語の下に英語でこう書かれてある。

〝あなたは錯乱状態に陥るような精神状態にありますか？〟
〝心の平穏を求めていませんか？〟
〝気功が助けになります〟
〝心を外に向け無限に解放しましょう〟
〝日常の混沌を無にしましょう……〟

気功のことはよく知らない。前にトークショーでホストがそのよさを褒めたたえるのを聞いたことがあるぐらいだ。いったいなんなの？　新手のヨガ？　怪しいカルトみたいに胡散臭いが、楽しそうな棒人形がなんだか気になる。たしかに心の平穏を求めている。宇宙とつながりたい。それに、人と会う努力をしたほうがいいとハリエットにも言われた。話し方やリーダーシップのスキルを教える〈トースト・マスターズ〉よりおもしろそうだ。

カティアが住んでいる小さな白いチャペルは、ハリファックスのアパートから歩いて十分ほどだった。チャペルとはとても思えない小さな建物だ。

ドアにはこんな貼り紙があった。〝粘土を捏ねて壺を作っても、役に立つのは中の空っぽな部分である〟

呼び鈴が鳴り、ドアが開くとそこにカティアがいた。五十がらみの青白い美人で、ふわっとした黒髪に高い頬骨。着物みたいなカットの黄土色のジャケットを羽織り、黒のカプリパンツから弱々しい骨張った足が覗いている。彼女の案内で中に入ると、墨絵の掛け軸に目が休まる気がする。祖母の家の居間にいるみたいだ。

カティアが〝瞑想室〟と呼ぶチャペルには陽が燦々と降り注いでいる。数人が素足で両腕をだらんと脇に垂らし、輪になって立っていた。

「わたし、文字どおり、ほんとうに文字どおり、朝、ベッドから出られなかったんです。そういう感じってわかりますか？」グレイの髪の女性がそう言ったところに、わたしたちは入っていった。

「それがいまはどうでしょう！」プラム色に塗った唇の角が持ちあがって笑顔になる。

「みなさん、あたらしいメンバーです」カティアが言う。

こうしてわたしは悟りへの道を歩みはじめる。

グレイの髪の女性の隣に立つのは、プーマのスウェットシャツ姿のがっしりした南アジアの女性で、腕が悪いらしい。鶏の翼のように発育不足で萎びている。もう一人のメンバーはカーリーヘアの男性で、スターバックスの前でギターを弾いているのを見たことがあった。全員がちょっと無愛想で、ちょっと悲しそうで、道に迷って途方に暮れているみたいだ。彼らの仲間に入るのは、アニマルシェルターに入所を許されるようなものだ。

「頭を紐で吊られているイメージを持って」カティアが唇を動かさず、抑えた口調で言う。クラスのあいだはずっとこの調子だ。人の肉体から発せられる声ではなく、目に見えない音響システムから流れてくるような感じがする。

子宮を離れた瞬間から呼吸は乱れるのです、と彼女が言う。子宮内ではエネルギーがへその緒からお腹へと流れ込んでいたので、生まれた瞬間に呼吸できないと思うのは自然なことなのです。生まれたとき全身に満ちていたエネルギーが、体内で遮断されます。体に満ち溢れていた生命力、つまり〝気〟は年を取るにつれ枯渇していきます。しかし、自分の〝気〟を再発見できれば、全身の調和がとれ、人間関係も穏やかなものとなり、ひとつの宇宙の一部となれるのです。

すべてがよくなります。ほんとうによくなります。朝、ベッドから出るエネルギーを得られます。

「溜めて溜めて……押し出す……」彼女が両腕で小さな波を作りながらゆっくりと繰り返す。「体内に深い深い青空があるとイメージして……空に包まれているとイメージして……」

瞑想室を一歩出ると、カティアの声はがらっと変わる。ちょっと鼻にかかった声で早口にしゃべる。あとから知ったのだが、アルバータ州の訛りだった。

「出会ったときから、わたしたちは特別な関係になるとわかっていたわよ」彼女が言う。数週間でわたしたちは気の置けない仲になっていた。「あなたの瞳から〝気〟が溢れ出しているのが見えたもの」

彼女に二人の息子と別れた夫ではなく娘がいたなら、女性の話し相手を欲しがる気持ちはこれほど強くなかっただろう。

気功師であるマスター・ポンと並んで映る写真を見せてくれた。インターネットで彼のことを知ると、わざわざ中国まで訪ねていったそうだ。マスターの偉業はというと、ガン患者を治し、盲人の目を見えるようにし、四肢麻痺患者を跳んだり跳ねたりできるまでに回復させた。彼女は黄河に臨む岬に建つ僧院で彼に付いて数ヵ月修行した。

写真の二人の背後には黄河が流れ、彼女の髪に絡まる霧が凍り付いて光り、まるでおとぎ話のお姫さまみたいだ。その笑みは謎めいて穏やかで少女のよう。写真を見ているうち、肌の上で霧が融けるのを感じた。わたしも彼女みたいに生まれ変わりたいと切に願った。

黄河に行って修行し、気功を極めるべきなのかもしれない。

彼女がマスターから最初に習ったのは、木のように立つことだったそうだ。彼女は繰り返しこのポーズをやってみせてくれ、その目的は、爪先が深く根を張って地球の裏側まで届くのを感じることだそうだ。それが〝気〟における命の源だ。

わたしは目を閉じ、爪先がどんどん伸びて神秘的な父祖の地に根を張るのをイメージした。啓示が訪れる瞬間を待った。

わたしは待った。待ちつづけた。

教室に足を踏み入れるたび、学生たちがわたしを見る目がよそよそしくなっていった。以前は教室の真ん中あたりに散らばって座っていたのが、どんどん後ろに移動していって、前列の空っぽの席に木霊する自分の声に気が動転する。

「もっとちかくに寄ってきたらどう——教授を仲間外れにすると成績に響くわよ」わたしはそう言いたくてうずうずした。でも、冗談を言っても笑いが取れるわけがない。彼らは目を光らせてわたしを見つめ返すだけだろう。〝こいつ、狂ってるんじゃね?〟って顔で。

ただ一人、いつも最前列に座る学生がいた。赤毛でずんぐりしてて、サイモンという名前だ。彼のバックパックは本で溢れている——ロベルト・ムージル『特性のない男』とかキルケゴール『イロニーの概念』といった興味深くて暗い本ばかりだ。彼が授業のあとに教室に居残り、恥ずかしそうに話しかけてきてから、わたしたちは親しくなり、彼がなにを考えているかわかるようになった。彼がフランクフルト学派やその否定的な弁証法をよく思っていないことも、クールな学生たちが一年のときから、どうしてだか彼を仲間外れにしていることも知っている。「たぶん尊大だと思われているせい」彼は気にしていないというふうに笑ってみせた。

夏は母親とロンドン（わたしがオンタリオ州の騒々しい大都会ロンドンと間違わないようイギリスのと言い添えた）ですごすそうだ。両親が離婚して以来、父親は彼をまず寄宿舎に放り込み、つぎにここ〝インテリのメッカ〟に送り込んだ。罰を与えるみたいに。都会には麻薬常用者がうようよいて、哀れなサイモンを堕落の道に引きずりこむから、というのが父親の弁だそう。

講義の最中、わたしは彼と目が合ってほほえむ。〝こんなところでなにを燻ってるの？〟と彼の肩を摑んで揺さぶりたくなる。〝モントリオールかニューヨークの大学に行くべきよ。アートシーンを探検して、性の冒険をして、恋に落ちて、胸が張り裂ける思いをしてみなさい〟

大学の同僚たちが、ある晩、わたしをムーンライトに招待してくれた。トニーの誕生日で、田舎町の中国料理店にしてはかきたまスープがびっくりするぐらいまともだった。締めの緑茶とフォーチュンクッキーに移るころ、べっ甲縁の眼鏡のカレンが、なにか言いたそうな顔でこっちを見ていることに気づく。頰っぺたに食べ滓でも付けているのだろうか。

「あなたは応募しなかったのね」彼女がようやく言う。

「ええ、まあ」そのひと月前に、大学はいまのわたしみたいな期間限定の教授職の採用案内を出した。わたしは二年契約だから残りあとわずかだ。大学側は、わたしがあと一年、ハムスターの回し車をせっせと回す競争に参加するものと思っていたようだ。

「ここにずっといるつもりがないのはわかってる」カレンがつづける。「でも、よその大学に雇ってもらえない場合の滑り止めに応募するだろうと思ってたのよ」

わたしは頭を振った。不思議な興奮が全身を駆け巡る。「滑り止めは必要ないんです。この世界と縁を切るつもりなので」

学年末にはトロントに戻るつもりだと言うと、全員が唖然となる。

「それで、あっちでなにをするつもりなの?」カレンの夫のジョンが皮肉っぽく尋ねた。

建築設計の会社を経営する伯父のところで働くつもりです、とわたしは言った。

「それで、具体的にはなにをやるの? 電話番?」

カレンがテーブルの下で彼を蹴る。さっさとお会計をしなさいの合図だ。

「きみの根性は見あげたものだと言わざるをえない」トニーが言う。

カレンがうなずく。「あたしがあと数年若かったら、鞍替えしていたでしょうね」

「おいおい、よしてくれよ」ジョンが呆れ顔をした。彼は農場で育ったから、都会生活は過大評価されすぎだと思っている。

「わたしはただ……」なんとか場を丸くおさめなくては。「うちが恋しくなっただけ。家族のそばで暮らしたい」

「家族って具体的に言うと誰?」と、ジョン。

時代遅れだとわかっている。それでも、ここ何年も根無し草の暮らしを送ってきて、ひとつの場所や馴染みの人びととの絆を再構築したくなったのだ。世界主義的見解を共有し、わたしみたいな多様で複雑なバックグラウンドを持つ人たちに囲まれて暮らしたい。

「それが、言葉で説明するのが難しくて」わたしはそう言ってコートに手を伸ばした。

「押し出して……溜めて……深い空があるとイメージして……」

＊

だが、わたしの心は穏やかな空にはほど遠い。

音楽や写真や彫刻を学んだのちそれに背を向け、作家を目指したエリソンのことを考える。大恐慌時代にオハイオ州の農場で暮らし、生活の足しに猟をしながら、ヘミングウェイやジョイス、ドストエフスキー、マルローの作品を夜遅くまで読んで必死に学んだ。先が見えない生活に絶望しなかったのだろうか。自分の創作が世間に認められる日がはたして来るのか、疑心暗鬼にならなかったのだろうか。

瞑想を終えると、カティアに言われる。髪が〝気〟で輝いている、と。

祖母の容体は日に日に悪くなった。父からの電話は、祖母の体のどの部分が駄目になったかの報告だ。自力でお通じができなくなった、目がまったく見えなくなった、食べられなくなった、話せなくなった……。

記録をつけ過去を再検討する日々はすぎた。父はいま、終わって欲しいと思っている。

祖母がこの世からいなくなると思うと、わたしはどうしていいかわからなくなる。祖母が必死でしがみついた記憶も、明らかにされないままの事実も、すべてが無に帰するの？　〝これがあなたの人生〟と記したアルバムを作ることで、祖母は自分自身の人生の大切ななにかを伝えようとしたのではないか。だが、写真に写っているのは、捉えどころのない断片にすぎない。祖母に尋ねたいことはまだたくさんある。若いころ、人生になにを求めていたの？　第二次大戦前夜、抑留されるとわかっていて、どうして日本から戻ることを選んだの？　精神障害の父親と暮らして懲りていたはずなのに、カズと生活をつづけられたのはどうして？　人がカズの死に触れると、かならず目の下を引きつらせたのはどうして？

答を求めるわたしは単純すぎるのかもしれない。祖母の人生は、謎がすべて解かれて終わる探偵小説のように読み解くことはできないのだ。

大学で『見えない人間』を教えつづけながら、気がつくと作品との距離が縮まり、小説世界に入り込んでいる自分がいた。主人公のアイデンティティを求める放浪が、自分の過去に光を当てることに重なる。エリソンの超現実主義的世界では、現実は溶け出し、登場人物が明確な動機付けを持たない寒々しい夢のような情景となる。ジム・トゥルーブラッドは、娘への欲情のせいで、われわれ同様もがき苦しんでいる。主人公を隣人たちの手に委ねたのち、ザ・ブラザーフッドがどうしてハーレムへの支援をやめたのかは不明なままだ。地下組織であるザ・ブラザーフッドは、人種の垣根を越えた平等を求める闘いに主人公を引き込むが、やがて〝ブラザーたち〟が離反して対極へと舵を切ると、主人公の世界は混沌としたものになる。彼は何者でもなくなり、誰に忠誠を尽くすかも風任せになる。

読めば読むほどこの小説はわたしを苛立たせ、わが一族の狂気のルーツが一人のエキセントリックな祖先であることに気づかされ、ぞっとなる。主人公を惑わす遠因となったのは、祖父の死に際の告白だった。奴隷だった温和な男が死の床で、自分は生涯を通じて裏切者だったと言うのだ。そして孫息子に秘密の闘いをつづけろと言い残す。〝イエスと言って奴らに打ち勝ち、にっこり笑って奴らを弱らせ、言うことを聞くふりで奴らを死と破滅に追いやれ。奴らに思う存分おまえを食わせてやれ。そうすりゃ奴らは吐くか、腹が張り裂けるかのどっちかだ〟こんな奇天烈な活を入れられて、混乱しない人間がいるだろうか？

日本人形そのものの外見とはうらはらに、祖母もまた心の奥底に二心《ふたごころ》を抱えていたのだろうか。彼女の実態が摑めなかったのはそのせいだろう。日系アメリカ人コミュニティの宝と祭りあげられ、砂漠での抑留生活を経験するうち、祖母は人生を取り留めのない悪夢と捉えるようになったのだろう。『見えない人間』の主人公の祖父のように、イエスと言ってまわりに打ち勝ち、美しいほほえみでまわりを弱らせ、悲惨な収容所を出るために気が触れた男と結婚し、言うことを聞くふりで夫を死と破滅に追いやる術を身につけた。

父も『見えない人間』を読みはじめた。ある晩、電話してきた父と感想を語り合うことにした。

「この小説を読むうち、自分の家族の人生に踏み込んでいく気がしなかった？」

「なにが言いたいんだ？」父が尋ねる。

「自分の祖先をなんとか理解するための欠けたピースを探し求めるみたいな」

「そうだな」父が考えながら言う。「だが、それだけじゃないな。これまでは、そのことが問題だと気づいてもいなかった。仕事や出張や金を稼ぐことで忙しすぎたからな……おれの子ども時代は目に見えないものだった」

わたしはうなずく。「主人公も生きるために必死だったよね。過去は問題じゃない、と自分に言いつづけて。ところが白人世界で成功しようとあがけばあがくほど、過去が頭をもたげ、彼が避けようとしてきたものを目の前に突き付けてくる」

父は黙り込む。本の頁をめくる音がする。「最後に主人公は過去に立ち向かう。〝アイ・ヤム・ファット・アイ・ヤム！〟」

わたしはクスクス笑う。父が引用したのは、主人公がハーレムの街角でヤムイモを売る老人と遭遇する場面だ。バターを塗ったヤムイモの甘い香りに唾が湧くが、南部の黒人の貧しい生活を思い起こさせる食べ物に舌鼓を打つ気になれない。彼にとって豚の内臓のフライやポークチョップもまた恋しくてたまらないのに、人前で食べられない。だが、最後の最後で、ヤムイモの匂いは抗いがたく、懐かしい故郷の味を口にすることになる。〝アイ・ヤム・ファット・アイ・ヤム〟彼は冗談を飛ばし、過去を腹に入れることで新たに遊び心を身につける。

不意に祖母の茶碗蒸しが食べたくてたまらなくなった。

〝誰かの耳に、たしかに低い声ではあるけれど、届くだろうか、ぼくが代弁するきみたちの声が〟『見えない人間』の最後の一行を繰り返し読むうち静寂に包まれる。泣き出してしまいそうだ。とてもじゃないけど恥ずかしい。わたしがいるのはキャンパスの向かいのカフェで、いまはすいているが、いつなんどき学生たちが押し寄せてくるかわからない。だいいち、いまは自己崩壊している暇はない。二時間後には立派な講義を行わねばならないのだから。

ノートには講義の要点が二つしか書かれていない。なにを話せばいいのかわからないわけではない。『見えない人間』についての立派な講義とは、エリソンが墓の中でひっくり返るようなことを話すことだ。おかしなことに、いま流行の小説の教え方は、哀れな作家に吐き気を催させるようなものだ。エリソンはインタビューやエッセイで、歴史や時代の気まぐれを超越する小説を書くつもりで『見えない人間』に取り組んだ、と繰り返し述べている。ハーレムの厳しい現実や、才能ある南部黒人少年の独立独歩の成功を綴るドキュメンタリーとして読まれるとは、彼自身は思っていなかった。肌の色に関わりなく全人類に訴えかける小説を書く、という大きな野心を持っていたのだ。主人公の悲喜こもごもの人生を読むと、誰でもが自らの成功や苦闘に重ね合わせて考える――それこそが文学の究極の目的だ。それは驚きや歓びの感情で人びとをつなぐことだ。

〝ユニークな内面〟とはなにかと学生に問われたとき、わたしはそう言うべきだったのだ。偉大な文学には、肌の色も文化の違いも越えた共通の人間性を想起させる力がある、とエリソンは信じていた。それは、人それぞれが唯一無二の個人であるという認識だ。

大学の尊敬すべき同僚たちに言わせれば、作家の世界観を鵜呑みにして作品を評価するのは単純すぎるのだろう。自分の小説は歴史について語っていないと明確に述べているにもかかわらず、某教授がしゃしゃり出て、エリソンは自分がなにを言ってるのかわかっていない、彼の小説は歴史以外のなにものでもない、と酷評するのだから、皮肉もここに極まれりだ。小説の最後のほうの人種暴動は〝公民権運動〟を先取りしたもので、〝ザ・ブラザーフッド〟は共産党の寓話で、黒人の労働争議と〝ザ・ブラザーフッド〟の複雑な関わりは、なんたらかんたら。作品中のもっとも抒情的で詩的な一節は、まやかしの歴史の教訓に成り下がってしまう。こういった論法が文芸評論家をして、当の作家より自分のほうが博識だという態度をとらせる――評論家という曖昧な存在を正当化するために（作家をこともなげに傷つけなければ、評論家の商売はあがったりだ）。この仕事に長く留まれば留まるほど、作品解釈に意味を見出せなくなってゆく。批評理論業界は、ひと握りのもったいぶった教授連に終身在職権を得させるためだけに存在している。

ふつうの人たちにとって、作品解釈は読書の喜びを削ぐ以外のなにものでもない。たいていの小説は、ガイドブックがないと理解できないような難解な代物ではない。たとえ難解だとしても、その難解さが神秘的な読書体験の一部となっているのだから、わざわざ神秘性を剝ぎ取る必要がどこにある？　人生で最悪の時期にわたしを支えてくれた読書体験が、作品解釈によって壊されかねなかったことに今さらながら気づいた。それは身売りするのもおなじだ。

こんな心理状態では、教授でございと胸を張れるわけがない。泣きだしたいぐらいだ。『見えない人間』の終幕の、主人公が地下で引きこもり生活を送る自分を、情感たっぷりに反省するくだりを読んだら、泣きたくなって当然だ。彼はなんにでもイエスと従うゲームにうんざりし、自分以外の誰かのふりをすることにうんざりしているが、祖父が死に際に唱えた見せかけの自分に徹する処世術にとらわれつづけている。その先になにがある？　彼にはわからない。無断で地下に住み着き、日がな一日、盗んだ電気で動かす古いレコードプレーヤーでルイ・アームストロングを聴いている。

それでも、葛藤の末、彼は過去を受け入れてゆく。これまでの理不尽で馬鹿ばかしい経験がなければ、いまの自分はなかったと気づくのだ。

わたしはハンカチで目頭を押さえ、感情の波に身を委ねる。小説の最後の一行が頭の中で鳴り響く。この小説はわたしに希望を与えてくれた。地下生活が、主人公をあたらしい人間として生まれ変わるスタート地点に立たせる。それは、複雑で矛盾を孕むアイデンティティや過去と共に歩む、もっと生きやすい人生だ。それはまた、わたし自身がずっと探し求めてきたものでもある。

ふと顔をあげると、こちらに向かってくる可愛いブロンド娘が目に入る。ヴィヴィアンだ。ロリータ風のサングラスをかけ、ミントグリーンの看護師の制服を着ている。

「こんな格好でごめんなさい」彼女は当然という顔でわたしのテーブルに座った。待ち合わせしていたわけでもないのに。「ホームでおむつを替える日だったの」

わたしはほほえむ。「午後の仕事を交替して欲しい？　あなたが講義を行って、わたしがお尻を拭く。公正な取引」

「なんで？　自分の仕事が好きじゃないの？」彼女が目を瞠る。「教授って成功した人なんでしょ」

「それでも浮き沈みはあるからね」わたしはお茶を濁したが、鞍替えする決意を固めたのだから、ごまかしてもはじまらない。「実はね、自分の仕事が大嫌いなの。今学期かぎりで辞めるつもり」

「わあ、びっくり、でも、すんごくわかる——あたしもいま、サイアク」彼女は重大な秘密を打ち明けるみたいに身を乗り出した。「あっちですごいことになってんの、知らないでしょ」

「あっちって？」

「クラークのとこ」

たしかになにも知らなかった。ここ最近、ボビーとは会っていない。

「みんな、ピリピリしちゃってて」と、ヴィヴィアン。「ジュピターがスカンピンになっちゃってね。家賃を払ってなくて。クラークにいつ追い出されるかわからない！」泣き出した彼女にハンカチを渡すと、彼女はそれで鼻をかんだ。

やってくれるじゃない。自分の恋愛もままならないというのに、めそめそするこの子の面倒までみなきゃならないなんて。

スマホが振動したので画面を見ると父からだった。そういえば留守電が入っていた。講義の準備もあるうえ、この子のカウンセリングまで押しつけられて、父とおしゃべりしてる暇がどこにある？

「支援サービスの助けを借りようと思ったことないの？　十代のシングルマザーを支援する組織とか、女性のためのシェルターとか、就職斡旋プログラムとか……」

彼女は頭を振り、親指を噛みはじめた。「そういうとこの人たちは、あたしから子どもたちを取りあげる」

「それは気の毒に」セラピスト役は荷が重すぎる。

スマホがまた振動する。父はどうして執拗に連絡をとろうとするの？　放っておくことにする。

「わたしにできることがあれば……ラテをおごりましょうか？」

「いらない」彼女の唇の端に笑みがちらつく。「だけど、煙草を買うお金をめぐんでくれたら嬉しい」

わたしはなんてお人好しなんだろう。十ドル札を差し出すと、彼女の顔がバースデーケーキのように輝いた。そんなことで幸せになれる彼女が心底羨ましい。

彼女がコンビニに走って行ったので、スマホを見ると父からショートメールが入っていた。〝おばあちゃんが亡くなった。葬儀は来週。すぐ帰ってこい〟

12

おじさんは最期の数時間、なにを考えていたのだろう？　世の中がひっくり返った？　きっとなにもかもがすごい勢いで逆回転して、後ろ向きにトンネルを底までおりていって、足は腐葉土と思い出が詰まった屋根裏を踏みしめて、両手で裂け目や壁を探ってじめじめした地下室に、水に、地下の海に辿り着いたのだろう。

――ジョイ・コガワ『失われた祖国』

祖母の葬儀が行われた会場には、ちょうど水色の空が見える位置に横に長い窓があった。窓の位置がもっと低かったら、駐車場を水平線まで広げる工事の黄色のブルドーザーに視界を完全に遮られていただろう。

葬儀には大勢の人が参列した。祖母にこんなに大勢の親戚や友人がいたなんて知らなかった。大勢が押しかけたものだから、椅子が足りなくてあとから運びこんだほどだった。まさか精進落としの寿司を目当てに来たわけではないだろう。父は充分な量を注文していない。日系文化会館で見かけたことがある気がする人たちを除けば、面識のない人たちばかりだ。そしてわたしは今、彼らの禿げ頭や萎びた葉っぱみたいな顔を見つめている。

感じるのはショックとか悲しみとかではない。どんよりとした暗さのようなものだ。世界中の青空をもってしても、わたしの心を覆う雲を晴らすことはできない。アッシュブロンドの髪のにこやかな女性牧師が口にするのは、聞き古したお悔やみの言葉ばかり。バックグラウンドミュージックを流したほうがましだ。きっと日に三度、おなじ文面のグリーティングカードを配っているのだろう。なんだか頭にくる。

それに引き換え父は妙に神妙だった。立ちあがって頌徳の言葉を読みあげる父の顔は穏やかで、目は潤んでいた。つねに動物と自然に愛を注ぎ、女性グループに参加して日本人コミュニティに多大な貢献をしたと祖母を讃えあげる。

最後に一度、母に海を見せたくてケープ・コッドに旅したのがなによりの思い出になりました。この旅ではじめて母は心を開き、抑留生活の大変さや、真夜中にやって来たＦＢＩのエージェントに父親を連れ去られたことなど、悲喜こもごも話してくれました、と父は述べた。

その言葉を聞きながら、わたしの思いは父のデジタルレコーダーに向かった。父の果てしない尋問が、記憶の中では祖母の思い出話へと和らげられているのが、不条理というか馬鹿らしかった。それでも、祖母から事実を引き出せて、それが父に心の平穏をもたらしたのならよかった。

「海に着くと、二人でボードウォークを波打ち際まで歩きました」父の頌徳の言葉はつづく。「どうして海が好きなの、と母に尋ねました。すると母は言いました。〝子どものころ、波の音や潮の香りが好きだった〟それを聞いてわたしは悲しくなりました。パーキンソン病が進んでいて、母はもう潮の香りを嗅ぐことができない。ところが、母は言ったのです。海はつねにその様子を変えて新たな姿を見せてくれる。変わってゆく感じが好きなのよ。それでわかりました。母がつねに新たな可能性と変化を追い求め、どんな困難にも負けなかった理由がわかったのです」

躍る波を見つめる祖母の姿が脳裏に浮かび、潮の香りがしてくる。祖母が二度と嗅ぐことのできない香り。ほかにも祖母の姿が浮かんでくる。湯気の立つコップを鳩の翼のような手で包み、活けた花のでき栄えを眺める姿。一年前なら、父がこんなふうに感情を素直に表現するなんて想像もしなかった。でも、おなじ本を一緒に読んでいくうちに、父は感情を表に出すようになった。観察力と内省力が磨かれ、物事を深く感じることができるようになった。

祖母が直面した困難をうまく伝えようとする父の顔には、紛れもない悲しみが浮かんでいる。

「七〇年代のはじめ、カズが亡くなってから、わたしたち家族は苦労に見舞われ……」目に涙を浮かべ、演台の端を摑む。

父が泣くのを見るのははじめてだった。

わたしは袖で涙を拭う。父が感極まり、頌徳の言葉をつづけられず、わたしにお鉢が回ってくるかもしれない。不思議なことに、父を守ってやりたいという気持ちになる。父が祖母のように頼りなくなり、親子関係が逆転する日がいずれ来るかもしれないと思ったら悲しくなった。

涙を振り払ってあたりを見回すと、何人かが咳払いしている。だが、参列者をいたたまれなくしているのは、父の涙だけではない。カズの死が口にされると、まわりが一様にこういう反応を示すのはどうしてなのだろう。

父がなんとか素敵な言葉で話を締めくくり、祖母の夫のテッドが立ちあがった。二人で行った旅の思い出を語る彼の話を、わたしはほとんど聞いていなかった。つぎが自分の番だと思うと緊張でなにも耳に入らない。わたしは詩の朗読をすることになっている。選んだのはドロシー・リヴセイの「緑色の雨」だ。少女が祖母のショールの羽毛のようなフリンジを思い出す詩、ノスタルジアと子どもらしい後悔に彩られた美しい詩だ。だが、祖母の人生を彩る悲劇と挫折はこの詩では伝えられない。

実を言うと、詩の朗読はしたくなかった。それよりジョイ・コガワの『失われた祖国』の一節を読みたかった。帰郷のための荷造りをしていたとき、ふと思いついてスーツケースに入れた本だ。抑留生活を描いた小説で、読むと勇気づけられる。

日系移民の過去を理解しようとする女教師を描いた大好きな小説だ。おじの死を知らされ、ナオミ・ナカネはアルバータ州レスブリッジに戻る。家族が抑留を解かれたのち、彼女はおじとおばの元で育てられる。戦時中、ナオミの母親が姿を消した謎——病んだ祖母の看病をするため日本に里帰りし、そのまま戻らなかった——が物語を牽引する。母親が日本でビジネスマンと恋仲になり、母親不在の家庭で育った祖母の人生に重なる。

不在の母親、失われた祖国。そんな生い立ちで自分の過去を理解できるだろうか？

みんなを驚かせてやりたい衝動に駆られる。ショルダーバッグから本を取り出して頁を繰る。詩は読まないことにして、代わりにこの小説のどこを朗読しようか？

ナオミが母親の失踪に拘泥する自分を内省するくだりがある。〝擦り切れたパッチワークのキルトをひと目見ただけで、昔の疑問が巨大な蛾のように闇から飛び出してきた。母さんはどうして戻ってこなかったの？ 長いあいだ、わたしは問いかけつづけたが、どうせ答は得られないと諦めてもいた〟

あるいは、ナオミが子どものころ、性的虐待を受けていたという秘密が明かされるくだり。〝彼の名前はオールド・マン・ガウアー。隣に住んでいた。寝室の窓から桃の木越しに彼の家が見えた。彼の腹は大きくてやわらかだ。髪は薄くて茶色で、頭頂部は禿げて頭皮が光っている。彼に抱きあげられると、湿った嫌な臭いがする〟

ほかにも、会葬者に聞く勇気があるなら、日系カナダ人が最初に強制移送された共進会会場の場面を読んでもいい。〝どこに行っても干からびた馬糞の臭いがした。二日に一度、さらし粉かなにかで掃除されたが、馬の臭い、牛や羊、豚、兎に山羊の臭いはごまかしようがなかった。それに埃っぽいこと！　トイレは板金の飼い葉桶で、今日に至るまで仕切りも腰掛けもなかった〟

祖母の人生のモンタージュとしてこういう文章を読んだら、親族はどんな反応を示すだろう？　涙を流す？　辛い記憶がどっと甦る？　上っ面の穏やかさや、葬儀に付き物のわざとらしい悲しみをみなの顔から剝ぎ取ったら愉快じゃない？

だが、番が回ってくると、わたしはよい娘になることにきめた。立ちあがり、詩を朗読した。

式のあとにお茶がふるまわれ、ウェンディ叔母さんは会葬者に挨拶して回ったが、父は壁際に立って静かに遠くを見つめていた。怒りは、燻る憤怒はどこへいったの？　まるでそういった感情は、祖母の魂と共に祖母の足の裏から抜け出して消えてしまったかのようだ。

父の様子を眺めているわたしの傍らに、テツコ大叔母がやって来た。気配でわかった。喪服の衣擦れの音、銀のアクセサリーの輝き。わたしは、壁に映し出される父のノートパソコンの古い写真を眺めているふりをする。大叔母も写真を眺めているので、わたしも写真に集中することができた。出産直後の祖母。父と雪合戦をする祖母。ヴェルダンのみすぼらしいアパートの前に立つ白いサンドレス姿の祖母。寿司と菓子が並ぶテーブルの奥に、そのほかの写真をおさめた黒いアルバムが飾ってある。

祖母の輝くほほえみ、煌めく瞳に、わたしはすっかり魅了される。そのほほえみには不誠実さのかけらもないように見えるが、彼女がなにに耐えていたか知っているだけに、雑誌の表紙ような完璧な輝きがどうにも信用できない。

画像が切り替わる。わたしは空疎な光の流れを浴びて佇む。

つぎは家族のポートレートだ。明るい笑顔のカズが傍らの祖母の背中に手を添え、祖母の胸には白い産着に包まれた乳飲み子のウェンディ叔母が抱かれている。絵に描いたような五〇年代の家族——頼もしい父親、美しい母親——ただし、欠陥がひとつある。仏頂面の父だ。カズの前に立つ父は、カズの手が自分の肩に置かれていることが耐えられず、抜け出そうともがいている。〝絵に描いたような家族〟ごっこに水を差す存在。

テツコ大叔母がショールを揺らして擦り寄ってくる。

「おばあちゃんはどうして日本から戻って来て、頭のおかしな男と結婚したの？」

テツコ大叔母はなにも言わない。

自分が口に出して言ったのかどうかわからなくなる（頭で考えていただけかもしれない）。

「頭がおかしな男って、あたしの兄なんだからね」大叔母が言った。「あたしはカズ兄さんが好きだった。彼が十代のころ、門限に遅れて帰ってきたことがあって、お父さんに締め出された。庭の小屋で眠らなきゃならなかった。彼に毛布でも持って行ってあげたかったけど、そうするとあたしまで締め出されかねない」

「ひどい言い方してごめんなさい。でも、わたしが言いたかったこと、わかってくれますよね」

「日本を理想化しないことね。マサコが日本に留まっていたら、どんな目に遭っていたと思う？」

『失われた祖国』の後半で明かされるナオミの母親の最期の姿が目の前をよぎる。彼女が日本から戻れなかった恐ろしい理由。原爆が落とされたからだ。長崎に白いキノコ雲が湧き起こり、大地は焦土と化した。血と膿汁、ハエとウジ。目に見える恐怖が人びとの皮膚に焼きつけられる。

「あんたのおばあちゃんは、その点は抜け目がなかった——身を守る術を知っていた。カズをうまく手なずければ、その父親が収容所から救い出してくれるとわかっていたのよ」

テーブルの端をうろうろしていた父が耳をそばだてる。「それはちがう。おふくろが日本から戻ったのはカズに恋したからだ」

父の顔に浮かぶ表情に驚かされる。美しいものは最初から美しかったとなにがなんでも信じたがる少年のうろたえた表情だ。この楽観主義はどこから生まれたのだろう。物事をシニカルに捉える人だったのに。母親の死で古い傷や報いのない疑問から解き放たれた父の姿に、わたしは魅了され、心を動かされる。

そして今、残されたのは子どもっぽい当惑だ。

「あたしが言いたいのはね」テツコ大叔母がつづける。「カズ一人が悪いんじゃなかったってこと。マサコは大それた期待で兄を追い詰めた——彼女が望んだのは医者の妻になることだけ。兄がもっと違うタイプの女性と結婚していたら、まったくべつの人生を歩めたはず」

「つまり、彼は自殺することもなかったってことか」父が感情を交えずに言う。

テツコ大叔母は唇をワナワナさせ、わたしは膝をガクガクさせた。いまのは聞き違い？　物書きの想像力が捻りを効かせた？　だが、事実は暗く馴染みのあるものだった。前から胸の奥ではわかっていて、そこにピントが合うのを待っていたような感じ。幼いころからなにかおかしいと気づいていた。おじいちゃんは心臓発作で亡くなったと祖母が言うたび、母は目をそらし、父は目をぐるりと回した。そして話題を変えた。「ごはんを回してちょうだい」「最近、映画を観た？」カズが仕出かしたことを遠回しに言う表現を思いつかない。だから、必死で体面を保とうとした祖母に、家族は調子を合わせた——祖母の脆い正気まで砕けるのが怖かったのだ。

カズが自殺した事実よりも、父がそれをはっきり口にしたことのほうがショックだった。

「カズはどうやって自殺したの？」わたしは思わず尋ねた。

テツコ大叔母は真っ青になっている。

「地下室で首を吊った」父が静かに言う。「梁からさがる彼の遺体を見つけたのは、おれだった」

地下室。セント・クラレンスの家。まるでポラロイド写真のように、脳裏に映像がじわりと浮かびあがった。地面に沈む煤けた窓ガラス。暑くて洞窟みたいな空間。父がちかづこうとしなかった訳がこれでわかった。わたしが地下の窓を覗き込んでいたとき、父は背後に立って靴の爪先で泥に円を描いていた。

わたしは言葉を失い、駐車場に面した窓に目をやる。コンクリートを掘り起こす作業を中断している黄色いブルドーザーが見える。親戚縁者が日本語と英語で交わす楽しげなおしゃべりを背中で聞く。まるで親戚が集まってピクニックをしているみたいだ。グラスが落ちて割れる音がして、ひと騒動はじまる。涙で視界がぼやけ、黄色い物体が揺れてなにものとも判別がつかない大きな滲みとなる。


「溜めて溜めて……押し出す……体内に深い深い青空があると……」

わたしは実家の自室でカティアに習ったエクササイズを行っている。彼女の声が頭の中に響きわたる。でも、頭はいっこうに冴えない。澄んだ青空を見ることができない。頭に浮かぶのは死と巨大な深淵だけだ。

死に向かう瞬間、頭をよぎるのはなんなのだろう？『失われた祖国』の語り手と同様、わたしはこの疑問にとり憑かれている。人それぞれだろうとは思う。祖母の場合、最期に思い浮かべたのは海だったのではないか。ストレスが溜まると自衛本能が働き、いちばん幸福だった思い出にしがみついた。潮の香り、刻一刻姿を変える波――そういう光景が彼女をあやし慰め、暗い時代を消し去った。

ちがう、わたしが気になっているのは祖母ではない。繰り返し夢に現れるのはカズだ。自殺はまったく異なる死のありさまだ。悲嘆と絶望が全身を駆け巡り、論理的思考を押さえつけ、寿命を追い抜き、あっという間に黒一色に塗り込める。酒浸り。面汚し。にっちもさっちもいかない。彼は闇の底に沈んだにちがいない。思い出はどこにもない。なぜなら、思い出は――どんなにひどい思い出であっても――その裏には楽しい思い出がかならずあって、人を人に結び付ける細い糸が残っているものだから。

すべてが終わってしまった。父や祖母や、シモタカハラ家のみんなを寝付けなくさせた恐ろしい事実を、わたしは知った。祖父の運命を、わたしは知った。おまえはおじいちゃん似だな、とハルキ大叔父に言われたことがある。大叔父はふっと顔をそむけたが、その目には涙が浮かんでいた。すべて終わった。だが、これで終わりにするなんて耐えられない。なにもなかったふりをして大学に戻るなんてとてもできない。もっと……なにかが欲しい。もっと自分自身を理解し洞察し、共感したい。父の顔に浮かぶ、いわく言いがたい静謐さみたいなものを身につけたい。

わたしは帰りのフライトを数日遅らせ、家族を亡くした悲しみから立ち直るのにもうしばらく時間がかかる、と同僚や学生にメールを送った。悲しみ。自殺は究極の悲しみだ。足で海底の砂を蹴って浮かびあがってこられる可能性を、信じられなくなる瞬間があるのだろう。

ウルフ、ヘミングウェイ、三島由紀夫、デイヴィッド・フォスター・ウォレス……どれほど多くの偉大な作家が自ら命を絶っただろう。

ヘミングウェイが描いた闘牛場の場面を思い出す。スポーツの芸術性は死と隣り合わせだ。ロメロが闘牛士として秀でているのは、牛の角に刺される寸前で身をかわし、危険の幻想を創り上げるのに、ことさら大げさにケープを翻さないところだ。危険はほんものであり、彼はぎりぎりのところにいる――ヘミングウェイにとってそれはおそらく自殺の誘惑だった。死の寸前で大胆不敵かつ芸術的に逃げ切る。死を巧みに支配する。小説世界に及ぼす美的支配力を、ついには自分の命にまで拡大し終止符を打つのが自殺だ。大切なのはエンディングなのだから。ヒーローがおむつ姿の悪臭芬々たる腐った肉の塊となって終わったのでは、見事な語りとは言えない。

ウルフの場合、自殺は愛の行為のように見える。〝わかっています。わたしはあなたの人生を台無しにしている。わたしがいなければ、あなたはもっと働くことができる……これだけは言っておきたい。人生の幸福はすべてあなたがもたらしてくれたわ〟夫のレオナードに宛てた遺書にはそう記されていた。自ら命を絶ったのは、彼女が抱える暗い闇から愛する人を救うためだった。入水は美しいものとつながるための試みだった。『ダロウェイ夫人』のセプティマス・スミスの啓蒙的な飛び降り自殺につづく場面で、〝死はつながろうとする試み〟とウルフは書いている。死はつながろうとする試み。愛。少なくとも愛の熱狂の只中では、死はつながろうとする試みだ。

カズは遺書を残したのだろうか。彼の精神状態は、わたしの愛する作家たちが死を招き寄せたときの精神状態と似たものだったのだろうか。彼の最期の瞬間は、あるいはもっと静かなものだったのではないか。湿った灰色の恐怖が、じわじわと広がっていったのではないか。

スツールに立ってロープと戯れるカズの脳裏に、なにが去来したのか知る術はない。それはわたしの想像をはるかに超えるものだ。

それからの数日間、馬鹿を承知で薄いジャケットを羽織り、十一月末の寒さに震えながら街を歩き回った。肺炎に罹ればいいと思った。期末試験の問題を考えずにすむから。

街でばったり幼馴染みのクララ・キムに出会った。彼女の実家にちかい街角で。物思いに沈んでいたので、腕を摑まれるまで彼女に気づかなかった。二人であたらしくできたカフェに入った。コーヒーがビールのマグカップで出てきた。

「それはご愁傷さま」わたしが帰省している訳を話すと、彼女が言った。

「ありがとう。祖母は歳も歳だし病気だったから、覚悟はできてたのよ」

クララは砂糖の包みをいじくっている。わたしのサバサバした口調に、気まずさを感じているのだろう。「こんなとき煙草が吸えたらねえ」

ジムとは前ほどうまくいってないのよ、と彼女は落ち着きなく言った。気持ちの整理をつけるために長期間インドを旅したそうだ。自然療法のクリニックを開く準備のためでもあった。ほんとうは自分を癒す方法を探すためなんじゃないの、とわたしは内心で思った。ほんとうのところはどうなの、と水を向けると、彼女は顔をそむけ、その話はしたくないと言った。でも、目の下の隈が、深刻な問題を抱えている証だ。

「電話でもメールでもいいから、いつでも連絡してね」わたしは疚しい気持ちになってそう言った。彼女は人も羨む結婚をし、恵まれた人生を送っていると思い込み、嫉妬していたのだ。

幼馴染みもまた辛い時期を経験していたなんて思いもしなかった。

彼女と別れて地下鉄の駅に向かった。オシントンでふらっと降りて、西に向かって歩きつづける。足が氷みたいに冷たくなったが、ただやみくもに歩いているのではない——セント・クラレンスの家を目指していた。イカレた探偵が犯罪現場に舞い戻るみたいなものだ。剝げたペンキやリサイクルのゴミ箱の空き缶に目を光らせ、あちこち嗅ぎ回った。〝猛犬注意〟の貼り紙を無視して裏庭にまわり、汚れたガラス越しに地下室を覗き込んだ。映画のはじまりを待つように、長いことその場に立っていた。オープニングシーンはウィスキーを飲みながらギターをつまびくカズ、眉間にしわを寄せて、内なる悪魔に悩まされる男……この家からなんらかの意味を得たかった。老朽化した家の残骸に、自分の祖先や自分の未来を知る手掛かりが隠されているのではないか。

でも、けっきょくのところ家はただの家だ。土台は崩れ、雨樋が壊れ落ちた家。

あてもなくランズダウン・アヴェニューを歩き、コインランドリーみたいに明るいバーに入った。テレビのクイズ番組を観ている老人以外に客はいなかった。ビールを注文し、『失われた祖国』を読んで病気と死に浸り込んだ。

「お父さんは病気なのよ、ナオミ」
「いつ戻ってくるの?」
「たぶん戻らない」
「お父さん、死んでしまうの?」

死とホームシックだらけの小説。いろんな意味でそれは人びと——わたしも含めた日系カナダ人——に贈る挽歌だ。カナダでなら平等な機会が与えられると思っていたのに、夢が蕾のうちに摘み取られてしまった人びと。ジョイ・コガワはあるインタビューで、この作品は自伝的小説だと述べている。ナオミと同様、彼女も子どものころにバンクーバーで立退きを食らってスロカンの収容所に送られ、のちに政府の分散政策によってビート農場で働かされる。移動と喪失はコミュニティと文化の死を意味し、もとの自分を取り戻すことはできない。なにかに突き動かされるようにして書かれた『失われた祖国』が、世に出て脚光を浴びた八〇年代は、日系カナダ人と日系アメリカ人のコミュニティがそれぞれの政府に賠償を求めた時代だった。結果はまちまちだ。（わたしの母方の祖母によると、被抑留者一人あたり二万ドルは、被った損害に比べれば微々たる額だ。父親が経営していたレストラン・チェーンとテニスコートがある白い屋敷の話を、祖母はよくしてくれた――すべてが競売にかけられ、二束三文で売り払われた。祖母が笑い混じりに語る話は、どんどん大きくなった。屋敷は白亜の大邸宅となり、テニスコートばかりか、ウサギ小屋やプールまで付け加わった）

故郷の思い出。失われた子ども時代。『失われた祖国』が人の心を打つのは、償いきれない事どもについて語られているからだ。

だが、なにかヒントはないかとこの小説を読み進めても、カズの人生はぼんやりしたままだ。無理もない。戦時中、彼は自我が打ち砕かれる思いをしたものの、ほかの日系カナダ人たちほど辛い目には遭っていない。医者の息子ということで特別扱いされたからだ。彼の友人や親戚は戦後数十年で人生を立て直し、ある程度の繁栄と幸福を手に入れたが、カズは暗い気分から抜け出せなかった。彼が祖母に抱いていた愛、あるいは執着は、常軌を逸した暴力的なものになっていく。彼には彼独自の死へ向かう欲動があり、わたしもそれを受け継いでいるのではと思うとぞっとする。だからって、どうすればいいの？

祖母の葬儀のために父が用意したアルバムは、ダイニングルームのテーブルに積まれたままだった。写真のなかにははじめて見るものもある。ウェンディ叔母かテッコ大叔母が提供したのだろう。家が写っている写真に目がいく。セント・クラレンスの家とはべつの家だ。ドアはペンキを塗られたばかりで、煉瓦も真新しすぎて偽物みたいに見える。階段には洒落た手摺りがあり、生垣はきれいに刈り込まれ、これみよがしな豪華さを添えている。よそよそしい笑みを浮かべた十代の父が芝生に立ち、ウェンディ叔母が芝生の上で遊んでいる。

「お父さん、この写真はどこで撮ったの？」

父が本から顔をあげた。「ああ、グリーンマウント・コートの家だ。セント・クラレンスから引っ越した先」

べつの家に越したなんて思ってもいなかった。「どうして引っ越したの？」

「カズはランズダウン地区が嫌だったんだ――住んでるのは麻薬常習者《ジャンキー》と売春婦《フーカー》ばかりだと言ってね。彼があんまり文句を言うので、彼の母親が家を売ってその金を彼に渡したんだと思う。それでカズはエトビコ地区のその家を買ったんだ。人間のクズみたいな連中からできるだけ遠くに離れたかったんだな」

「それで彼は満足したの？」

父の表情がきつくなる。「いや。引っ越した直後にカズは心臓発作を起こした。そのころには、頭も完全におかしくなっていた」

胃が痛くなる。バスローブにスリッパ姿、肌は青ざめ、体の一部は麻痺し、家の中を足を引き摺りながら歩き回る死を目前にした老人。ここが彼にとっての終着駅だった――この家の地下室で彼は首を吊った。風光明媚な郊外の住宅地、穢れから逃れる避難場所のはずの家が、死に場所になるとは。

「その家、見てみたいか?」父が言う。

わたしは戸惑いながらもうなずいた。


プリンス・エドワード・ドライブは意外にも渋滞していた。交差点で起きた事故をひと目見ようと、みんなが車のスピードを落とすからだ。わたしはラジオのジャズ専門の放送局を探したが見つからず、けっきょく諦めた。

「『失われた祖国』、おもしろかった」父が言う。

「描かれている歴史は、お父さんが知っていることばかりでしょ」

父は頭を振る。「あの小説を読んで、われわれの歴史について多くを学んだ。ジョイ・コガワはおれより十歳ほど上だからな、収容所の記憶が残っている。おれは抑留後に生まれたし、両親はそういうことはいっさい話さなかった――ほかの誰も話してくれなかった――から、なにもなかったのとおなじだ。長いこと抑留生活についてなにも知らなかった。だいぶ後になって尋ねてみたが、なにがあったのかはっきりしたことはわからず仕舞いだった。日系カナダ人に対する人種差別には気づいちゃいたが、そういう事実があったってことにすぎなかった」

わたしは窓越しに潰れた金属と明滅するライトを眺める。救急隊員が女性を担架に乗せて運んでゆく。一瞬だが、事故現場にいるほうがましだと思った。せっかく父が心を割って話してくれているのに、わたしはひどく気まずい思いを噛みしめるばかりだ。

「おばあちゃんからなんとか聞きだそうとしたのには、そういう訳があったのね」

父がうなずく。「おれの人生には理解できないことが多すぎる」

大通りから一本折れると、広々とした芝生の庭がある、よく似た作りの家が並ぶ並木道だった。郊外住宅地、忘れるための場所。

これでのんびり過ごせると思ったのも束の間、苦々しさと沈鬱がカズを包み込む。

父は袋小路に車を入れ、大きなグレイのバンガロー風住宅の前で停めた。家の全面が趣味のよいグレイの濃淡で塗り直されたばかりだ。SUV車が二台、ドライヴウェイに駐まっており、車内に大手スーパー、プライス・クラブの箱があるのが見える。

「すっかり様変わりしたな」父が背後に立つ。「ドアは黄色で煉瓦の壁だった」

「裏手に回れるかな?」

「いや、ここの連中は防犯装置をつけている」

「いい人たちで、中に入れてくれるかもよ」

「中になんて入りたくない。セント・クラレンスの家とおなじぐらい、この家も好きじゃなかった。カズが自殺する前から好きじゃなかった」

父はいたって冷静だが、気にしていないという風を装いながら、内心では手負いの動物のように震えているにちがいない。涙がこみあげ視界がぼやける。舌が麻痺して口がきけない。

「カズはここに越してきて、ようやく欲しいものを手に入れたというのに、幸せにはなれなかった。前にもまして惨めになっていったんだ」

「どうして自殺したのかな？」

父はなにも言わない。わたしの頭の中で、小さくベルが鳴った。

「彼はなにをしても幸せになれないタイプの人間だったんだな。人生はことあるごとに自分を苦しめると感じていた」

悲しみに胸が締め付けられる。舗装されたばかりのドライヴウェイに目をやる。まるでタールの川だ。

「わたしもそのタイプの人間かも」

父がじっとわたしを見つめる。「いいか、レスリー、おまえを幸せにできるのはおまえだけなんだ。おれを喜ばすためになにかやろうなんて考えなくていい。おれはずっと昔にたわ言は聞かないことにした——医者になれ、だの、医者の家系を絶やすな、だの、家族の誇りになれ、だの。そういったたわ言を信じたために、カズはおかしくなった。おまえに課せられた唯一の責任は、自分を幸せにすることだ。教授でいるのが惨めならば、辞めればいい」

わたしはうなずいた。まわりが明るくぼやけて見える。

「人を当てにするな。自分の道は自分で切り拓け。夢中になれるものを自分で見つけろ」

好きな道に進めばいい、と父が言ってくれたのはこれがはじめてだった。

ひとりで空き地に立って空を眺め、愛機に八の字旋回させる父の姿を思い浮かべる。夢中になれるものを見つけるために、父もそうとう苦労してきたにちがいない。父が経験した恐怖を思えば、精神的不安に悩まされてもおかしくなかった。だが、父は乗り越えた。カズの負の遺産を受け継がなかった。

この何年かではじめて、将来に希望が見えた気がした。

「カズはどこに埋葬されたの？」

「その角を曲がったところ」と、父。

「行ってみない？」


カズの墓は大きな木の下にあった。夏には木陰になる場所だ。大理石に刻まれた〝シモタカハラ〟の文字に、初雪が白く残っていた。

墓石があたらしいので驚きの声をあげたわたしに、おばあちゃんが数年前にあたらしくしたんだ、と父は言った。不良少年たちが墓を荒らしたせいだ。

「最後にお墓参りをしたのはいつだったの？」

「カズの葬式以来来ていない」

だが、祖母は年に数回、墓参りをしていたそうだ。夏に花で飾られた墓の写真を、祖母は父に見せた。いつもいちばんうまく活けられた花を、カズのためにとっておいた。

恐れいるよ、という表情で父はそう語った。祖母の赦し忘れ去る能力には、たしかにわたしも恐れ入る。

13

愛、情熱、義務といった言葉は頻繁に使われると意味をなくす——通貨や武器にしかならない。硬質な言語は角がとれてゆく。そういった〃物事〃を父がどう捉えていたのか、わたしにはついぞわからなかった。大人として父と語り合えなかったことは喪失だ。彼は〃父親〃という形式にとらわれすぎていたのか?

——マイケル・オンダーチェ『家族を駆け抜けて』

一年後、わたしはあたらしいアパートのデスクに向かっている。窓の外を眺めれば、でこぼこに連なる高層ビルを背景に、ハドソンズ・ベイ・カンパニーの〃B〃の花文字がライトアップされて夜空に浮かんでいる。満月と張り合うように。手前には若い木々が並ぶ小さな公園があり、落書きだらけのベンチがホームレスに集会の場を提供している。全財産の在庫確認でもするように、ショッピングバッグの中をゴソゴソ掻き混ぜる老人を、わたしは二十分ほど眺めていた。

こういった眺めが、このアパートの唯一の売りだ。

キチネットの床のタイルの黒ずみはいくら擦ってもきれいにならないし、バスルームは狭すぎてドアをちゃんと閉められない。エレベーターは動かないし、狭い通路にはテイクアウトの料理の臭いが染みついている。

それでもトロントに戻れた。

それに、誤解しないでもらいたいのだが、わたしは満足している。ほかでもない父に実家を追い出されたのだから、文句を言ってもはじまらない。

部屋の隅には引っ越し荷物がそのままになっている。きのう、引っ越しを手伝ってくれた父が積み上げていったままだ。

「荷ほどきを手伝って欲しい？」母は尋ねてくれた。「カーテンを縫ってあげようか？」

「いいの。そのままにしといて。もう充分やってもらった。どうせわたしのことが邪魔だったんでしょ」

「聞いたか」と、父。「ひとりにして欲しいそうだ」

そんなわけで、両親とは気まずく別れた。トロントに戻ってからずっと、気まずい状態がつづいていた。五月にトロントに戻った当座、生活を立て直すまで厄介になることを両親は許してくれた。むろん父は、いつまでかかるんだ、と尋ねたから、一年、と答えた。父はいい顔をしなかったし、わたしも子ども扱いされたいなんて思っていなかったが、なにしろ疲れていた。

引っ越しで肉体的にも精神的にも弱りきった。荷物をすべて実家に送るわけにはいかなかったので、大量の物をリサイクルショップに持ち込んだ。気に入りのフライパンもアンティークのランプも。だが、いちばんの問題は愛する本をどうするかだった。大学の教授室を片付けていたとき——気分爽快で終わらせられると期待していたその日——不意に体が引き裂かれるような痛みに襲われた。悲しみが襲ってきたのは、古本屋に売るつもりで本棚から一冊ずつ本を取りだし、古い二つのスーツケースにおさめていたときだった。空っぽになった教授室の戸口に立つと、掃除し終えた寮の部屋の前に立つ、あどけない目の学部卒業生に戻った気がした。でも、わたしは二十二歳のうぶな娘ではない。三十歳の元教授だ。不必要に高い教育を受けた、未熟練労働者。専門分野以外では使い物にならない。

そんなわけで、実家の子ども部屋に寝泊まりし、求人広告をたんねんに見て、学者としての業績を並べたレジュメをもとに履歴書を書き（イーディス・ウォートン協会に送ったレジュメをありがたがる雇用主なんている？）、面接に行って結果を待った。どれもこれもストレスが溜まる作業だった。だが、職探しは思いのほか短期間で終わった。仕事を探して一ヵ月がすぎるころ、教授だったころより高収入の仕事がきまったのだ。昔のボスのエレン・パウエルから連絡が入った。彼女のNGO法人のコミュニケーション部門で働かないかと誘ってくれたのだ。手始めは国際開発コンサルタントの助手として、企画提案の草案をまとめ、この組織がアフリカや南米諸国で行っている能力強化プロジェクトについてのプレゼンテーションを行うこと。仕事はおもしろくて自分に向いていた。唯一の懸念は契約職員であることで、エレンが上層部にかけあって正規雇用にしてもらえるのを祈る毎日だ。

人生上向き。それでも本調子とは言えない。しっかり成果をあげているのに、飢餓感を払拭できない。といって自分がなにを求めているのかわからない。それで苛々するから、一緒に暮らして楽しい相手にはほど遠い。父がいつもながら仏頂面でソファーに大の字になっているから、座る場所もない。衝突するのは時間の問題だった——口論、涙、怒鳴り合い。

「いったいいつになったら住む場所を探すつもりだ？」毎朝、朝食の席で父は尋ねる。

「わからない」わたしはシリアルの皿に視線を落とす。

本音を言えば、どんなに両親が頭にくることを言おうと、家に帰ると迎えてくれる人がいるのはいいものだ。暮らしやすいように家をせっせと整える──掃除機をかけ、凝った夕食を作ってくれる──退職した両親がいるのはいいものだ。父は最近、タイ料理に凝っている。サンドイッチとテイクアウトで命をつなぐひとり暮らしが長かったから、ここいらで栄養をつけるのもいい。後退していると言われるかもしれないけれど。

両親がずっと家にいることのマイナス面は、新聞広告に目をとおす時間がたっぷりあることだ。ある日、仕事から戻ると、母が引きつった笑みを浮かべている。

「お父さんと二人でね、あなたにぴったりのアパートを見つけたわ」

「でも、まだ引っ越す準備ができてない！」

父が腕組みして言う。「潮時だ、レスリー」

父に家を追い出されて踏ん切りがついた。空っぽのクロゼットみたいに頭がすっきりした。久しぶりに自分と向き合うことができた──噂好きな学生から逃れられたし、子どものころに感じた恨みも消えた。

毎晩、わたしは新居のベッドルームに立つ。腕をだらんとさげて。しばらくすると腕が天井に向かって流れてゆき、頭上で弧を描き、両手がゆっくりと顔から首筋、胸、下腹へとさがってゆく。

体の前面に滝が流れるのをイメージする。カティアに教わったとおり、そうやって肌を浄化するのだ。不意に自分の肉体はそれほど陳腐ではないと思える。掌からあたたかなエネルギーが放出され、ヒリヒリする感覚が全身に広がり、清められて生まれ変わった気持ちになる。

未来が穏やかな青い空みたいになるとまでは期待していないが、なにもかもうまくゆくような心持ちになる。ほんとうに久しぶりのことだ。

職場まで歩きながら、澄み切った冬の大気にうっとりする。

あたらしい仕事には物を書くことも含まれていて、それがすごくいい。なかには退屈でお役所仕事的なものもあるが、大半は書くのが楽しい。たとえば会報に載せる人間味あふれる物語を書くこと。コンサルタントが海外で予想外の成果をあげることがあり、それを世に知らしめるのも市場戦略の一環だ。たとえば、ケベック州の病院では使われなくなった古い医療機器が、マリ共和国では充分に役に立っていることなど。バンクーバー出身のコンサルタントが、ガーナ共和国のとある街角で渋滞に巻き込まれ、ノロノロ運転の車から見かけた男の子を養子にした話。長くその国に留まれば、人びととの関わりができて、人生を共に歩むことにもなる。

そういう話に想像力を掻き立てられ、会報に載せるため以外にも物語を作るようになった。夜、ひとりの時間に、いろいろな話の断片がいろいろな形で脳裏に浮かぶ。ソファーに寝転んで想像の翼を羽ばたかせる……一人称の物語をノートに書き留め、主人公の目をとおして世界を見ようとする。

小学生のころ、そうやってお話を書いていた。あのころに戻ったみたいな豊かな時間だ。

本の読み方も変わってきた。授業でどこを取りあげようかと頭を悩ます必要がないし、すべてを見るためのレンズの役目を果たす、歪んだ〝イズム〟に縛られることもない。そんなもの、きれいさっぱり捨て去った。子どもの感性で見る世界は、色と形と音の寄せ集め。謎と美に満ち溢れた言葉そのものに集中できるのだから、このうえなく幸せだ。

著名な作家のインタビューにもよく目をとおす。〈パリ・レヴュー〉誌のインタビューで、テッド・ヒューズは、すべて手書きで書くのは、書いた文字がそれ自体の命を持ち、不意に煌めいて予想もしない意味を生むことがあるからだ、と述べている。ジョイス・キャロル・オーツは、両親の記憶は自分自身の記憶であり、彼らの身に起きたことはすべて、自分の身に起きたことのように思える、と語っている。過去は父のアルバムのようなもの。そこにおさめられた写真は切り取られた場面、写っている人物たちの思いや感情は、同時にわたしのものであって、わたしのものではない。父と祖母のあいだに起きたことをノートに書き留めることで、わたしは彼らの頭の中に入り込み、セント・クラレンスの家のかび臭い空気を吸い込む。そしてつぎの瞬間には潮の香りを嗅いでいる。彼らはわたしの中にいる。彼らの記憶はすべてわたしのものだ。一族の過去がそこにあって、わたしの想像力があたらしく作り変えるのを待っている。

わたしはまたメモワールに強く惹かれている。とくに創造的な捻りが加わったメモワール。〝叔母たちをわたしがどう利用したか……彼女たちは物語を編む、ひとつひとつの記憶は腰布《サロン》の太い一本の糸〟――『家族を駆け抜けて』でマイケル・オンダーチェはそう書いている。わたしはこの叙事詩のようなメモワールを折に触れ読んできた。彼がセイロン（現スリランカ）に帰郷したときのことを綴ったメモワールだ。祖先たちの幽霊が堂々たる姿で現れるのを読むと、背筋がぞくっとする。耳も目も不自由になった親戚と交わす会話は、家族史のタペストリーに彼を結び付ける糸となる。生きた仔山羊を宴会のテーブルに出したことで伝説となった、エキセントリックな祖母ララの物語。父の狂気や酒癖や自殺未遂にまつわるきりのない噂——いちばん有名なのが、鉄道のトンネルを素っ裸で歩いたことだ。カズはそこまで無っ鉄砲に、そこまで絶望的になったことがあったのだろうか。オンダーチェが自らの原点の物語に編みあげたことで、彼らの物語はより鮮明になった。

わたしも過去を遡ってみたい。まだ上っ面を擦っただけの家族の神話や記憶が詰まった泉に、なんとか辿り着きたい。だから戻りたい——バンクーバーへ、カスロへ、ポートランドへ、日本へ。ただもう戻りたい。

何ヵ月も音信不通だったジョシュから、ある晩、電話が入った。

「まさかきみがほんとうにやるとはね、信じられないよ」トロントに戻ったと告げると、彼は言った。「たいていの人間は辞めるって口だけで、諦めの境地で惨めな生活に身を委ねるんだけどな」

「正気を失いそうだったから」

気まずい沈黙の後、彼は言った。「あのさあ。ぼくも仕事を辞めたんだ」

「ほんと?」

ジョシュは黙り込む。わたしをやきもきさせて楽しんでいるのだ。

「それで、これからどうするつもりなの？　料理学校に戻る?」

彼はくすくす笑い、投資会社の名前を挙げた。わたしが知らないだけで、大手らしい。ようするに、弁護士を廃業したわけではなかったのだ。勤めていた弁護士事務所を辞め、投資会社の法務担当副社長におさまった。あいかわらず日に十八時間労働をつづけている。

「おめでとう」わたしは心からそう思った。

彼のわたしを苛立たせる作戦、それとも試みは失敗に終わった。彼はわたしにとってつねに〝選ばれざる道〟だったけれど、ずっと抱えていた物足りなさは安堵へ、あるいは運命の受容へと姿を変えていた――物事はすべて起こるべくして起こっている。彼はエキセントリックで傲慢で、とんでもなく愉快な男で、若かったわたしの心にたしかな爪痕を残した。でも、この人のために自分は生まれてきたとはもう思わない。短い電話ですら、彼と関わると疲れる。

「ひとつ訊きたいんだけどさ」彼が言う。「きみの本の登場人物に、ぼくはなれるのかな?」

グラントとも縁が切れた。当然の成り行きだ。いっときは愉快な悪戯だと思っていた行為――淫らなショートメッセージ、挑発的なラブレター――は、彼が地下鉄で二駅のところに越してきた途端につまらなくなった。何度か仕事帰りにマティーニを呑み、ときには彼の部屋でくんずほぐれつしたけれど、興奮はすぐに萎んだ。彼がしょっちゅうiPhoneをチェックするのにイラついた。(彼は恋人にしじゅう行動をチェックされていて、わたしははじめて疚しい気持ちになった)あんなに愉快だった誘惑ごっこも興ざめだ。いつもの勢いがないね、と彼に言われたので、こういう関係はつづけられない、と告げた。むろん彼は引き留めようとしたが、もう駄目なのは彼にもわかったはずだ。

「気が変わったらいつでも電話して」窪んだ枕にもたれて、彼は言った。「つぎに気分が落ち込んだら、きっとまたぼくを欲しくなるよ」

「ありがと、でも、あと二十年はキャリアクライシスに直面しないと思う」

「きみは参ってるときのほうが何倍もおもしろいのにね」

「誰の人生にもアンティゴノーウェアはあるものよ」彼の頬にキスし、二度と会わなかった。

古い友達と連絡を取り合い、パーティーにも出掛けるようになり、フィリップと出会った。医療保険業界で財務担当重役をしている人で、数ヵ月ほど付き合った。彼は愉快で理路整然としていて、フランス人そのもの（つまりセクシー）。でも、共通点がないことがわかった。彼が考える楽しい週末の過ごし方とは、たとえ雨が降っていても、スカッシュやサッカーをやって、それから長距離ランニングをやる。わたしはといえば、ノートを片手にただただ丸くなっていたい。別れたあとも友だち付き合いをしていたけれど、一ヵ月もすると、彼がアスリートの銀行員とデートしていると噂に聞いた。

建築家のオリヴァーとニコラスがパーティーをやるとメールをくれたとき、気が乗らなかった。前年の夏、タニアに誘われて彼らのパーティーに行ったきり二人には会っていなかったし、タニアはスイスに引っ越したので来るはずもない。でも、アパートのデスクから窓の外を眺めているだけでは土曜の夜は長すぎる。社交の輪を広げるべきなのかも——都会のシングルガールなら誰でもやっていること。そんなわけで、体の線がきれいに見える黒いドレスを着てタクシーに乗った。

ロフトはすでに満員だった。緊張気味でホストを探した。せめて知った顔がいないかとあたりを見回す。

オリヴァーはキッチンで牡蠣を洗っており、わたしに気づいてハグしてくれた（ドレスに触れないよう気を遣って）。レスリーを引っ張り出してあげて、とタニアは彼に頼んだそうだ。ワインボトルとグラスが山積みのキッチンで、閉所恐怖に襲われそうになったとき、カウンターに寄り掛かるクリスに気付いた。

「お久しぶり」わたしから声をかけた。

彼はあたたかな抱擁で迎えてくれ、ピシッとアイロンのかかった黒いシャツの襟元から、かすかにスパイシーなコロンの香りがした。

グラスにワインを注いでくれる彼に、わたしは言った。「乾杯しましょ。わたしがトロントに戻ってきたお祝い」

彼が目を輝かせた。「お帰り」

わたしはほほえみ、ワインのお代わりを重ね、ミースとル・コルビュジエ、ドゥルーズとベンヤミンの話で盛り上がった。わたしは思いきって彼をからかった。前回のパーティーで姿をくらましたことを持ち出して。

「あのときはごめん。友だちを探しにおりていったら、しょげ返っててね――恋人に捨てられたとかで。それで話し込んでしまって、二十分ほどして戻ったら、きみはもう帰ったあとだった」

クリスのわたしに向ける眼差し――恥ずかしそうだけど、なにか言いたそうな眼差し――から、おしゃべりしたがっているのがわかった。

「それで、最近はなにを読んでるの？」彼が尋ねる。「教授をやめても、本はたくさん読んでるだろうから」

『家族を駆け抜けて』を話題に載せる。

「その本なら読んだことある。オンダーチェの集合的記憶の扱い方がすごく好きだ」

それから、どんな家族も先祖の幽霊にとり憑かれているという話になった。わたしは酔った勢いで、この二年間に発掘した自分の家族にまつわる逸話を披露した。祖母の悲惨な子ども時代、祖父の自殺、抑留生活――話し出すと止まらなくなった。それから、不意に恥ずかしくなり、知的ぶってフロイトの〝不気味なもの〟を持ち出したりした。彼はそういうことに詳しいようだった（そうでなければ、詳しいふりをするのがすごくうまいのか）。それから話題は大学院時代の愉快な思い出へと戻った。ただし、おしゃべりの相手はひげ面のソロー信奉者ではなく、黒ずくめのスタイリッシュな建築家ではあったが。

わたしの話題が尽きかけると、クリスが中国に住む家族の話をはじめた。文化大革命以前、彼の祖父には妻が二人いて、双方の一族郎党が角突き合わせながらもおなじ屋根の下で暮らし、騙し合い、化かし合っていたという話。

夜も更け、部屋がゆっくりと回りはじめた。「すごくおもしろそうな話だけど、できれば酔っぱらってないときに聞きたい」

「だったら、いつかコーヒーを飲みながら」彼が言った。

わたしはにっこりし、電話番号を教えた。

ある日の午後、実家ちかくの歯科医を受診したとき、ほんの思いつきで実家の郵便受けに『家族を駆け抜けて』を入れてきた。メモも付けず、父の名前を書いた封筒にも入れずに。でも、父はきっと読んでくれる。

＊

このメモワールの核は、息子が遅ればせながら父親を探す話だ。父親が年老いて認知症となり、血中アルコールの値がどんどん高くなってゆくのを、オンダーチェはそばで見守っていない。脳内出血で亡くなった父親の死に目にも会っていない。そのころには、両親は離婚しており、オンダーチェも彼のきょうだいたちも故郷を離れ世界中に散らばっていた。最初の帰郷は父親の葬儀の日だった。父のことをなにも知らず良心の呵責に苛まれた彼は、父の足跡を求めて二度目の帰郷を果たす。晩年の父の身近にいた人びとから聞いた話のモンタージュから、動物たちに人生を捧げた男の姿——鶏に夢中になって自慢の鶏を育て、飼っていた犬一頭一頭のために歌を作った——が鮮やかに立ちあがり、彼のちょっとした立ち居振る舞いに光が当たる。他人への気遣い。彼の頭の中で膨らみつづけた闇。行動が支離滅裂になってはいても、ささいなことに無邪気に喜ぶ姿。

わたしは父に、ぜひこの本を読んでもらいたかった。父もまた、弱ってゆく父親に寄り添わなかった。〝あんたのお父さんは家出したのよ、自分を守るために、姿を消した……〟ウェンディ叔母の苦々しい言葉が頭の中に響きわたる。

遅すぎはしないと、父に知って欲しい。過去を取り戻す旅に出るのに、遅すぎることはない。謎を解き明かし、父が知ることのなかった父親の骨格に肉付けするのだ。わたしもまた、胸に空洞を抱えている。失った先祖という空洞を。カズと、いまは亡き愛おしい人びとと、心を通わせたい。たとえ想像の世界ででも、彼らと知り合いたい。

クリスとわたしは、ヨークヴィルの公園を見晴らす小さなビストロで、食後のコーヒーを飲みながらおしゃべりした。話題は尽きることがなかった。世界中の気に入りの図書館、気に入りの家、自分で建てる夢の住宅。壁一面の本棚、聖堂みたいな天井、スライド式の梯子。

デザートを食べながら彼が語ったのは、広州で彼の一族が代々住んでいたコートハウス〔建物や塀に囲まれた中庭のある家〕のことだった。石のひとつひとつにまつわる思い出を尊重しつつ、その家を類型化して再解釈し、現代化したいと夢を語った。それは第二次大戦中、彼の父親が隠れ住んでいた家でもある。

胸が躍る。

「ふだんはこんなにおしゃべりしないんだけどね」彼が唐突に言った。

「わたしもよ」

「どうしてこの話題になったのかな?」

「話がどんどん脱線していったのよ。付けた脚注が長くなって、つぎの脚注もまた長くなる」

「長い脚注か」彼がほほえむ。

それから何度もコーヒーと夕食を共にし——ひとつの脚注からつぎの脚注へ——ほどなくどっぷりと恋に落ちていた。彼とならいつまでもしゃべっていられる。それも興味をそそられる話ばかり。そのうち、彼はわたしを〝ぼくのミューズ〟と呼ぶようになった。

八ヵ月後、オジントン・ストリップに明るく広々とした家を借り、同棲をはじめた。恋愛のすったもんだは過去のものとなり、わたしはこれ以上ないぐらい幸せで、満ちたりていた。

時が経つにつれ、父親との関係はよくなっていった。父の誕生日には、二人だけでジャズのコンサートに出掛け、食事を共にした。

クリスと暮らす家のちかくにオープンしたばかりのパスタの店は、〈ナウ〉や〈トロント・ライフ〉といった雑誌で絶賛されたため満員だった。よそのテーブルに運ばれてゆく熱々のタリアテッレや山羊肉のラグーを、父は恨めしそうに目で追った。

「ここがみんなの住みたい街になるとはね」父が言う。「ここで暮らしていた子ども時代には、こんな日がくるなんて思いもしなかった」

父がパンをちぎる。その仕草の端々から、いままでになかった気遣いが滲み出る。自分の両手をどう動かしたらいいのかわからないというようなためらい。それはわたしもおなじだ。二人とも、相手にどう接したらいいのかわからないのだ。わたしの仕事も私生活もうまくゆき、父は親の義務から解放された。父の自慢の娘であることはたしかだが、二人して未踏の領域に足を踏み入れたみたいだ。どちらも自分のあたらしい役どころがよく摑めず、気恥ずかしい初めてのデートみたいにほほえみ合うばかりだ。パンをちぎってオリーブオイルに浸す。父が仕事はどんな具合だと尋ね、正規雇用になってひと安心よ、とわたしは答える。同僚たちの笑える逸話を披露する。

『家族を駆け抜けて』を読んだかどうか、思いきって尋ねる。

「ああ、読んだ」父がほほえむ。「郵便受けに投げ込んでおいてくれてありがとう。楽しく読んだ。おまえがあの本におれを結び付けて考えた訳がわかる気がする」

オンダーチェの両親の結婚がだめになるくだりを読んで、父はどんなことを思ったのだろう——オンダーチェの母親は夫の奇行に十数年も耐えたあと、ある朝、目が覚めると離婚を決める。一・二キロもあるトンネルを、素っ裸の夫に着せる服を抱えて歩くのは、妻の務めの範疇を超えている。〝十四年ものあいだ、母は父についてゆき、粘り強く控え目なそよ風となって父の所業を包み込み、なんとかやってきた〟この一節が脳裏に浮かび、祖母を思い出す。父もおなじ感慨を抱いたのだろうか？　ずっと昔、ポートランドに汽車の旅をしたときのことを思い出しただろうか？　少年時代、母と二人きりで旅したときのことを。汽車の窓からエルクやバイソンが見えるからね、と祖母は少年の父に約束した。そんな動物たちが走り回る姿を想像しながら、母親がオレゴン州に留まる道を選んでいたら人生はどうなっていただろう、と父は考えただろうか？　もし母親がカズと別れる道を選んでいたら。

セーターから毛糸をほどくように、わたしの頭がべつの物語を手繰り寄せる。尋ねたいことはほかにもいっぱいあった。

「お父さんに最後に会ったときのこと、憶えている？」

喉に食べ物が引っ掛かったように、父が嚙むのをやめた。怒った父に睨まれるのを半ば覚悟していた。だが、父は思案げに、ゆっくりと嚙みつづけ、わたしを見る父のやさしく弱々しい眼差しから、わたしの知りたいという思い、もっと尋ねたいという思いを理解してくれているのがわかった。

「おれの誕生日だった」ようやく父が言った。「カズはおれの誕生日の翌日に自殺した。だから、最後に会ったのは誕生日の日で、カズはプレゼントをくれた。ブリッジのセットだった。木箱に入ったやつ。店で買って家に戻ってから、包みを開いて中身をあらためたんだろう。だが、心臓発作を起こしたあとで手が震えるから、うまく包み直せなかった。それでプレゼントは剝き出しだった。無造作にひょいと差し出した。なにを話したのか憶えちゃいないが、彼の震える手だけは憶えている」

父の顔は紅潮して汗ばんでいた——打ち明け話をするのは辛いだろうに、それでも父はつづけた。

「つぎの日、梁からぶらさがる彼の遺体をおれが見つけたあと、みんなが廃人みたいになった。葬儀でも、おれたちみんなゾンビだった。ハルキ叔父を空港まで迎えに行くと、彼は開口一番こう言った。〝彼がそんなに悪かったこと、なぜ言ってくれなかったんだ？　どうして誰も電話をくれなかった？〟その言葉だけは忘れられない」

「彼は外科医だったんでしょ。自分には万人を救う力があると思っていたのかな」

「彼はおれを責めたんだ」

「たぶん自分を責めていたのよ」

ハルキ叔父が自責の念に駆られ、よい息子でありつづけ医者にもなった自分の生き方が、兄を駄目にする一因だったと思ったとしても無理はない。背負って生きるにはあまりに暗い重荷だ。わたしを含め家族の誰もが、その重荷を受け継いで生きている——どうにかしてカズを救えなかったのかと思い巡らせ、彼からいったいなにを受け継いだのか怯えながら。

話しているうち、父を守ってあげたいという気になった。まるで子どもみたいにむっつりしている父を、わたしの問い詰めたいという暗い騒動から、過去を掘り起こしたいという欲求から守ってあげたい。作家になりたいという強迫観念から。父にいじめっ子だと思われたくない。質問攻めにして愚弄しつづけるいじめっ子。いじめられたほうはまわりがぼうっと霞んで、耳鳴りだけを意識する。わたしが当然の権利を、一ポンドの肉を要求していると父に思われたくなかった。祖母のことで苦労する父を見てきたんだもの。それでも、問いつづけろ、想像を膨らませつづけろ、書きつづけろ、という頭の中の声はあまりに大きく、どうしても黙らせられない。

情け容赦ない性格は父譲りなのだから、わたしは過去を知らずにはいられない。

「あといくつか質問してもかまわないかな?」

「いいとも」父が目元を拭いながら言う。「その前にひと息つかせてくれないか」

イースターや誰かの誕生日に、家族で集まるのが恒例になる。母は前よりずっと若々しくて、リラックスしている。わたしとクリスに笑顔を向け、顔を寄せ合って活発に意見を交わす。

最近の話題はドライブ旅行だ。

「ねえ、どこに行く?」母がポテトグラタンの皿を置いて尋ねる。

「バンクーバーまで飛行機で行って、そこから車でカスロやサンドン、ほかにも収容所を見て回ろうかって話してるの。それからポートランド、ミニドカ国立歴史地区、マンザナー強制収容所まで足を延ばす」

「強制収容所巡りってわけね」と、母。「さぞかし気分があがるでしょうよ！」

「それはつまり、おまえもいよいよ車の運転を習う気になったってことか、レスリー？」父がにやにやしながら言う。

「運転はぼくがして、レスリーはナビ担当」と、クリス。

「だったら、道に迷う覚悟が必要ね」母が言う。

「ほんとう言うとね、道に迷うのが楽しみ」わたしは言い返す。「それこそがドライブ旅行の醍醐味でしょ？　さまよって、冒険をしようよ。できれば、本の材料になるような金鉱を掘り当てたい」わたしは歴史小説の材料探しをはじめたところだった。

「どんな本になるんだ？」父が興奮して声を上ずらせる。「登場人物はもう決まってるのか？　戦時下の恋愛物とかか？」

わたしは必死に笑いを堪えた。「まだ決めてない。決まったら知らせる」

「わかった。見本刷りを送ってくれればそれでいい」

父が小説を読むようになってからの二年間で、父娘関係は劇的によくなった。でも、それだけではない――わたし自身も新鮮な気持ちで本を読めるようになった。年取ってからダンスをまた習うみたいなものだ。ずっと受け身で文学を研究してきて、いまさらだけれど、文学の効能について学び直している。読書は想像の翼を広げてくれて、よりよく生きるためのツールを提供してくれる。子どものころの読書とはそういうものだった。

大学の教授室でソローを熟読し、彼の奇妙な人生の旅の意味をなんとか読みとろうとしたことを思い出す。いまでもソローは大好きだけれど、偉大な文学を理解できるのは、ギリシャ語とラテン語を読めるひと握りの学者だけだという彼の考えは、承服しかねる。文学の世界から湧き出る、素晴らしく人を鼓舞するなにものか、わたしたち父娘のような凡人には到底わかりえないなにものかによって、日々覚醒したいとソローは願った。だが、読書によって人生の真髄を摑むことは、わたしたちにだってできる。読書は自分自身を理解し、たがいを理解し合う助けになる。そうやって人は変わることができる――自分たちの過去や恐れや、未来への希望を、素直に伝え合うことができるようになる。

この先十年の自分たちの姿を思い描いてみる。クリスマスや誕生日には、きっとみんなで暖炉を囲み、本を読み、文学について語り合い、本を贈ったり贈られたりしているだろう。つい最近、わたしが父に贈ったのは、トロント在住の新鋭作家たちのアンソロジーで、わたしの短編――『セント・クラレンスの家』――が含まれていると知り、父は顔を輝かせた。おれの過去はおれのものだ、おまえに書いて欲しくない、と父に言われるのを恐れていたけれど、蓋を開けてみれば、父はいちばんの協力者になってくれて、着想の源になるのならとアルバムや祖母の声を録音したテープまで貸してくれた。

この先も二人の〝リーディング・リスト〟をつづけるかどうかわからないけれど（いまのところ、父は新聞の書評に目を通し、図書館で本探しをするのを楽しみにしている）、二年間、おなじ本を読んで感想を述べ合えてほんとうによかったと思っている。過去の悪魔と向き合った苦難の時期を、父が乗り越えられたのは読書のおかげだし、わたしもまた読書で救われた。文学研究の高尚な取り組み方に意義を見つけられなくなったとき、子どものころの読んだり書いたりする楽しさを再発見し、自分の進むべき道が明確になった。純粋な楽しみのための読書、自分を理解するための読書を、わたしはこの先もつづけてゆくだろう——それは思いがけず父が教えてくれたことだった。

リーディング・リスト

1　ヘンリー・デイヴィッド・ソロー　Walden『森の生活』
2　イーディス・ウォートン　The House of Mirth『歓楽の家』
3　ジェイムズ・ジョイス　Dubliners『ダブリナーズ』
4　ヴァージニア・ウルフ　Mrs. Dalloway『ダロウェイ夫人』
5　ウラジーミル・ナボコフ　Lolita『ロリータ』
6　ダシール・ハメット　The Maltese Falcon『マルタの鷹』
7　ウィリアム・フォークナー　As I Lay Dying『死の床に横たわりて』
8　アーネスト・ヘミングウェイ　The Sun Also Rises『日はまた昇る』
9　ウィラ・キャザー　The Professor's House『教授の家』
10　マーガレット・アトウッド　Surfacing『浮かびあがる』
11　ラルフ・エリソン　Invisible Man『見えない人間』
12　ジョイ・コガワ　Obasan『失われた祖国』
13　マイケル・オンダーチェ　Running in the Family『家族を駆け抜けて』

謝辞

わたしのエージェントで友人でもあるサム・ヒヤテの励ましと協力がなければ、本書は日の目を見なかったでしょう。ダイアン・テラーナをはじめとする親切でおもしろい作家のグループに紹介してくれてありがとう、サム。ダイアンは原稿を読んで、ていねいにフィードバックしてくれました。

ヴァラエティ・クロッシング・プレスのサンドラ・フーとデー＝トン・フーに特大の感謝を。まだ萌芽期の本を信じ、完成するまで支えつづけてくれました。サンドラ、あなたとのワーキング・ランチやディナーは、どんなに楽しかったことか。

本書の核となった短編を書いているあいだ、ディアスポラ・ダイアログ・プログラムの一環でわたしを指導してくれた恩師、エマ・ドノヒューにもお礼を言います。ヘレン・ウォルシュとディアスポラ・ダイアログの友人たち、支えてくれてありがとう。

素晴らしい書籍広報担当、キャサリン・ウィルソンにもお礼を言います。

本業の職場の同僚であるケヴィン・ニューソンは、わたしの文学的野心を応援してくれました。ありがとう。

いとこのアレックス・シモ＝バリー、エージェントに紹介してくれてありがとう。書くことや文学、それに恋愛のことまで、いろいろ語り合ったね。

作家になるという子どものころの夢を追いかけるわたしを、励ましてくれた両親に感謝します。

最後に、クリス・ウォンにお礼を言います。わたしのメモワールと恋愛をハッピーエンドにしてくれて、ほんとうにありがとう。

訳者あとがき

本書と出会ったのはもう十年ちかく前のことだ。老舗出版社の編集者から「読んでみておもしろければシノプシスを書いてください」と託されたのが、日系カナダ人四世、レスリー・シモタカハラのメモワール、英米加の名作十三篇と日系人家族の歴史を絡めた物語だった。十三作品のラインアップを眺めて胸が躍った。ソローの『森の生活』からはじまり、ジョイスの『ダブリナーズ』、ウルフの『ダロウェイ夫人』、ナボコフの『ロリータ』、フォークナーの『死の床に横たわりて』、アトウッドの『浮かびあがる』等々。これはもう読まない手はない。魅了されないわけがない。だが、残念ながらそのときは翻訳出版には漕ぎ付けなかった。時は流れて二〇二三年の四月。わたしを本書に巡りあわせてくれた編集者とある集まりで会い、この本の話が出た。彼女は老舗出版社を辞めて、ふたり出版社を立ちあげたばかりだった。その北烏山編集室が翻訳書刊

行第二弾に本書を選んでくれた。（第一弾はデニス・ボック『オリンピア』越前敏弥訳）

ずっと気になっていて、いつか訳したいと思いつづけてきた作品を日本の読者に届けられる。有頂天になった。同時に、大変なことになった、と思った。本書は十三の章から成り、各章に十三の名作が一篇ずつ割り振られ、冒頭にも本文中にも引用されている。あたりまえだけれどそれも訳さねばならない。十三作品すべてが日本語に訳されているが（すごいことです！）、それは読まず、原文と向き合って作者の声に耳を澄まし、訳した。その作業は大変だったけれど楽しくもあり、あらためて文学が好きだと思った。

本書のタイトル『リーディング・リスト』（原書のタイトルも同じ）が示すとおり、生まれてから小説を読んだことのない父と文学部教授の娘が、読書を通して心を通わせる物語でもある。学年末の夏休みに実家に帰った娘は、心が折れていた。教えることが向いていないのだ。学生の受けもよくなく、〝史上最悪の教授〟のレッテルを貼られた。週末にはセラピストのいるいちばん近い都会まで二時間半バスに揺られる。大学があるのは、自然しかない辺境の地なのだから。

だが、おなじ作品を読んで語り合うことで父娘の距離は縮まり、相手をもっとよく知ろうとする。それは自分のルーツを辿る旅でもあった。父は人の心の機微がわかるようになり、娘は子どものころに味わった本を読む喜び、登場人物と一体となって物語世界にどっぷり浸かる喜びを取り戻す。文学者たるもの、作品と距離をとり客観的でなければならない。大学院時代にそう叩き込まれたけれど、彼女は物語を自分事として捉えずにいられない。だからこそ、本書は素晴らしい文学案内になっている。小難しい文学論ではない。この作品、読んでみたい、と読者はきっと思うだろう。

著者のレスリー・シモタカハラはトロントに生まれ、二〇〇〇年にカナダで最も歴史のあるマギル大学を卒業、米国のアイビーリーグの名門、ブラウン大学大学院に進み、二〇〇六年に現代アメリカ文学で（異例の早さで）博士号を授与された。研究者の道に進むか教壇に立つかの選択を迫られ、経済的に自立するため不本意ながらもノヴァスコシア州の聖フランシスコ・ザビエル大学で教鞭をとる。その後、本書で語られているとおり大学は辞め、いまは執筆に専念している。これまでに長編小説 *After the Bloom* と *Red Oblivion* を上梓し、二〇二四年三月刊の *Sisters of the Spruce* は母方の祖母の少女時代を描いた作品で、著者曰く、『ハックルベリー・フィン』の少女版だそうだ。期待が膨らむ。

今年の一月、彼女に会うことができた。パートナーの仕事の関係で一年の半分は香港で暮らしており、カナダに戻る途中日本に立ち寄るので、訳者に会いたいと言ってくれたのだ。本書から受ける印象よりも穏やかで、細やかな気配りをする人だった。本書の最後のほうに出てくる中国系カナダ人の建築家と"Happily married for 15 years"と言ったときの幸せそうな笑顔が忘れられない。

十三作品の邦訳書を（すべてではないけれど）ご紹介します。なかには絶版のものもあるが、大きな図書館には置いてあるはずだ。先輩翻訳者たちの努力と文学に寄せる深い理解と愛情の賜物の十三作品を、ぜひ手にとってみてください。世界が広がるはずです。

1 ヘンリー・D・ソロー『森の生活』真崎義博訳　宝島社文庫
2 イーディス・ウォートン『歓楽の家』佐々木みよ子他訳　荒地出版社
3 ジェイムズ・ジョイス『ダブリナーズ』柳瀬尚紀訳　新潮文庫
『ダブリン市民』安藤一郎訳　新潮文庫
『ダブリンの人びと』米本義孝訳　ちくま文庫
4 ヴァージニア・ウルフ『ダロウェイ夫人』安藤一郎訳　新潮文庫
『ダロウェイ夫人』土屋政雄訳　光文社古典新訳文庫
5 ウラジーミル・ナボコフ『ロリータ』若島正訳　新潮文庫
6 ダシール・ハメット『マルタの鷹』小鷹信光訳　ハヤカワ文庫
7 ウィリアム・フォークナー『死の床に横たわりて』佐伯彰一訳　筑摩世界文学大系73
8 アーネスト・ヘミングウェイ『日はまた昇る』高貝浩訳　新潮文庫
『日はまた昇る』土屋政雄訳　ハヤカワepi文庫
『日はまた昇る』谷口陸男訳　岩波文庫
9 ウィラ・キャザー『教授の家』安藤正瑛訳　英宝選書
10 マーガレット・アトウッド『浮かびあがる』大島かおり訳　新水社
11 ラルフ・エリスン『見えない人間』松本昇訳　白水社Uブックス
12 ジョイ・コガワ『失われた祖国』長岡沙里訳　二見書房
13 マイケル・オンダーチェ『家族を駆け抜けて』藤本陽子訳　彩流社

最後に北烏山編集室のお二人、樋口真理さんと津田正さんに感謝とエールを送ります。翻訳書がなかなか売れない時代に、文学作品の翻訳をメインにやってゆくのは並大抵のことではないと思います。どうか踏ん張って。そして、どうかこの作品が一人でも多くの読者に届きますように。

二〇二四年春が待ち遠しい三月

加藤　洋子

解説

「わたし」の脚注から「あなた」の脚注へ

倉本さおり

「読む」という営みについて思うとき、いつも胸のなかでしんと灯る一文がある。「ことばのあとにことばがつづき、またことばがつづいて力となる」。マーガレット・アトウッドの'Spelling'という詩の一節——"A word after a word after a word is power"を訳したもので、彼女のドキュメンタリー映画のタイトルにも使われているそうだ。そうとは知らず日本語でこの一文に触れたわたしは、「読む」と「書く」がないまぜになった、ことばの営為そのものの姿を告げる声として受け取っていた。

本のなかに書かれたことばから自分の体験がたぐりよせられ、その景色がまた別のことばとなって他のだれかの生を照らし、すこしずつ世界をおしひろげる力となってゆく。

本書『リーディング・リスト』は、そうした営みのいとおしくも猥雑とした豊かさを詰めこんだ一冊だ。

本作はカナダの作家、レスリー・シモタカハラとその家族をめぐる一風変わった回想録《メモワール》であり、自伝的な小説だ。物語の舞台は二〇〇〇年代後半、語り手の「わたし」ことレスリーが定年退職を迎えた実家の父親から「リーディング・リスト（おすすめ本のリスト）を作ってくれ」と頼まれる場面から幕をあける。

奨学金で名門の大学院まで進み、異例の早さで博士号を取得したレスリーは二十代にして文学の教授になった。父にとってまさしく自慢の娘だ。そんな〝良き娘〟が小説を読んだことのなかった初老の父のために課題図書を選んであげる――ここまでの流れだけなら、いかにもよくできた自己啓発書のような建て付けになるところだが、実際の物語はそんなつるつるの代物とはまるで異なる様相をみせる。

第一に、目下の現実のレスリーは人生のどん詰まりにいる。大学教授としての生活は想像とはかけ離れていて、焦りと緊張で授業はうまくいかず学生たちは居眠りばかり。授業評価のアンケート結果は惨憺たる有様だ。おまけに薄給の非常勤の立場でも降りかかる事務作業のおびただしさは正規の教員と変わらず、気づけば深夜のデスクにひとり突っ伏して眠っている。内輪でマウントを取り合うための専門用語にもいつしか虚しさを覚えてしまい、近頃は研究のほうもはかばかしくない。なにより、大学のある場所は偏屈で閉鎖的な辺境の田舎町なのだ。車の運転もできない「よそ者」である点に加え、日系四世でアジア系のルックスを持つレスリーは、周囲の好奇と軽蔑のまなざしを浴びながらひたすら孤立を深めている。いちばん近い都会にいるセラピストに話を聞いてもらうため週末ごとに二時間半かけてバスに揺られる彼女のメンタルはいまや崩壊寸前、父が期待する〝良き娘〟などそこにはいないのだ。

　第二に、レスリーの超主観的な読書のありかたについて語っておかなければならない。レスリーは高尚な文学理論を叩き込まれた優秀なアカデミシャンであり、作品と距離をとって客観的に論じる訓練を受けてきた〝文学のプロ〟である一方、「小説の登場人物を生身の人間と混同する困った癖」を——そんなのは「最低の読書」だと大学院でさんざん習ったにもかかわらず——どうしてもやめられない。重篤の祖母を見舞うべく学年末の夏休みに実家に帰ったレスリーは、大学の件をふくめ将来をめぐるあれこれから逃げ出すように、かつて夢中になった本の世界にどっぷりと浸る。曰く「自分を解き放てば解き放つほど、子どもっぽい本の読み方がますます好きになる。エピファニー〔註 ジェイムズ・ジョイスの作品を評する上でのキーフレーズ〕なんてクソくらえ。考えることはほかにあるんだから」。作中の「リーディング・リスト」とは、なによりもまずレスリー自身が自分を取り戻すための——つまりは生き延びるための大切なプロセスなのだ。

　かくしてレスリーの読書のなかでは、自分自身に加えて父や祖母やかつての恋人たちの姿と作中の登場人物が共鳴しながら重ねあわされ、ときにむせかえりそうになるほど親密で濃密な空間がたちのぼる。それらをものした作家の背景までが渾然一体となった景色はえもいわれぬ豊かさを秘めている半面、あまりにレスリーの主観が強引すぎて笑ってしまうこともある（たとえば、ほとんどすべての作品に元彼のジョシュの姿を見出してしまうくだりはつっこみどころ満載だろう）。だが、よくもわるくも遠近を無化させるほど強烈なレスリーの「読む」エネルギーは、四世代にわたって固くもつれた家族の歴史をもすこしずつ解きほぐしてゆく。章を追うごとに浮かびあがってくるのは、レスリーの祖父母の代が抱える沈黙の濃さであり、当時の日系カナダ移民たちが強いられた人生の苛酷さだ。

以下、この物語のリーディング・リストとして重要な役割を果たす十三冊の簡単な紹介を付しておく。前述のとおり、現代英米文学のプロであると同時に熱烈なファンでもあるレスリー自身による的確かつ魅力あふれる作品紹介が本文中で見事になされているため、本来ならこんなページはうっちゃっていますぐ作品そのものを読んでほしいのだが、英語圏の読者と日本の読者では持ちあわせている知識やイメージにすくなからず差もあるのではないかと考えた。なんとも無粋で恐縮だけれど、あくまで世界文学全集のたぐいが箱に収まったまま実家の棚で埃をかぶっているのを横目でやりすごしていたわたしのような読者に向けた、急拵えのあんちょこのようなものだと思ってほしい。

1　**ヘンリー・デイヴィッド・ソロー** Henry David Thoreau（1817-1862）

『**森の生活**《ウォールデン》』*Walden; or, Life in the Woods*（1854）

アメリカ北東部にあるウォールデン湖のほとりに自分で家を建てて自然と共生した日々の出来事を、哲学的な問いや洞察をまじえて記録した作品。大量生産・大量消費の経済原理にのみこまれつつあった時代に、精神の復権をうながし個人としての自我の確立をめざしたアメリカ文学の古典——といった説明から物静かな隠遁者のイメージを投影しがちだが、ソロー自身は思想的にはかなりラディカルで、湖畔生活時代に村の牢屋にぶち込まれたり(!)なんかもしている。

2 **イーディス・ウォートン Edith Wharton**（1862-1937）

『歓楽の家』 *The House of Mirth*（1905）

二十世紀初頭のニューヨーク社交界を舞台に、輝く美貌と魅力で男たちを翻弄してきた未婚のヒロインが、年月を経て転落していく痛ましい過程を描く。生きる上で女性に提示される選択肢がいまよりもずっと限られていた時代、空虚な規範と自らの誇りのあいだで引き裂かれていく主人公リリー・バートの姿は、いま読んでも古びていない。

3 **ジェイムズ・ジョイス James Augustine Aloysius Joyce**（1882-1941）

『ダブリナーズ』 *Dubliners*（1914）

二十世紀初頭、閉塞感にみちたダブリンでそれぞれに挫折しながら生を営む人びとの姿を、アイロニカルな滑稽味と共に切り取った短篇集。日本では『ダブリン市民』ないし『ダブリンの人びと』といった邦題の印象が強いかもしれないが、翻訳者の柳瀬尚紀によれば都市名に接尾辞をつけてその土地の人間であることを表す英語はきわめて少ないらしく、原題の *Dubliners* からは「ニューヨーカー」や「パリジャン」と同等にダブリンの生活者たちを世界に提示せんとするジョイスの屈折した郷土愛が透けて見えてくる。

4

ヴァージニア・ウルフ Virginia Woolf（1882-1941）

『ダロウェイ夫人』 *Mrs. Dalloway*（1925）

「意識の流れ」という文学用語とはとんどセットで語られるウルフの代表作。第一次世界大戦が終わってまもないロンドンの六月のある一日を、ダロウェイ夫人をはじめさまざまな登場人物の三十年余にわたる過去に重ねあわせながら描く。

5

ウラジーミル・ナボコフ Vladimir Vladimirovich Nabokov（1899-1977）

『ロリータ』 *Lolita*（1955）

おそらく世界文学史上もっとも名の知られた小説のひとつにしてタイトルだけがひとり歩きしている作品。中年の文学者ハンバート・ハンバートの獄中手記という形式で描かれる小説だが、レスリーにいわせれば「不当な扱いと生き延びることを描いた物語」であり「ずる賢く口の悪い少女が窮地に陥りながら、ずたずたの自己に必死でしがみつく物語」。

6

ダシール・ハメット Samuel Dashiell Hammett（1894-1961）

『マルタの鷹』 *The Maltese Falcon*（1930）

サンフランシスコを舞台に探偵サム・スペードが活躍するハードボイルド小説。探偵の内面を開示しない、心情描写を徹底して排した三人称による叙述スタイルは、のちの探偵小説に多大な影響を与えた。これまでに三度映画化されている。

7

ウィリアム・フォークナー William Cuthbert Faulkner（1897-1962）

『死の床に横たわりて』 *As I Lay Dying*（1930）

アメリカのノーベル文学賞作家フォークナーによる実験的小説。十五人もの登場人物による独白で構成される。南部の貧農一家の女家長アディの遺言に従い、遠く離れたジェファソンの町まで彼女の亡骸を馬車で運んでゆく家族の姿と道中のグロテスクな出来事を通じ、孤独な女の一生を皮肉とペーソスをまじえて立体的に描き出す。

8 **アーネスト・ヘミングウェイ** Ernest Miller Hemingway（1899-1961）
『日はまた昇る』 *The Sun Also Rises*（1926）

第一次世界大戦で負傷し性機能を失ったジェイクをはじめ、戦争を経験し、文明や社会に幻滅し、生きるための何かを喪失してしまったロストジェネレーション（失われた世代）と呼ばれる若者たちを描いたヘミングウェイ初期の代表作。邦題は誤解を生みがちだが原題は「日は（沈むだけではなく）昇りもする」という意味で、希望のニュアンスよりも日々をくりかえす虚無感や諦念のほうが強調されている。

9 **ウィラ・キャザー** Willa Cather（1873-1947）
『教授の家』 *The Professor's House*（1925）

ウィラ・キャザーは『われらの一人』（*One of Ours*, 1922）で女性で初めてピュリッツァー賞を受賞した二十世紀前半のアメリカ文学を代表する作家のひとり。『教授の家』は、心から敬愛していた青年の死後、富も名声も得ながら自らを孤独な生活の中に閉じこめてしまった中年の大学教授の失意と再生の過程を描く。

10 **マーガレット・アトウッド** Margaret Eleanor Atwood（1939-）

『浮かびあがる』 ***Surfacing***（1972）

カナダを代表する作家のひとり、アトウッドの長篇第二作で、フェミニズム小説の古典と呼ばれる。自己欺瞞の鎧を着込んだ語り手の女性が、ケベックの森林地帯で失踪した父親を捜し求める旅の過程で、屈託にみちた自らの過去を受け入れ肯定していく。

11
ラルフ・エリソン **Ralph Waldo Ellison**（1914-1994）
『見えない人間』 ***Invisible Man***（1952）

白人が支配階級であるアメリカにおいて、社会の周縁や底辺に追いやられ「見えない存在」となった黒人たちが置かれている状況を緻密に描き、全米図書賞を受賞した。エリソンをめぐって逬るレスリーの熱い読書哲学は本作のハイライトのひとつ。

12
ジョイ・コガワ **Joy Nozomi Kogawa**（1935-）
『失われた祖国』 ***Obasan***（1981）

二世である著者の実体験をもとに、戦中・戦後に日系カナダ人家族が置かれた厳しい状況と苛酷な運命を詩情あふれる豊かな表現で描いた長篇。カナダ文学賞等につづき全米図書賞を受賞し、世界的ベストセラーとなっただけでなく、カナダでは本書がきっかけとなって日系人に対する政府からの謝罪および補償法が成立したといわれる。

13
マイケル・オンダーチェ **Michael Ondaatje**（1943-）
『家族を駆け抜けて』 ***Running in the Family***（1982）

二つの大戦に挟まれ、「無責任と享楽とジャズとダンスの時代」を生きた祖父母や両親の姿を、映像的で奇想天外な数々のエピソードで織り上げたもの。イギリス領セイロン（現スリランカ）に生まれ、オランダ人、タミル人、シンハリ人といった複数のルーツを持つポストコロニアル作家の代表たるオンダーチェが初めて自分の出自に触れた作品でもある。オンダーチェの代表作であり、ブッカー賞も受賞した『イギリス人の患者』は映画化もされている。

いずれも二十世紀を象徴するような名作／名作家ばかりが並んでいるが、こうして眺めてみると共通するキーワードが浮かびあがってくるのがわかるだろう。たとえば孤独、挫折、疎外感、喪失感、絶望、狂気——それらは「よそ者」の教員として生活するあいだにレスリー自身が味わった感覚であると同時に、父や祖母、そして若くして亡くなった祖父・カズの印象にも重ねあわされる。レスリーが自分を取り戻すための読書の旅は、父娘の二人旅となり、やがて壮大なファミリーヒストリーへとつらなっていく。

ここで日系カナダ人移民の歴史に加え、「ドクター・コウゾウ・シモタカハラ」ことレスリーの曾祖父にあたる下高原幸蔵について簡単に言及しておこう。

カナダに初めて日本人が定住した記録は一八七七年。以降、日本からの移民の波があり、とくに若い独身男性がブリティッシュ・コロンビアに押し寄せた。その大多数は農民または漁民で、いわゆる出稼ぎ労働者だ。彼らは白人の労働者よりもずっと安い賃金で働いたが、それでも当時の日本国内の労働賃金の約七倍だったといわれる。その後、日本からの移民の数は一九〇五年から一九〇七年にかけて頂点を迎え、カナダに住む日本人の数は一万八千人にも達した。これが反日感情を大きく刺激することになり、日本からの男子成人の移民は年間四百人に制限されるように。だが日系人の直接の家族はカナダに移民することが許されていたため、以後数年のあいだ「写真花嫁」（実際に相手と対面することなく写真と文通のみで結婚相手を決められ入籍した女性）のカナダ移民が増えることになる。アメリカの写真花嫁たちと同様、写真とは別人のように相手が年老いていたり、聞いていたような財産を持っていなかったといったケースも多くみられ、結婚を拒んで日本に逃げ帰った女性もいたという。本作の中盤以降すこしずつ明かされるレスリーの祖母の両親の顚末も、そうしたケースの延長線だったのだろう。

写真花嫁の流入によってカナダ生まれの二世たちが誕生し、日系人のコミュニティは安定したが、第二次世界大戦によってその基盤は破壊されてしまう。開戦後すぐ日系人は財産を没収され、内陸部の収容所へと送られた。彼らは一九四九年までブリティッシュ・コロンビアへ帰ることも、市民としての権利を完全に取り戻すこともできなかった。彼らが実際に目の当たりにした苛酷な状況——日系三世にあたるレスリーの父も知らなかった時代の景色については、十二章に登場するジョイ・コガワ『失われた祖国』のなかで濃やかに描かれているのでぜひそちらを読んでほしい。

レスリーの曾祖父・下高原幸蔵はそんな激動の時代を生きた日系カナダ人たちにとって伝説的な存在だ。十四歳にして鹿児島からカナダに移民してきた彼は、学校に通いながらハウスボーイと呼ばれる家事全般をこなす住み込みの使用人として働き、苦学の末にシカゴ大学で医学部を卒業。一九一六年にカナダの日系人街で最初の日系人公認医師として開業した。おりしもスペイン風邪が大流行した頃、ことばの壁のない医師がコミュニティにいてくれることがどれほどありがたかっただろうかと考えると、彼の矜持の大きさも見えてくるような気がする。戦後もゴーストタウン収容所だったカスロにとどまり、一九五一年に心臓発作で亡くなるまで診療を続けたという。「ドクター・コウゾウ・シモタカハラ」の美談はネット上にも数多く散らばっているが、生身の彼と生活を共にした者たちが目にしてきた景色とはぴったり重ならない。その亀裂がレスリーの家族史に複雑な陰影を与えている点も本作の読みどころだ。

もうひとつ、レスリーの自己形成に大きな影響を与えた特発性側彎症についても触れておきたい。側彎症とは肋骨や背骨が曲がって左右非対称になってしまう病気だ。そのうち原因がわからないものが特発性側彎症と呼ばれ、思春期の女子の発症率が圧倒的に高いことで知られる。ちょうどレスリーと同じくらいの年頃のときにわたしも同じ症状を患っていたのだが、進行を食い止めるためには矯正用のコルセット（見た目がかなりゴツくて気が滅入る）を数年間装着し続けるか、さらに進行した場合は金属のボルトをいくつも体に埋め込んで骨を固定する手術を受けることになる。レスリーが手術を受けた当時は、肩甲骨から乳房の下まで斜めに切開を必要としたため肌に大きな傷痕が残るケースが多かったようだ。

まだ自我の確立していない多感な少女だった頃に突然、自分が「奇形」であると自覚させられたときの混乱と絶望。大人たちの前で自分ひとり服を脱いで視線を浴びる体験をくりかえしたことも、のちの人生に長く尾をひくわたしのコンプレックスの一因となった。五章で開陳される『ロリータ』と少女時代の体験をめぐるレスリーの回想と解釈は正直かなりスリリングだが、「あのめちゃくちゃな時期」を自分のことばで、外部の規範にコントロールさせず自分の身体感覚から切り出せるレスリーのつよさに、わたし自身がすくわれたことも付け加えておく。

そして「読む」ことを通じて自らの来し方と改めて向かい合う機会を得ていくのはレスリーだけではない。自身の両親に対して精神的葛藤を抱きながら、ひたすら不器用にふてくされてきたレスリーの父もまた同じだ。小説を読む楽しみにまだ慣れておらず、『歓楽の家』を読みはじめた際に「枕がサテンだろうがベルベットだろうがどうだっていい」(!)などとのたまっていた彼が、『見えない人間』を読む頃には「〝アイ・ヤム・ファット・アイ・ヤム!〟」と作中の表現を引用しながら主人公に共感してみせる。レスリーの父の変容は、この物語の最も重要なポイントといえるかもしれない。『歓楽の家』のリリー・バートをはじめ、彼は〝課題図書〟の中に登場する美しくも謎めいたヒロインたちに自らの母の姿を重ね、そのつど苛立ちを覗かせる一方、浮気相手の子を産んだ『死の床に横たわりて』の女家長アディを「気の毒だ」とくりかえして言う。「たしかに素晴らしい母親ではなかったが、背負い込んだ苦労を思えばな」——彼がこのとき誰を思っているかは言わずもがなだろう。作中の「ヒロイン」に母を重ねることは、彼女を自らの「母親」という役割からいったん解いてやることでもある。そうやって彼は母を「ひとりの人間」として理解するきっかけを得たわけだ。これもレスリー式の読書のポジティブな側面として挙げておきたい。

物語の終盤、あとで何度も思い出しては豊かな気持ちになるフレーズが登場する。レスリーがのちに人生のパートナーとなる男性とのおしゃべりに夢中になる場面だ。

「どうしてこの話題になったのかな?」
「話がどんどん脱線していったのよ。付けた脚注が長くなって、つぎの脚注もまた長くなる」
「長い脚注か」彼がほほえむ。

(P.305)

レスリー曰く「ひとつの脚注からつぎの脚注へ」――すなわち「ことばのあとにことばがつづき、またことばがつづいて」いく過程だ。人と人との物語が、人生がのびやかにつらなっていく喜びが見事に示されている。

原書は二〇一一年に発表された小説ということもあり、二〇二四年の現在地から眺めると、いささか差別的とも思えるあやうい視線や表現もちらほら見られる。そうした部分に対する批判的なまなざしも含めて、読者それぞれの脚注がつらなっていけばいいと思う。名作とはそうやって人の手から人の手へと渡ってきたのだから。

レスリー・シモタカハラ

Leslie Shimotakahara

2000年にマギル大学文学部を卒業、
ブラウン大学の修士課程に進み、2006年に現代アメリカ文学で博士号を取得。
ノヴァスコシア州の聖フランシスコ・ザビエル大学で2008年まで教鞭をとる。
2009年、ディアスポラ・ダイアログズ・エマージング・ライターズの一人に選ばれ、
短編小説がアンソロジー *TOK: Writing the New Tronto* および、
Maple Tree Literary Supplement に収録される。
本書は著者初の単行本で2012年に加日文学賞を受賞。
3冊の長編小説 *After the Bloom*（2017）、*Red Oblivion*（2019）、
Sisters of the Spruce（2024）を上梓。

加藤洋子 Yoko Kato

翻訳家。日本ユニ・エージェンシー翻訳教室講師。
ハンナ・ケント『凍える墓』、デレク・B・ミラー『白夜の爺スナイパー』
『砂漠の空から冷凍チキン』（以上集英社文庫）、
サラ・ボーム『きみがぼくを見つける』（ポプラ社）、
タヤリ・ジョーンズ『結婚という物語』（ハーパーコリンズ）、
カーマ・ブラウン『良妻の掟』（集英社）、
ケイト・クイン『戦場のアリス』『亡国のハントレス』『ローズ・コード』
『狙撃手ミラの告白』（以上ハーパーBOOKS）など訳書多数。
八ヶ岳山麓の森在住。

リーディング・リスト

2024年5月31日　初版第1刷発行

著者　レスリー・シモタカハラ
訳者　加《か》藤《とう》洋《よう》子《こ》
発行所　株式会社 北烏山編集室
〒157-0061 東京都世田谷区北烏山7-25-8-202
電話 03-5313-8066　FAX 03-6734-0660
https://www.kkyeditors.com

ISBN978-4-911068-02-1
落丁本・乱丁本はお取り替えいたします。

装釘　宗利淳一
印刷・製本　シナノ印刷株式会社